失樂園 실락원

실락원

초판 1쇄 찍은 날 | 2016년 1월 11일
초판 1쇄 펴낸 날 | 2016년 1월 19일

지은이 | 심이령
펴낸이 | 서경석

편 집 책 임 | 조윤희
편   집 | 이은주
             주은영

펴 낸 곳 | 도서출판 청어람
등록번호 | 제387-1999-000006호
등록일자 | 1999. 5. 31
어람번호 | 제5-435호

주소 | 경기도 부천시 원미구 부일로 483번길 40 서경B/D 3F
       (우) 14640
전화 | 032-656-4452 팩스 | 032-656-4453
http://www.chungeoram.com
E—mail | chungeorambook@daum.net

ⓒ 심이령, 2016

ISBN 979-11-04-90592-6   03810

심이령 장편소설

실락원

실
락
원

목차

1
낙원으로 초대

커다란 테이블을 사이에 두고 앉아 있는 두 남자 주변으로 무겁고 건조한 공기가 흘렀다. 실내는 고급 레스토랑의 테이블 룸 같은 곳으로 테이블의 크기가 족히 20인용은 돼 보여, 남자 단둘이 앉아 있기에는 턱없이 클 뿐더러 그 위로 커피 잔 하나 없이 두툼한 서류봉투만 달랑 놓여 있는 것이, 그 썰렁함만으로도 무겁게 내려앉은 공기 위로 긴장감마저 슬며시 얹어놓는 느낌이었다. 뿐만 아니라 마주앉은 두 남자 뒤로 각각 서 있는, 아마도 수행원일 듯싶은 사내들의 경직된 눈빛 역시도 그러한 분위기에 한몫하고 있었다.

"그래도 못 믿으시겠다?"

마주앉은 두 남자 중 검은색 뿔테안경을 낀 남자가 입을 열었다.

"도강원 대표를 모르는 처지도 아니거니와 명성 또한 익히 들어왔습니다만 의심까지 많으신 분인 줄은 미처 몰랐습니다."

안경 낀 남자의 이어진 말에, 그 맞은편에 앉아 있는 '도강원 대표'는 별다른 대꾸 없이 왼쪽 입꼬리만 긴가민가하게 말아 올렸다. 그의 그런 인상은 상대를 얕잡아 보는 것도, 딱히 거만한 것도 아니면서 두 사람 간에 힘의 균형이 어디에 있는지를 너무도 선명히 보여주었다. 그런데 그것도 사실, 그 미소랄 것 없는 입꼬리의 흔적보다는 오히려 그의 눈빛 때문이 아닌가 싶었다. 얇은 눈꺼풀에 덮인 눈동자는, 그것도 3분의 1쯤 더 덮은 것 같은 그것 아래에서 어딘지 나른한 빛을 띠고 있어, 그것이 뿔테안경을 낀 남자의 정색한 눈빛과 극명한 대비를 이루었던 것이다.

강원은 손을 천천히 움직여 재킷 안으로 집어넣었다. 핀 스트라이프가 들어간 연회색의 더블브레스트 슈트 재킷의 가슴께였다. 그러자 강원 뒤로 3보 정도의 거리를 두고 서 있던, 짧게 깎은 머리에 검은색 슈트를 입은 사내가 재킷 주머니 안으로 손을 넣으며 앞으로 움직였다. 재킷 안으로 들어갔다 나온 강원의 손끝에는 담배 한 개비가 들려 있었다. 강원이 그것을 입에 물었을 때는 수행원의 손에서 라이터 불도 함께 켜져 있었다.

"그건 내가 가진 지분의 절반에 해당합니다."

그렇게 말하며 뽈테안경의 눈길은 테이블 위에 있던 서류봉투에 잠깐 머물렀다. 그 봉투는 아마도 뽈테안경으로부터 강원에게 건네진 것 같음에도 강원보다는 뽈테안경을 쓴 남자 쪽에 더 가까이 놓여 있었다. 그것은 곧 그 서류봉투만으로 둘의 대화가 잘 풀리지 않았음을 의미했으리라.

"담보로서 충분하다 여겼는데……."

"그건 임 사장 생각이고."

강원은 비로소 입을 열어 뽈테안경을 쓴 임 사장의 말을 완곡하게 잘랐다. 담배 든 손으로 가볍게 테이블의 모서리를 짚으면서였다. 동시에 몸을 옆으로 살짝 틀며 다리를 포갰다.

"2인자의 지분 절반 따위가 이 바닥에서 뭘 담보할 수 있습니까?"

어조만 들으면 전혀 비아냥거리는 투는 아니었다. 그래선지 강원의 말에 임 사장도 표정의 변화보다는 어깨를 펴, 그것을 의자 등받이에 더 꼭 붙이는 것으로 제 심정을 대신한다. 30대 중반 정도로, 강원과 비슷한 나이대로 보이는 임 사장은 남자치고는 피부가 흰 편이어서인지, 입고 있는 진한 감색 슈트에 연한 핑크빛 넥타이가 더할 나위 없이 잘 어울리는 모습이었다.

"결국 거절이다?"

약간의 사이를 두고 임 사장은 물었다.

"나, 임사헌 사장 안 믿습니다."

강원의 그 나른한 눈빛이 임사헌 사장의 얼굴을 향했다. 그것은 다시 사헌의, 경계의 빛을 띤 눈길과 대조를 이루었다.

"난 저 새끼도 안 믿거든."

강원은 이어서 말하며 고갯짓으로 제 뒤의, 머리를 짧게 깎은 사내를 가리켰다. 사내는 강원에게 지적당했음에도 눈빛 하나 변하지 않고 무표정했다.

"임 사장의 거래 제안은 물론 매력 있소. 그래서 만났지만 날 움직이게 하려면 그 이상이 있어야 하지 않겠습니까? 무엇보다 내 기준에서 확실해야지."

사헌은 바로 대꾸하지 않았다. 두 사람은 비슷한 나이임에도 불구하고 여러 모로 강원이 더 노련하다는 것을 눈치채기는 어렵지 않았다.

"나가 있어요."

사헌이 갑자기 제 뒤의 사내에게 말했다. 담배를 깊이 빠는 강원을 보면서였다. 사내는 즉시 룸을 나간다.

"독대를 하고 싶소만."

이어진 사헌의 말에 강원은 간단히 손짓만 해보였다. 짧은 머리의 사내는 그 손짓을 향해 고개를 숙여 보인 후 룸을 나갔다.

"담보 대신…… 그럼 볼모는 어떻습니까?"

둘만 남자 사헌이 불쑥 제안했다. 강원은 즉각적인 대답 대신 제 손가락 사이에서 반쯤 타고 있던 담배를 먼저 입으로 가져갔다. 눈은 사헌의 얼굴에서 떼지 않은 채였다.

"내 여동생이오."

얼마의 시간이 흐른 후, 한 빌딩으로부터 검은색 중형차 한 대가 빠져나와 차도로 진입했다. 차를 운전하는 사람은 짧게 깎은 머리를 한 강원의 수행원이었으며 뒷좌석에는 강원 혼자 앉아 있었다.

"임사헌의 여동생에 대해 알아봐. 한 상무 네가 직접."

강원이 명령했다. 직접 알아보라는 것은 아마도 비밀을 유지하라는 것이리라.

이틀 뒤, 짧은 머리의 사내인 한 상무가 손에 서류봉투 하나를 들고 강원을 마주한 것은, 강원이 다른 수행원 두 명과 함께 어느 빌딩 내부의 승강기 앞으로 다가섰을 때였다. 한 상무는 승강기 앞에서 기다리고 있다가 강원을 향해 먼저 묵례를 했다.

"너희들은 뒤에 내려와."

승강기 문이 열리자 강원이 한 상무와 안으로 들어서며 두 명의 수행원들에게 말했다. 수행원인 두 남자는 '네' 하며, 닫히는 승강기 문 안으로 보이는 강원을 향해 묵례를 해보였다.

"이복 여동생입니다."

한 상무가 말했다. 그 곁에서 강원은 서류봉투에서 제 손으로 반쯤 꺼낸, A4 크기의 종이에 눈을 두고 있었다.

"대학생이구요. 미대 서양화과 2학년입니다."

"2학년? 그럼 몇 살이야?"

종이를 다시 봉투 안으로 넣으며 혼잣말처럼 묻는 강원의 목소리가 퉁명스럽다. 당연히 몰라 묻는 것이 아닌지라 한 상무는

'스물하나'까지만 입 속으로 중얼거리며 강원의 눈치를 살폈다.

"그런 젖비린내 나는 계집을……."

봉투에서 다른 것을 꺼내며 툭 내뱉은 강원은 제 손에 잡혀 나온 것에 눈을 두면서는 말끝을 흐렸다. 사진이었다. 그는 그것을 가만히, 제법 오래 응시했다.

"임소흔……?"

"소흔아."

세 여자의 고개는 똑같이, 소리가 난 곳으로 움직였다. 대학교 내의 한 건물을 ―아마도 미대 건물을― 막 나와 계단을 내려오던 때였으며 세 여자의 주변으로는 남녀 대학생들이 뒤섞여 와자지껄한 분위기였다. 세 여자 중 가장 머리 길이가 짧은 단발머리의 여자가 '소흔'인 듯, 그녀는 제 앞으로 보이는 한 남자를 향해 손을 살살 흔들어 보였다. 계단 아래에 서 있는, 청바지에 점퍼를 입은 훤칠한 외양의 남자였다.

"너, 저 조소과 킹카 오빠랑 썸타냐?"

소흔과 함께 있는 두 여자 중 하나가 재빨리 속삭이는 목소리로 물었다. 키가 크고 통통한 체격의 여자였다.

"이보세요. 넌 눈치도 없으세요?"

소흔 대신 다른 친구가 말을 받았다. 안경을 낀 여자였다.

"썸타는 게 아니고 킹카 오빠 혼자 김칫국물 마시는 거겠지. 소흔이한테 들이대는 놈들이 어디 한둘이야? 소흔이 봐라. 이 얼굴이 썸타는 얼굴인가. 변함없이 맹하잖아."

안경 낀 친구는 소흔을 손가락으로 가리키기까지 했다.

"내가 뭐가 맹해?"

소흔은 발끈했다.

"너 좀 맹해. 백치미까진 아니고 뭐랄까……."

안경 낀 친구는, 그러나 입을 다물었다. '조소과 킹카 오빠' 가 바로 코앞으로 다가왔기 때문이다.

"실기 잘 봤어?"

'킹카 오빠'가 소흔을 보며 물었다.

"몰라, 몰라. 난 시험이 드디어 끝났단 것만 알아."

소흔은 짐짓 새침한 얼굴로 도리도리를 했다. 그 고갯짓을 따라 곱슬한 머리끝이 살랑살랑 그녀의 턱을 스쳤다. 약간 갈색 빛을 띤 소흔의 머리는 염색이 아닌 본래의 것이며 결이 곱고 반질하니 윤기가 돌아, 제 오빠처럼 희고 맑은 그녀의 피부와 더없는 조화를 이루었다. 역시나 타고난 것으로 보이는 갈색의 눈동자는 특히 크고 눈매가 또렷해, 그 아래에 오뚝한 코와 작고 앙증맞은 입술도 그 못지않게 예쁘다 말할 수 있음에도 그녀의 얼굴에서 가장 도드라지는 것은 무엇보다 눈이다, 말하는 데에 아무도 이의를 달 수 없을 정도였다. 소흔의 눈은 단지 크고 아름다울 뿐만 아니라 눈동자가 담고 있는 오묘한 빛은 뭐라 형언키조차 어려워, 굳이 가져다 붙인다면 신비(神祕)만이 그 자리를 대신할 수 있지 싶었다.

"우리한텐 안 물어봐요?"

통통한 체격의 여자가 퉁명스럽게 물었다. 소흔의 도리질이 '귀여워 죽겠다'는 표정을 완전히 감추지 못하고 있던 '킹카 오빠'를 향해서였다.

"아, 아영이랑 정은이도 실기시험 잘 봤니? 시험도 다 끝났겠다, 2학년 따로 안 모여?"

'킹카 오빠'는 얼른 통통한 체격의 여자와 안경 쓴 여자에게 차례로 눈길을 주었다.

"시험 끝났는데 누가 남아요? 남친, 여친 끼고 다들 토끼지."

안경을 쓴 정은이 대답했다.

"우리 같은 불쌍한 싱글들이야 할 수 없이 술이나 퍼먹든 옷이나 사든, 뭐 그래야죠."

정은의 말에, 소흔과 통통한 체격의 아영은 킥킥대고 웃었다.

"술 마시러 가?"

'킹카 오빠'는 소흔을 보며 물었다. 소흔이 다시 고개를 살랑살랑 흔드는 사이 아영이 '가자' 하며 재촉하고 정은은 소흔의 팔을 끌었다.

"어디 가는데?"

소흔과 그녀의 친구들 뒤에서 '킹카 오빠'가 큰소리로 물었다.

"파라다이스!"

세 여자는 동시에 소리쳤다.

소흔과 친구들이 지하철을 이용해 40분쯤 후에 도착한 곳은 서울 중심가에 위치한 쇼핑타운으로, 고층빌딩의 쇼핑몰만도 세 개가 밀집해 있었는데 그중의 하나가 바로 '파라다이스'였다.

"명품관은 파라다이스가 제일 볼 만해. 얼마 전에 한 층 더 확장했다니 우리 명품관부터 구경해 보자. 신문에도 났어. 유명 백화점 못지않대."

아영이 말했다.

"이런 쇼핑몰에서 명품관을 처음 연 곳이 파라다이스잖어. 스마트나 홀리데이는 후발인 데다 짝퉁 팔았다고 난리도 아녔지."

"지금 시간 딱 좋아. 저녁 되면 인간들이 몰리기 시작하니까."

아영에 이어 정은과 소흔이 서로 말을 주고받으며 걸음을 재촉해, 세 친구는 나란히 파라다이스 쇼핑몰의 입구로 들어섰다. 소흔의 말대로 쇼핑몰 내에 사람들은 그리 많지 않았다. 보통은 해가 지면서 쇼핑객들이 몰리기 시작해 자정을 전후로 절정을 이루기 때문에 소흔과 친구들이 쇼핑을 하는 오후 3시는 매우 한가로운 시간대에 속했다.

소흔 일행은 고층에 있는 명품관에서 윈도쇼핑을 하며 한 시간 이상을 소비했다.

"이 피카부 백 컬러 죽인다, 진짜."

핸드폰을 들여다보며 아영이 말했다. 명품관을 나온 세 친구들은 모두 제 핸드폰을 들여다보며 걸어가고 있었다.

"컬러만 이쁨 뭐 하냐? 디자인이 노띵인데. 내세는 프라다야. 일단 실용적이거든."

"아냐. 가방은 무조건 샤넬이야. 여긴 없지만. 샤넬님이 이런 데다 매장을 내게 허락하실 리 없지. 콧대가 하늘을 찌르는데. 옷은 밴드 오브 아웃사이더랑 사카이에서만 좀 찍었다. 딱 내 스탈이잖아. 고급스럽고 어딘지 빈티지하면서도 튀진 않지만 평범하지 않고. 근데 가격이 좀 사악해. 리테일 가가 빤한데 이렇게 붙여먹어도 되는지……."

"야, 야. 소흔이 입 터졌다. 저년의 뒤통수를 매우 쳐라."

소흔의 쉬지 않는 말빨에 정은이 퉁명스럽게 반응하자 아영은 킥킥댔다. 세 친구들은 그렇게 수다를 떨면서도 여전히 핸드폰에 눈을 둔 채로 걸었다. 여자들이 이윽고 걸음을 멈춘 곳은 승강기 앞이었다. 소흔이 승강기의 버튼을 누르는 사이 그녀의 핸드폰에서는 문자 신호음이 울렸다.

"누구? 킹카 오빠? 그새 보고 싶대?"

소리만 듣고 정은이 물었다. 여전히 제 핸드폰에서는 눈도 떼지 않은 채였다.

"아니. 엄마."

문자를 확인한 소흔은 대답했다. 그녀의 핸드폰에는 '몇 시에 들어오냐'는 문자가 도착해 있었다. 소흔이 '9시쯤 들어간다' 답문을 보내니 '늦지 마라'는 엄마의 문자가 바로 뒤따랐다. 소흔은 고개를 갸웃했다. 중간고사가 끝난 날이라 설사 클럽에서 놀다가 밤늦게 들어가도 엄마의 잔소리를 듣지 않을 날이기 때문이었다. 집에 무슨 일이 있나, 소흔이 의아해하는 사이 땡 소리가 나고는 승강기의 문이 열렸다. 소흔과 그녀의 친구들은 차례로 승강기에 올랐다. 변함없이 핸드폰에 눈을 처박은 모습들로, 승강기 안에 이미 남자 두 명이 있다는 것은 안중에도 없는 듯했다.

승강기 안에 있던 두 명의 남자 중 하나는 노타이의 검은색 슈트에 머리를 짧게 깎은, 단단하고 차가운 인상의 남자였고, 다른 하나는 중간 톤의 회청색 더블브레스트 슈트차림으로 선글라스를 쓴 모습이었는데 바로 도강원이었다. ─물론 그와 나란히 있는 남자는 한 상무였다─ 강원은 천천히 손을 들어 선글라스를 잡더니 곧 그것을 아래로 살짝 내렸다. 그렇게 내려간 선글라스 위로 그의 눈동자가 향한 곳은 소흔이었다. 소흔과 그녀의 친구들은 마침 머리를 맞대고, 각자의 핸드폰을 들여다보며 수군수군 수다를 떨고 있는 중으로, 강원의 눈에 소흔의 모습은 측면만 보이고 있음에도 그는 그녀를 바로 알아본 것 같았다. 그러면서도 그의 상체는, 마치 좀 더 확인을 하려는 듯 앞으로 조금씩 기울어지고 그 바람에 그의 발뒤꿈치도 같이 들려 까치발까지 되는 것을, 한 상무는 위태로운 눈빛으로 지켜보고 있었다. 그때였다.

"꺄악!"

세 여자들이 일제히 소리를 질렀다. 그것과 동시에 강원은 화들짝 놀라 승강기 벽에 등을 부딪치고 만다. 그의 입에서 절로 '헉' 소리가 나온 것을, 한 상무는 또 못 들은 척하느라 주먹 쥔 손을 제 입에 대고 식은땀을 흘리는 사이 —무방비 상태로 깜짝 놀랄 때의 꼴이 얼마나 웃긴가— 승강기가 멈췄다. 문이 열리자 소흔과 그녀의 친구들은 계속 '꺅, 꺅'에 이어 '까르르' 하며 몰려나갔다. 강원은 다시 닫히는 문 사이로 소흔의 뒷모습을 끝까지 지켜보다, 문이 닫히고 나서야 선글라스를 휙 벗었다.

"아무래도……."

강원이 나직이 입을 열자 한 상무는 긴장한 얼굴이 된다.

"내가 실수한 것 같은데."

강원의 미간 사이에 짙은 주름이 졌다.

소흔과 친구들이 각자 쇼핑백 하나씩을 꿰찬 모습으로 파라다이스를 나왔을 때는 밤이었다. 그러나 쇼핑몰 주변으로 각종 유흥시설들이 밀집한 거리는 지금부터 시작이라는 듯 낮보다 훨씬 휘황찬란한 빛을 뿜어내고 있었다. 사람들도 넘쳐났다.

"어디서 마실까?"

쇼핑몰 안에서 저녁 식사까지 마치고 나온 소흔과 친구들은 커피를 마실 적당한 곳을 찾아, 파라다이스에서 걸음으로 6, 7분 정도의 거리에 있는 한 건물의 1층, 커피전문점으로 들어섰다.

"여기 제일 꼭대기 층이 클럽인 거 알어?"

아영이, 주문한 커피를 가지고 왔을 때 정은은 전문점 안에서 흘러나오는 음악에 어깨를 흔들흔들하며 물었다.

"지금쯤 문 열었을 텐데 우리 한탕 뛰다 갈래?"

"쏘리, 난 안 돼. 커피 마시고 바로 들어가 봐야 해."

소흔은 살랑살랑 고개를 흔들었다.

"나도 흔드는 건 무리다."

아영이 친구들 앞에 커피를 놔주며 말했다.

"우리 꽤 돌아다녔잖아. 쇼핑할 땐 뻴 받아 몰랐는데 지금 다리가 아주 뻐근하다, 야."

"관 짜라. 관. 쳇, 여기 클럽 꼭 한 번 가보고 싶었는데."

"그러고 보니 여기 클럽 이름도 파라다이스네?"

"파라다이스 쇼핑몰이 워낙 유명하니까. 더구나 바로 옆에 있겠다, 이름 따먹기 좀 좋아."

소흔이 커피 잔을 들고 제 짐작을 내놓았다.

"아냐. 아마 같은 회사 소유일 거야."

정은이 끼어들었다.

"사촌오빠한테 들었는데 오빠의 친구의 친구가 낙원…… 무슨 개발인가 하는 회사에 다니는데 그 회사가 파라다이스 쇼핑몰을 소유한 회사래."

"낙원 무슨 개발? 개발새발? 그런 회사도 있어? 이름 참 구수하네."

아영은 괴발개발에 빗대어 밀하며 킥킥댔다.

"몰라. 개발인지 새발인지. 암튼 그 회사가 파라다이스 쇼핑몰뿐 아니라 요 근방의 부동산도 엄청 많이 갖고 있대."

"여기 땅값도 장난 아닐 텐데, 우와~."

이번에는 소흔이 말을 받았다.

"근데 그 회사 오너가 조폭이랜. 조폭."

"조폭?"

소흔과 아영이 정은의 말을 받아 눈을 동그랗게 뜨더니 이내 깔깔거리며 웃었다.

시간이 흘러 한밤중, 소흔이 택시에서 내린 곳은 짙은 밤색의 육중한 대문이 보이는 어느 주택 앞이었다. 멀리 산이 보이고, 그래서 그 산 아래에 자리 잡은 것 같은 형상을 취한 주택가 내였는데 드문드문 오래전에 지어진 5층 이하짜리의 아파트 건물도 보이기는 했으나 대부분은 신축된 단독주택들이 주를 이루고 있어, 그 풍경만으로도 서민층과는 거리가 먼 중, 상류층의 주거지임을 한눈에 알 수 있었다.

소흔은 곧장 짙은 밤색의 대문 앞으로 가 초인종을 먼저 누른 뒤 핸드폰으로 시간을 확인한다. 친구들과의 수다가 길어져 지하철 대신 택시를 잡아타고 온 건데도 시간은 벌써 9시 15분을 넘어서고 있었다. '9시까지 들어간다고 했으니 이 정도면 됐지, 뭐' 하는데 대문이 열렸다. 안으로 들어온 소흔이 돌계단을 올라 정원으로 들어서니 맞은편에서 40대의 남자가 걸어오고 있었다.

"지금 퇴근하세요?"

소흔이 먼저 인사를 했다.

"응. 늦었네? 참, 시험 중인가?"

40대의 남자는 다정하게 인사를 받았다. 소흔의 집과 정원을 돌보는 관리인으로, 당연히 소흔의 집으로 출퇴근을 한다.

"오늘 끝났어요."

"얼른 들어가. 사장님 오늘 일찍 퇴근하셨어."

관리인이 말하는 '사장님'이란 소흔의 오빠를 가리키는 것이다. 오빠가 일찍 퇴근하는 일이 드문지라, 소흔은 '늦지 마라' 했던 엄마의 문자와 더불어 다시 '집에 무슨 일이 있나' 싶은 마음에, 서두르기보다는 오히려 천천히 현관을 향했다. 아버지가 세상을 떠난 후부터는 모든 것이 불안정했다. 마치 어디에선가부터 미세하게 균열이 일어나 어느 순간 와르르 무너질 것 같은, 그런 위태로움이랄까. 소흔은 그 막연한 불안을 떨쳐내려 고개를 살랑살랑 흔들며 현관문을 열었다.

소흔의 집은 적당한 규모의 정원을 소유한, 재벌급에는 결코 미치지 못하지만 일반적으로는 충분히 부자로 인식될 만한 수준으로, 기하학적이고 모던한 형태의 2층 주택 역시 그것을 증명하기에 결코 모자람이 없었다.

"사모님 지금 서재에 사장님이랑 같이 계셔."

가사 도우미로 보이는 아줌마가 말했다. 소흔이 안으로 들어왔을 때였다.

"심각한 것 같던데……?"

"왜요? 무슨 일인데요?"

"그거야 나도 모르지."

아줌마가 몸을 돌리는 사이 2층 계단으로부터 '아가씨 들어왔어요?' 하는 소리와 서른 전후로 보이는 단정한 미모의 여자가 모습을 보였다. 사헌의 아내가 분명했다.

"문소리 들었는데 지후 재우느라고요."

소흔 가까이 온 소흔의 올케는 그렇게 말을 이었다.

"집안에 무슨 일 있어요? 언니."

"글쎄……, 뭐 어머님 심기가 불편하신 것 같긴 한데……."

"왜요? 아줌마도 금방 엄마랑 오빠가 심각하다고 하던데요."

"나도 잘 몰라요. 아무래도 회사가 어렵다 보니 그 문제로 그런지……. 암튼 오빠가 아가씨한테 할 말이 있는 것 같으니 서재에 가봐요."

서재로 보이는 곳에는 50대 초반 정도의 여인이 소파에 앉아 있었다. 소흔의 엄마로 보이는 여인의 눈길은 창을 향해 등을 보이고 선 임사헌에 닿아 있었다.

"지후 애비가 어떻게 그래?"

소흔 엄마의 목소리는 떨리고 있었다. 충혈된 눈빛에도 불구하고 그녀의 그것은 울음 섞인 것이 아닌 분노였다.

"소흔이 갖고 회장님한테 왔을 때 자네 열세 살……. 어떻게 기억하고 있는지 모르지만 난 내 아이를 위해서라도 자네한테 최선을 다했는데, 내 아이처럼이라고는 말 못 해도 양심에 거리낄 게 없었는데……."

"압니다."

사헌은 낮고 갈라진 목소리로 소흔 엄마의 말을 자르며 어깨부터 천천히 돌렸다.

"알면서 어떻게 그래? 날 봐서라도, 아니 회장님을 봐서라도 어떻게 소흔이한테 그럴 수 있냐구……."

소흔 엄마는 목청을 높였다. 그녀가 말하는 '회장님'이란 바로 그녀의 남편, 즉 사헌과 소흔의 생부를 가리키는 것이다.

"더구나 다른 사람도 아닌 그자에게, 불과 얼마 전까지만 해도 원수나 다름없었는데……."

"사업에 원수가 어딨고, 친구가 어딨습니까? 그것은 언제든 바뀔 수 있는 거예요. 또한 지금 그럴 수밖에 없는 사정을 대체 몇 번이나 말씀드려야 해요?"

"몇 번 아니라 수천, 수만 번을 들어도 난 납득 못 해. 회장님이 어떻게 키운 회산데……. 난 귀가 없어? 얼마나 지독한지 혈귀라는 별명까지 붙었다고……."

"과장입니다."

"전혀 사실이 아닌 건 아니잖아. 어떻게 그런 자에게 우리 소흔일……."

"소흔이 들어왔습니다."

감정이 격해 있는 소흔 엄마와는 다르게도 사헌은 사뭇 냉정한 모습으로 다시금 제 계모의 말을 잘랐다. ─초인종 소리와 더불어 창을 통해, 그는 소흔의 귀가를 확인한 듯했다─ 더 이상 소흔 엄마와의 대화를 불필요하다 여긴 것 같았다.

"결국 소흔이가 결정할 일이지요."

"걔 이제 겨우 스물하나, 어린애야. 어린애가 뭘 결정해? 난 절대……."

소흔 엄마의 말은, 이번에는 '탕, 탕' 하는 노크 소리에 저지당한다. 노크 소리에 이어 소흔이 모습을 보였다.

"들어와라."

사헌이 말했다.

"아니. 들어올 필요 없어. 나가."

사헌의 말에 이어 엄마는 손사래를 치며 자리에서 일어났다. 소흔이 미처 인사도 하기 전인지라 그녀는 어리둥절해서 엄마와 오빠를 번갈아 바라봤다. 엄마는 다짜고짜 딸의 팔을 잡고 끌었다.

"어머니가 말씀하시겠어요?"

사헌이, 그런 소흔 엄마의 뒤에 대고 도전적으로 물었다.

"안 해. 난 아무 말도 안 해. 못 해. 듣는 것만으로도 귀가 더러워지는 그런 것을 어떻게 내 입으로 내 딸한테 얘기해?"

"그럼 내가 말할 테니 소흔이 두고 가세요."

"뭔데 그래?"

엄마와 오빠의 싸움에 소흔이 끼어들었다.

"오빠가 나한테 할 말이 있는 거야?"

"그래."

"들을 필요 없어. 가자, 소흔아."

엄마는 다시 소흔을 밖으로 데려가려 했으나 소흔은 오히려 서재 안으로 제 몸을 당겼다.

"엄마가 그렇게 나오니까 더 궁금하잖아. 오빠가 날 팔아버리기라도 한대?"

"그래. 널 판댄다."

엄마는 갑작스럽게 분통을 터뜨리듯 거칠게 내뱉었다. 그래 선지 뒤이어 '뭐?' 하며 의아해하는 딸을 뒤로 하고는 서재를 나가 버렸다. 사헌은 소흔에게 앉으라 하며 동생이 소파에 앉는 사이 서재의 문을 닫았다.

"엄마 말이 무슨 말이야? 오빠. 진짜 날 팔아?"

소흔은, 그것이 말도 안 되는 일이라 여겨선지 대수롭지 않게 물었다.

"그 전에……."

소흔의 맞은편에 앉아 사헌은 입을 열었다.

"오빠 사업…… 어려운 거 알고 있지? 정확히는 몰라도 짐작은 하고 있지? 소흔아."

소흔은 대답 대신 고개만 끄덕여 보였다. 사헌의 사업체란 아버지에게서 물려받은, 회원제 고급 레스토랑 체인인 '이카루스'를 축으로 '이카루스 엔터테인먼트'라는 연예 기획사를 포함하는 것이다. 또한 그것은 모두 'J&L 컴퍼니'라는 모회사에 뿌리는 두는 것으로, 그 모회사는 사헌의 부친인 임 회장과 또 다른 오너인 정 회장이 공동 오너로 설립한 것이었는데 정 회장은 골프 등 레저 관련 사업체를 꾸리고 있다. 오너가 둘인 탓에 알게 모르게 서로 간의 알력이 없지 않았을 터, 그런 와중에 2년 전 임 회장이 사고로 죽은 것과 때를 같이해, 힘의 균형은 급격히 정 회장 쪽으로 기울기 시작했다. 때문에 임 회장의 아들인 임사헌은 2인자로 전락하고, 지금 경영하고 있는 사업체마저 정 회장에게 빼앗길 위험스러운 상황에 처해 있는 것이 현재까지의 진행 상황이었다.

"정 회장이 아버지의 모든 것을 빼앗으려 하고 있어."

사헌은 말을 이었다.

"이카루스 엔터 대표였던 오 대표가 밀려나고 현재 그 자리가 공석인 건 너도 알고 있지? 오 대표를 밀어낸 게 정 회장이야."

"지금 언니가 대표잖아."

"정식 대표가 아닌 임시야."

'이카루스 엔터테인먼트'의 오 대표는 사헌의 라인으로, 그 오 대표를 정 회장이 밀어내고 제 라인의 사람으로 심으려고 한다는 것이며, 현재는 사헌의 아내가 대표직 대행을 하고 있다.

"어쨌든 이카루스 엔터는 아빠 꺼, 그러니까 오빠 꺼잖아. 그걸 어떻게 가져간단 거야?"

"저세한 건 복잡해서 설명해도 넌 이해 못 해. 다만 한 가지는 말할 수 있다. 정 회장이 어떤 힘을 등에 업고 있단 것을 말이야."

"어떤…… 힘?"

소흔이 물었지만 사헌은 대답하지 않았다. 그러자 소흔도 캐묻지 못한다. 언젠가 그것에 대해 얼핏 들었던 기억을 —정 회장이 '어떤 세력'과 접촉한다 해서, 그 문제로 오빠와 엄마가 주고받았던 대화의 한 토막을 우연히 들은 적이 있어 바로 그것을— 불현듯 떠올렸기 때문이다.

"현재 내 힘만으로는 정 회장을 상대하기가 버겁구나."

사헌은 '어떤 힘'에 대한 설명 대신 그렇게 말했다.

"솔직히 말하면 어려워. 이대로 있다가는 결국 사업체 모두를 빼앗기게 될 거야. 누군가의 도움이 없다면 말이다."

"근데……? 주변에 도울 사람이 없는 거야?"

"있어. 딱 한 사람."

"그럼 도와달라고 해봐. 오빠 협상 같은 거 되게 잘하잖아?"

"사실은…… 그자가 내 제안에 흥미를 느끼고는 있어. 말하자면 거랜데, 그자에게도 충분히 메리트가 있기 때문이지. 그런데 의심이 많구나. 어쩌면 당연한 의심일지도 모르지. 배신이 상식처럼 난무하는 곳에서 잔뼈가 굵은 사람이니……."

"누군데?"

"그 전에…… 그자가 날 돕기로 이미 결정했다는 것부터 말해야겠구나."

"정말? 와, 잘됐다."

오빠의 말을 들으며 내내 긴장된 얼굴을 하고 있던 소흔은 탄성에 가까운 소리를 냈다.

"그럼 걱정할 게 없잖아?"

"다만 조건이 있어."

"조건? 뭔데?"

"너."

"응? 나?"

"네가 그자와 결혼해야겠다. 소흔아."

소흔은 머리를 한 대 얻어맞은 사람처럼 절로 입을 헤 벌리더니 이내 그 입으로 숨을 훅 들이켜며 가슴을 들썩였다.

"진짜 결혼은 아니야."

동생의 얼빠진 얼굴을 향해 사헌은 손을 저었다.

"결혼식을 하고 또 그자와 함께 살아야 하지만……."

사헌은 잠시 말을 멈추고 동생의 눈을 마주했다.

"그것뿐이야. 부부관계는 없는……. 무슨 뜻인지 알지?"

"그, 그게 그러니까……."

"이건 사업이야. 널 건드리면 계약위반이고, 무엇보다 약속을 지킬 사람이다. 그렇게 오래 안 걸려. 일이 마무리 되면 넌 다시 집으로 돌아올 거고, 그것으로 끝나는 거야."

"그, 그러니까 가짜 결혼이라는 거잖아. 그런데 결혼식도 하고 함께 산다구……? 그런 짓을 왜, 왜 하는데?"

"보여야 하니까. 정확히 정 회장에게, 내가 도 대표와 손잡았다는 것을 말이야. 그게 먼저다."

"도 대표? 그 사람이 오빠를 도울 사람, 그러니까 나와 결혼할 남자야?"

"그래. 낙원산업개발의 대표, 도강원이란 사람이다."

"낙원…… 개발……?"

소흔은 어렵지 않게 오늘 친구의 입에서 나왔던 '개발새발'을 떠올렸다.

"파라다이스 쇼핑몰……. 거기?"

"그래. 아는구나? 그 쇼핑몰은 도 대표 사업체의 일부일 뿐이고 사실은 훨씬 많아. 낙원산업개발은 그 사업체 모두를 총괄하는 지배회사로 바로 도 대표가 오너다."

소흔의 귀에는, 그러나 오빠의 말보다는 '개발새발의 오너가 조폭'이라는 친구의 말이 메아리처럼 재생되고 있었다. 또한 그 위에 조금 전 사헌이 언급했던 '어떤 힘'이 포개진다. 그것들은 같은 것이다. 그러니까 오빠는, 정 회장이 끌어들인 '어떤 힘'에 대항해 또 다른 '조폭'인 '개발새발'과 손잡으려 한다는 말인가. 그런 생각들이 머릿속을 어지럽혔으나 그녀는 그것에 대해 차마 오빠에게 묻지는 못했다.

"만약 내가 싫다면…….."

소흔은 대신 그렇게 입을 열었다.

"강제로…… 날 보낼 거야?"

"말도 안 되는 소릴. 오빠 지금 너한테 부탁을 하는 거야. 그리고 네 결정을 존중한다. 다만 한 가지만 알아다오."

사헌은 신중한 얼굴로 동생의 눈을 마주했다.

"네 결정에 따라 아버지가 세운 회사는 물론, 우리 가족의 운명도 함께 결정될지 모른다는 사실을 말이다."

소흔은 힘없이 오빠의 서재를 나왔다. 그렇게 나와 먼저 향한 곳은 제 방이 아닌 주방이었다. 입 안이 바짝 말라 물을 마시려던 것이다. 아줌마는 보이지 않았다. 소흔은 정수기에서 물을 컵에 한가득 받아 단숨에 들이켠 후 다시 반 컵 정도 물을 담아, 그것을 들고 주방을 나왔다. 소흔이 그 다음으로 향한 곳은 역시나 그녀의 침실이 아닌 다른 곳이었다.

"맹한 것."

딸을 보자마자 엄마는 그렇게 내뱉었다. 소흔이 들어온 곳은 엄마의 침실이었다.

"네가 도통 야무지질 못하니 오빠가 그런 일도 꾸밀 수 있는 거야.”

“진짜 결혼도 아닌데, 뭐.”

“진짜든 가짜든 결혼식을 올리잖아. 식을. 이 맹한 것아. 결혼식이 무슨 드라마 찍는 거야? 다른 건 다 그렇다 쳐도 결혼식은 어쩔 거냐구? 그럴듯하게 하려면 최소한 친인척들은 다 초대해야 하는데, 그럼 나중에 넌 뭐가 돼? 일일이 다 설명하는 것도 웃기고, 이건 뭐 개콘이야, 뭐야? 암만 생각해도 네 오빠 지금 제정신이 아니야. 말이 되는 소릴 해야지. 너, 설마⋯⋯ 하겠다고 대답한 건 아니겠지?”

“아니. 아직. 근데 오빠 입장도 이해가⋯⋯.”

“이해 같은 소리 하고 있네. 동생 팔아먹는 일에 입장은 무슨 입장? 말이 결혼이지, 너 볼모야. 볼모. 그게 뭔 줄이나 알아?”

엄마의 높아진 언성에 소흔은 손에 든 물 컵을 놓칠 뻔했다.

“엄만 정말이지 지후 애비한테 너무 섭섭하다.”

엄마는 눈시울을 붉혔다. 목소리를 낮추기는 했으나 노여움은 더욱 진해졌다.

“네 아빠만 살아 계셨어도 그런 더러운 거래는 꿈도 못 꿀 일이야. 그러니 소흔이 너, 엉뚱한 생각 하지 마. 엄마 칼 물고 콱, 죽는 꼴 보고 싶지 않으면. 알았지?”

엄마는 소흔을 보며 다시 한 번 못 박았다.

마른하늘에 날벼락이라는 말은 이럴 때 쓰라고 있는 것이겠지, 소흔은 심란한 마음으로 2층을 향했다. 결혼은커녕 남친과 그럴듯한 연애 한 번도 못 해봤는데 갑자기, 그것도 알지도 못하는 남자와의 결혼이라니, 그것도 정략결혼이라 해야 하나, 아니다. 사헌의 말대로 '손도 대지 않는다'는 내용의 협상안까지 오고갔다면 정략결혼도 아닌, '무늬만 결혼'에 더 가까웠다. 게다가 엄마는 '사실상 볼모'라 한다. 이런저런 생각을 하며 2층의 침실로 들어온 소흔은 가방과 쇼핑백을 아무 데나 던져두고 곧장 침대에 몸을 던졌다. 소흔은 마음이 무거웠다. '네 결정을 존중한다' 했던 오빠의 말이 오히려 목에 가시처럼 그녀를 더욱 불편하고 부담스럽게 만들었던 탓이다.

"오빠도 힘들긴 하겠다……."

소흔의 아버지인 임 회장이 소흔 엄마와는 재혼이라 부부의 나이 차가 제법 나, 소흔에게도 당연히 나이가 많은 아버지요, 그 당연한 결과로 소흔과 그녀의 이복오빠인 사헌의 나이 차만도 13년이었다. 때문에 늦둥이로, 아버지의 사랑을 독차지하고 컸던 소흔은 오빠와의 사이도 특별히 나쁠 것 없어, 오빠에 관한 나쁜 기억은커녕 섭섭했던 기억조차 갖고 있지 않았다. 아버지가 세상을 떠난 후에는, 더구나 사헌을 아버지 대신으로 의지하고 있어, 그런 오빠를 힘들게 한다는 것이 소흔에게는 결코 쉬운 일이 아니었다.

"하지만……."

소흔은 고개를 저었다. 엄마의 말이 맞다, 생각했다.

다음 날, 소흔은 잠에서 깨자마자 창의 커튼부터 젖혔다. 시간은 10시가 넘어서고 있는데 평소의 그 시간에 비해 방 안이 너무 어두웠던 탓이다. 역시나 밖은 잔뜩 흐려서 비가 부슬부슬 내리고 있었다. 학교를 가야 했으면 살짝 짜증이 날 날씨였겠지만 중간고사가 끝난 주말이라 전혀 부담이 없어, 소흔은 늘어지게 기지개를 켜며 한껏 여유를 부렸다.

"꽤 쌀쌀하겠는걸."

소흔은 도톰한 소재의 가운을 몸에 걸치고 1층으로 내려와 곧장 주방을 향했다. 주방의 식탁에서는 엄마가 서너 살 정도 돼 보이는 사내아이에게 밥을 먹이고 있었다.

"지후야, 굿모닝."

소흔은 먼저 사내아이를 향해 손을 살살 흔들어 보이며 인사했다.

"고모. 늦잠. 그치? 할머니."

지후는 들고 있던 숟가락으로 소흔을 가리키며 할머니를 향해 밥풀을 튀기며 말했다.

"그래. 고모 늦잠꾸러기다. 어여 먹어. 일찍 일어난 우리 착한 지후는 밥도 많이 먹어야지."

소흔 엄마는 생선살을 발라 지후의 밥 위에 얹어 주었다.

"아줌마. 난 안 먹어요. 걍 커피나 할래."

아줌마가 소흔의 식사를 준비하려 하자 소흔은 그렇게 말하며 커피머신 앞으로 움직였다.

"정신이 몽롱해. 잠을 잔 건지 만 건지, 계속 자다 깨다 꿈꿨다, 밤새 너무 스릴이 있었다니까."

커피를 내리며 투덜대듯 하는 딸을 보며 엄마는 혀를 끌끌 찼다.

"오빠는?"

잠시 후, 커피 잔을 들고 와 엄마 맞은편에 앉은 소흔이 물었다.

"오빠 뭐? 당연히 출근했지, 이 시간에 오빤 왜 찾아?"

'이카루스'라는 이름의, 고급 회원제 레스토랑 체인을 경영하고, '이카루스 엔터테인먼트'에도 관여하고 있는 사헌은 주말이 더 바쁜 사람이었다.

"아니, 뭐 그냥……."

엄마의 노려보는 눈길을 피해 소흔은 커피 잔을 입에 댔다. 소흔의 입에서 무심결에 나온 '오빠는?'은 사실, 그녀가 밤새 겪은 스릴이 다름 아닌 오빠 걱정이었다고 실토한 것이나 한가지여서, 그것을 모를 리 없는 엄마의 눈총을 받고 있는 것이었다.

"허튼 생각만 해봐라, 그냥."

엄마는 작은 목소리로, 그러나 윽박지르듯 했다. 소흔은 못 들은 척 조카를 향해 '맛있어?' 하니 녀석은 입에 밥알이 한가득인 채로 고개부터 끄덕여 보였다.

"엄마 없어."

지후는 밥을 꿀꺽 삼키고 말했다.

"응? 당연히 엄마 일하러 갔지. 내일은 일요일이니까 엄마가 지후랑 놀아줄 거야."

고모의 말에 지후는 고개를 흔들며 다시 '없어' 한다.

"지후 에미, 거의 새벽에 나가서 지후가 제 엄마 얼굴을 못 봤거든."

지후가 왜 그런 말을 했는지를 소흔 엄마가 대신 설명했다.

"엔터에 급한 일 있나……?"

그때 주방 내 벽걸이 전화기가 요란하게 울렸다. 아줌마가 수화기를 빼든다.

"이 비서님이세요?"

아줌마는 그렇게 전화를 받더니 이어 '네에?' 하며 소스라쳤다. 소흔과 그녀의 엄마 눈길이 동시에 아줌마를 향한다.

"무슨 일이야?"

사색이 돼 있는 아줌마를 보며 소흔 엄마는 물었다. 엄마 역시 불길한 예감에 엄습 당한 모습이었다.

"에……, 엔터에 사고가 났나 봐요."

아줌마는 아직 수화기를 손에 든 채 소흔 엄마를 향했다. 아줌마가 말하는 '엔터'란 사헌의 사업체 중 하나인 이카루스 엔터테인먼트를 가리키는 것으로, 사헌의 아내인 지후 엄마가 임시 대표로 근무하는 곳이기도 했다.

"작은 사모님이 탄 밴이 빗길에……."

아줌마는 말을 잇지 못했다.

사고는 오전 9시쯤에 일어났다. 사헌의 아내는 평소보다 일찍 이카루스 엔터테인먼트로 출근했다. 회사 소속인 4인조 여성 그룹 버터플라이를 만나 스튜디오 녹음을 진행할 계획이었기 때문이다. 가수들의 스튜디오 사용 일정이 꼬이는 바람에 아직 신인인 버터플라이의 사용시간을 오전 일찍 잡은 것이었는데 회사에 도착하자마자 마침 다른 가수 팀의 사용 일정이 취소됐다는 연락이 와, 그렇잖아도 시간에 쫓겨 밥도 못 먹었다는 버터플라이의 투정에, 식사를 위해 모두 밴에 올랐다. 운전대를 잡은 매니저를 포함 버터플라이 멤버 4명과 사현의 아내를 태운 밴이 향한 곳은 회사에서 차로 10여 분 거리에 있는, 낙지볶음으로 유명한 식당이었다. 비는 부슬부슬 내리고 있었다. 고가 다리에서 밴은, 앞서 저속으로 달리고 있던 승용차를 추월하려다 빗길에 미끄러져 중앙선을 넘어가 가드레일에 부딪친 후 전복되었다. 그 사고로 버터플라이 멤버 중 한 명은 현장에서 즉사하고, 또 한 명과 사현의 아내는 병원으로 이송 중 사망했다. 버터플라이는 이카루스 엔터테인먼트에서 야심차게 내놓아 한창 인기몰이 중이던 신인 그룹으로, 멤버들의 나이도 소흔과 비슷한, 고작 스물 전후였다.

쨍강! 소흔은 들고 있던 커피 잔을 떨어뜨렸다.

2
개발새발

빈소는 흰색의 국화꽃으로 가득했다. 영안실 입구 역시 많은
양의 조의 화환들로 장식돼, 그 사이로 사람들의 발길이 끊이
지 않는 가운데 영안실 안은 따로 음식을 대접하지 않아 비교
적 정갈한 분위기였으며 시끄럽지도 않았다.

소흔은 빈소에서 머지않은 곳에 그녀의 엄마와 함께 나란히
앉아, 안면이 있거나 중요한 문상객들이 오면 자리에서 일어나
고는 했는데 그때마다 소흔의 눈길은 문상객들보다는 상주인
사헌에게 더 오래 머물러 있기 일쑤였다. 갑작스러운 아내의 사
망 사고에 황망하기도 하련만 병원 영안실에 빈소가 차려진 어
제부터 사헌은 한결같은 모습으로 문상객들의 조의에 예를 표

하고 있었다. 사고는 비단 사헌의 아내 목숨만 앗아간 것이 아니기에, 이카루스 엔터테인먼트 소속의 가수 두 명도 함께 세상을 떠 그 가수들의 빈소도 바로 옆방에 마련돼 있기에, 아마도 사헌은 제 아내를 잃은 슬픔 이전에 오너로서, 소속 가수들에 대한 책임감에도 짓눌려 있을지 모른다, 소흔은 그렇게 짐작했다. 실제로 사헌보다는 소흔과 그녀의 엄마가 고인의 친정 식구들과 함께 더 많은 눈물을 흘렸으며, 증명하듯 소흔과 엄마는 빈소가 차려진 지 이틀이 지났음에도 여전히 퉁퉁 부은 얼굴을 하고 있었다.

소흔은 제 팔을 툭 치는 손길과 함께 엄마가 자리에서 일어나는 움직임을 느끼며 고개를 들었다. 방금 도착한 듯 보이는 낯익은 문상객의 모습이 바로 눈에 들어왔다. 일흔 전후의 반백의 남자, 바로 소흔의 부친과 함께 사업을 일으켰던 정 회장이다. 두 명의 수행원을 동반한 정 회장은 먼저 빈소 앞에서 향을 피웠다. 그 사이 소흔 엄마는 소리 없이 사헌 옆으로 다가서고 소흔이 그 뒤를 따랐다. 정 회장은 빈소에 예를 취한 후 사헌과 소흔 엄마 쪽으로 천천히 몸을 돌렸다.

"불의의 사고로 귀한 며느님을 잃으셔서 얼마나 깊은 상실감을 느끼실지 헤아릴 길 없습니다."

정 회장은 먼저 소흔 엄마를 향하여 정중하면서도 노련한 어조로 애도를 표했다.

"와주셔서 감사합니다."

소흔 엄마는 고개를 숙여 보였지만 굳은 얼굴이었다.

"계속 힘든 일이 있어서 임 사장이 특히 괴롭겠구먼."

정 회장은 이어 사헌에게 눈을 옮긴 후 말했다. 동시에 소흔의 눈길도 슬며시 오빠를 향했다. '정 회장이 어떤 힘을 등에 업고 아버지의 모든 것을 빼앗으려 한다' 했던 오빠였으니 그런 정 회장을 이런 상황에서 마주하는 것이 얼마나 가증스러울지, 정 회장을 향해 지금 소흔 자신이 느끼는 역겨운 감정에 비춰 짐작 못 할 바 아니었기에 '오빠는 내 심정보다 더하겠지?' 싶어서였다. 더구나 정 회장의 '계속 힘든 일이 있다'는 말은, 결국 지금의 불행을 당하기 전부터 사업적으로도 오빠가 매우 어려운 처지에 놓여 있음을 드러내주는 것이어서 소흔은 더욱 가슴이 쓰렸다.

"더구나 사랑하는 아내까지 잃었으니 내 감히 어떤 위로로 임 사장의 마음을 달랠 수 있겠나?"

정 회장은 말을 이었다. 그런 중에 사헌의 모습은 얼핏, 지금까지와 별다른 차이를 보이고 있지 않았다. 그저 무표정하니, 문상객에게 예를 갖춘 모습, 그 이상도 이하도 아니었다.

"하지만 임 사장이라면 모두 능히 이겨낼 거야. 모쪼록 힘내게. 응?"

정 회장과 사헌의 눈이 정면으로 마주친다. 순간 사헌의 턱이 미세하게 꿈틀댄 것을, 소흔은 놓치지 않았다. 아주 찰나였지만 그것은 어금니를 꽉 깨물었을 때, 그것도 심하게 깨물었을 때나 나타날 수 있는 경련 같은 것이었다. 그러나 소흔이 충격을 받은 것은 오빠가 아닌, 정 회장 때문이었다. 역시나 찰나였지만 정 회장의 입가에 언뜻 나타났다 사라진 조소(嘲笑)를, 그녀는 똑똑히 보고 말았던 것이다. 그것은 분명한 조롱이었다.

시간이 흘렀다. 소흔은 올케의 빈소 앞에 오빠가 없는 것을 보며 자리에서 일어났다. 새벽 시간대라선지 새 문상객의 발길도 뜸한 가운데 소흔 엄마를 비롯한 대부분의 유족은 영안실 한쪽 구석에서 피곤한 몸을 누인 채였다. 소흔도 잠깐 졸았다 일어난 것으로, 코트를 어깨에 걸치고 영안실을 나와, 아마도 사헌을 찾는지 주위를 두리번거리던 중에 문득 조의 화환 하나에 눈길을 고정했다. 그녀의 눈길을 끈 것은 영안실의 입구를 장식한 많은 화환들 중 하나로, '낙원산업개발 대표 도강원'이라는 글이 적힌 커다란 검은색 리본이 달려 있는 것이었다. 소흔은 강원의 이름이 적힌 리본을 물끄러미 바라보았다. 강원이 문상을 온 흔적은 없는데 ─그가 왔다면 엄마나 오빠가 알려주었을 것이다─ 인편에 조화(弔花)만 보내온 것일까 하는 생각 중에 뒤로부터 기척을 듣는다.

"오빠……."

기척을 낸 사람은 사헌이었다. 그는 영안실의 입구 쪽으로부터 모습을 보였는데 온몸에 찬 기운을 가득 안고서였다. 건물 밖으로 나갔다 들어온 것이 틀림없는 그는 핸드폰을 손에 꽉 쥐고 있기도 했다. 소흔은 한 걸음에 사헌 앞으로 다가섰다.

"나, 그 개발새발이랑⋯⋯."

소흔은 다짜고짜, 그러면서 이상하게도 약간 헐떡이며 입을 열었다.

"결혼할게!"

결혼한다는 소흔의 결심은 선언처럼 들렸다. 그렇게 해서라도 오빠에게뿐 아니라 스스로에게도 못 박는, 도로 주워 담거나 돌이킬 수 없는 확정적 사실로 만들기 위함이었을까. 그렇다고 그것이 충동적이라는 방증은 될 수 없었다. 실제로 소흔은 정 회장이 조문을 다녀간 이후 줄곧, 속이 울렁거려 욕지기가 올라올 정도로 고민에 고민을 거듭해, 그 결과로 내놓은 선언이었기 때문이다. 그러니 어쩌면 그 끝이 빤한 고민이었을지도 모른다. 사헌에게서 '네 결정으로 회사와 가족의 운명이 함께 결정된다'는 말을 들었을 때 이미 소흔에게 선택의 여지란 없었을 테니 말이다. 그런 말을 듣고 어떻게 거절할 수 있겠는가.

"뭐? 없던 일이 됐다구?"

소흔은 펄쩍 뛰었다. 그녀는 사헌과 함께 여러 가지 색들로 울긋불긋한 화단 앞 벤치에 나와 있었는데, 사헌만 앉았고 소흔은 서 있었다. 영안실 건물 밖으로, 날은 아직 어둠이 지배하는 가운데 멀리 새벽 어스름이 차츰 세력을 넓혀가고 있는 시간대였다.

"사실은 조금 전에 도 대표와 통화를 했어."

지금 시간이 누군가와 통화를 하기에는, 상식선에서 보자면 적절한 시간대는 아니었다. 그런데도 통화를 했다면 무엇인가 중요 내용이 오고 갔으리라 추정할 수는 있었다. 다만 사헌은 그것에 대한 설명은 하지 않고, '임 사장 동생과 관련된 일은 없던 일로 합시다' 한 강원의 말만을 전했다.

"왜?"

소흔은 놀라, 이번에는 부르짖었다.

"글쎄다, 통보만 받았으니 이유야 나도 알 수 없지."

"그, 그럼 개발새발의 도움도 받을 수 없는 거야?"

동생의 걱정스러운 물음에 사헌은 아무 대답도 하지 않았다. 다만 그의 어두운 안색이 대답을 대신할 뿐이었다.

"말도 안 돼. 무슨 남자가 그래?"

오빠의 안색 때문인지 소흔은 부러 더 발끈했다. 어렵게 결심했더니 이제와 '개발새발'의 거절로 무산되다니.

"서로 손잡자 해놓고 일방적으로 그러는 법이 어딨어? 오빠가 다시 말해봐. 응? 아니……. 일단 만나자고 해. 일단 나랑 만나고 나서 결혼을 할지 말지 결정하라구."

"일단 장례식부터 끝내고."

장례식이 끝나고 며칠이 흘렀다. 그 사이 소흔은 수시로 오빠를 붙잡고 '어떻게 되었냐' 묻고는 했지만 그때마다 오빠의 대답은 고개를 가로젓는 것으로 돌아왔다. 또 그때마다 소흔은

'다시 부탁해 보라' 떼를 써보기도 했으나 그녀의 그런 조바심에도 불구하고 '도 대표의 통보'는 쉽게 바뀌지 않았다. '동생과 만나 달라'고, 사헌이 강원에게 마냥 사정하는 것도 꼴이 우스워, 사실상 그것은 물 건너간 듯했다.

며칠 뒤, 소흔은 지하철역에서 내려 밖으로 나온 후 핸드폰을 들여다보고 있었다. 그녀가 보고 있는 것은 낙원산업개발의 주소와 약도였다. 회사의 인터넷 홈페이지를 보고 찾아온 것인데 다행히도 쉽게 발견할 수 있었다.

"여기구나……."

6층짜리 빌딩 앞에 선 소흔이 중얼거렸다. 빌딩은 그리 크지 않은 규모였지만 상당히 실력 있는 건축설계사가 관계하지 않았나 추측될 정도로 군더더기 없이 깔끔하면서도 매우 인상적인 외양을 하고 있었다.

"우와, 빌딩은 되게 세련돼 보이는데……."

소흔은 빌딩의 정문 옆에 붙은 작은 청동 판을 향해 고개를 갸웃했다. 빌딩은 그 세련된 외양과는 참으로 '뜬금포 터지게'도 '낙원'이라는, 다소 촌스러운 빌딩 명을 그 청동 판에 양각으로, 그것도 궁서체로 새겨넣고 있었다. 그 궁서체를 지나 안으로 들어가니 조용한 로비에는, 경비 데스크에 앉아 있는 제복을 입은 40대 후반 정도의 남자 외에 다른 사람의 모습은 보이지 않았다.

"안녕하세요."

소흔은 생글거리는 얼굴로 경비에게 다가갔다. 데스크 위에 걸린 '낙원산업개발Ltd.'라는 현판을 힐끔 보면서였다.

"네. 무슨 일로 오셨습니까?"

경비는 친절하게 맞았다.

"낙원개발 도강원 대표님을 좀 만나 뵈러 왔는데요."

"아, 그렇습니까? 성함이 어떻게 되시는지요?"

경비는 데스크 위에 있는 내선 전화기를 집어 들었다.

"아, 선약이 있는 것은 아니구요. 하지만 꼭 만나야 해요."

그러자 전화기를 탁 하고 내려놓는 경비의 얼굴은 삽시간에 친절한 표정을 거두어들였다.

"선약이 없으면 올라가실 수 없습니다."

"그럼 물어봐 주세요. 저 임소흔이거든요. 틀림없이 만나주실 거예요."

경비는 잠시 주춤했으나 곧 수화기를 들었다.

"여기 경비실입니다. 비서님. 임소흔이라는 여자분이 오셔서 대표님을 만나 뵙는다 하는데요……. 선약은 없으시고요……. 네. 알겠습니다."

경비가 이번에는 쾅 하고 수화기를 놓았다.

"선약이 없으면 대표님을 만나실 수 없습니다."

"원래 저 대표님이랑 잘 아는 사이예요. 엄청 친하거든요. 근데 갑자기 급한 일이 생겨 미처 약속을 못 잡은 거뿐이라구요."

"그렇게 엄청 친하시면 핸드폰으로 걸어보지 그래요?"

경비는 퉁명스럽게 받아쳤다. 맞는 말이었다. 소흔 역시 오빠를 통해 강원의 핸드폰 번호를 알아내려 했으나 오빠는 가르쳐주지 않았다. 어디까지나 사업의 연장선인데 소흔이 나서서 '설치는' 것은 모양새가 좋지 않다고 판단했을 것이다.

"핸드폰으로 당연히 걸었죠. 근데 계속 통화 중이더라구요. 원래 대표님이 바쁘시잖아요. 바쁜 사람한테 계속 전화를 하는 것도 예의에 어긋나지 않겠어요? 그래서 문자를 남기고 기다리는데 대표님이 얼마나 바쁘신지 문자를 계속 확인을 못 하시나 봐요. 그래서 기다리다, 기다리다 온 거니 경비 아저씨가 사정 좀 봐주세요. 틀림없이 복 받으실 거예요. 아셨죠?"

소흔은 마지막 말을 토해놓자마자 승강기 앞으로 쪼르르 달려갔다.

"아니 이 아가씨가 따발총으로 사람 혼을 쏙 빼놓더니 뭐 하자는 거야?"

경비는 재빨리 소흔의 뒤를 쫓아와, 소흔이 승강기의 버튼을 누르는 사이로 그녀의 팔을 잡아챘다.

"어딜 잡아요? 저도 우리 집에서는 귀한 딸이고, 동생이고, 고모고, 그렇거든요."

"나도 우리 집에서는 귀한 아빠고, 남편이고, 아들이고, 사위고, 그래요."

소흔이 경비와 토닥대는 사이, 정문 입구로부터 두 명의 남자 실루엣이 앞뒤로, 약간의 간격을 두고 들어섰다. 앞선 남자는 검은색 선글라스에 한 손을 바지 주머니에 찌른, 포스 있는 모습으로 들어와 '엄마야' 하는 것 같은 '찌질한' 꼴로 순식간에 바뀌더니 등을 돌렸다. 강원이었다. 강원의 뒤를 따르던 한 상무는 '벙 쪄서' 자신을 마주한 강원 너머로, 싸움에 열중하느라 누가 들어온지도 모르는 소흔과 경비에게 눈길을 던졌다. 이어 한 상무가 손으로 자신의 입을 가리며 고개를 숙이는 사이 강원은 '흠, 흠' 하며, 저 '젖비린내 나는 계집'을 보고 자신이 왜 놀랐는지, 당연히 쪽팔려 하는 얼굴로 재킷의 매무새를 고쳐 잡는 척했다.

"저 계집애가 여기 왜 온 거야?"

선글라스를 벗고 뒤를 힐끔 본 강원이 중얼거렸다.

"아무래도……."

고개를 들고 입에서 손을 치운 한 상무가 나직한 목소리로 말하는데 그의 그런 윗입술이 파르르 떨려왔다.

"대표님을 만나러 온 것 같습니다……."

"너 지금 웃냐?"

"아, 아닙니다……."

강원은, 눈물이 나 붉게 충혈된 눈을 부리부리 뜨고 있는 한 상무를 잠시 노려보다, 다시 뒤를 슬쩍 돌아보았다. 그때 소흔 역시 두 사람을 의식했는지 강원에게 눈길을 보내고 있어, 두 사람의 눈은 순식간에 따닥 마주쳤다. 물론 아주 찰나였다. 강원이 먼저 재빨리 외면하고는 그대로 정문을 통과해 도로 나갔기 때문이다. '내가 왜 피하는 거지?' 하며 어처구니없어 한 것은, 이미 나가고 나서였다.

소흔은 결국 도강원 대표를 만나지 못한 채 '낙원'에서 쫓겨났다. 그러나 바로 다음 날, 그녀는 오빠로부터 '도 대표 측으로부터 만나자는 연락이 왔다'는 말을 전해 들었다. 사헌의 사무실이 있는 이카루스 레스토랑에서였는데, 오빠가 동생을 불러 만난 것이었다.

"도 대표가 갑자기 왜 생각을 바꿨는지는 모르겠다만……."

사헌은 말을 이었다.

"네 생각은 변함없는 거지?"

소흔은 고개를 끄덕였다. 정작 강원의 허락이 떨어졌다 하니 다행이다 싶은 한편으로는 묘한 긴장감도 느껴졌다. 두 사람이 마주앉아 있는 곳은 레스토랑 내 사헌의 집무실이 아닌, 4인실의 테이블 룸으로 커피 잔을 앞에 두고서였다.

"근데 그 개발새발 몇 살이야?"

커피 한 모금으로 목을 축인 소흔이 물었다.

"그게 이제 궁금해?"

"그동안은 그걸 궁금해할 정신이나 있었나, 뭐."

"오빠랑 같다."

오빠의 대답에 소흔은 다소 안도를 하는 한편으로 내심 찜찜한 입맛도 다셨다. 오빠보다 나이가 많을지 모른다는 걱정으로부터는 안도했으나 그렇다 해도 13년 차의 남편은, 비록 가짜라 해도 끔찍했기 때문이다.

"날짜는 언제로 정할까?"

사헌은 동생의 시무룩한 얼굴을 살피며, 마치 동생이 변덕을 부릴까 걱정하듯 조심스레 물었다. 동생과 강원이 첫 만남을 가질 날짜를 묻는 것이었다. 소흔은 잠깐 머뭇거렸다.

"만약 결혼하면…… 나 다시 집으로 돌아오기까지 얼마나 걸려?"

소흔은 대답 대신 먼저 그렇게 물었다.

"확답할 수는 없지만 결혼식을 치른 이후 3, 4개월 정도?"

그것은 정 회장과 사헌의 아버지인 임 회장이 공동설립한 J&L컴퍼니를 분리하기까지의 시간이었다. 사헌이 아버지의 지분을 모두 갖고 분리하는 것을 목표로 하며 ─회사를 장악, 독점하려는 정 회장은 당연히 분리를 막고 있을 뿐만 아니라 어쩔 수 없이 분리가 될 경우에라도 사헌을 몹시 힘들게 하려는 것은 물론, 막대한 손실까지 떠넘기려 하고 있었다─ 그 분리 과정을 돕는 것이 바로 도강원이다.

"가능한 한 기간을 단축시키도록 노력하마."

소흔은, 그래도 우물쭈물하며 손으로 제 아랫입술을 만지작댔다.

"오빠를 믿어라. 소흔아."

불안한 기색이 엿보이는 동생을 향해 사헌은 제 목소리에 힘을 실었다.

"오빠가 네 안전을 걸고 아무하고나 그런 거래를 하지는 않아. 형식상의 결혼인 거, 도 대표와의 분명한 약속이고 그걸 깰 사람이 아니다. 혼인신고도 물론 하지 않아."

"응. 알았어."

소흔은 마침내 고개를 끄덕였다. 그렇게 해서 소흔과 강원의 첫 만남이 정해졌다. 바로 11월 둘째 주말로, 소흔의 가족이 지후 엄마의 장례를 마무리한 날로부터 정확히 12일 후였다.

"뭐?"

강원은 입술 사이로 하얀 치아를 살짝 드러냈다. 입에 문 담배 필터를 이빨로 잘근잘근 씹다, 그것을 멈추면서였다. 담배 끝이 타고 있어 생 연기가 모락모락 피어오르는데도 그는 그것이 맵지도 않은지 그 상태로 필터를 입안에 굴리고 있었다. 개인 집무실로 보이는 곳의 일인용 소파에, 다리를 가볍게 포개 앉아 있는 모습으로였다.

집무실은 넓은 편으로, 강원이 앉아 있는 크림색의 소파 세트를 비롯해 거대한 서가를 등진 집무용 책상, ─'대표 도강원'이라는 명패가 놓여 있음은 물론이다─ 회의용 테이블과 세트를 이룬 의자들, 몇 개의 장식용 가구와 파티션으로 구분된 일정한 공간까지를 포함하고 있었다. 천장과 바닥, 벽을 포함하는 기본 자재들과 함께 그 모든 것은 무척 고급스러웠으며 또한 인테리어 전문가의 손길을 거친 것이 분명해 보이는 세련된 배치를 보이고 있는 중에, 한 개인의 취향이라고 할 만한 것은 창가에 놓인, 고작 몇 개의 화분이 아닌가 싶었으나, 그것도 실내의 분위기와는 전혀 어울리지는 않을 뿐만 아니라 아무런 미적 연관도 없는 것들이라 가히 집무실 주인의 취향을 엿볼 수 있게 했다.

"방금 연락이 온 겁니다. 그것도 팩스로⋯⋯."

강원의 맞은편에는 한 상무가 서 있었는데 방금 어떤 보고를 하고 난 후인 것 같았다.

"다시 읊어봐."

강원의 명령에 한 상무는 먼저 주먹을 제 입에 대고 헛기침부터 한다.

"첫 만남은 임소흔 양의 뜻에 따라 오후 5시, 파라다이스 명품관 12층, 콜롬보 매장 앞에서 이뤄지고, 드레스 코드는 캐주얼. 반드시 청바지에 하얀 운동화, 그리고 몽클레어의 블라종 스타일 윈드브레이커를 입으시라고⋯⋯."

순간 '퉤' 하는 소리와 함께 강원의 입으로부터 담배꽁초가 허공을 날며 곧장 카펫 바닥으로 떨어졌다. 한 상무는 재빨리 그것을 주워 소파 앞 테이블 위에 있는 재떨이에 비벼 껐다.

"이 머리에 피도 안 마른 계집애가 장난하는 것도 아니고, 뭐? 몽클?"

소흔은 승강기에서 폴짝 뛰어내렸다. 약속 장소인 파라다이스 쇼핑몰 12층에서였다. 허벅지 중간 정도 내려오는 스커트에 레깅스와 어그 부츠를 신고, 후드가 달린 연 핑크의 춘추용 코트를 입은 모습이었다. 또한 손에는 진홍색의 앙증맞은 토드백을 달랑달랑 든 채로 강원과의 약속장소를 향해 가는 소흔에게서는 정략적인 결혼 상대를 만나러 가는 무거운 분위기보다는 차라리 제 또래의 '남친'과 데이트를 하러 간다는 것이 맞을 법한 발랄함과 화사함이 풍겨 나왔다.

12층의 명품관은 비교적 한산했다. 때문에 소흔이 콜롬보 매장 앞에 서 있는 남자를 발견하는 일도 결코 어렵지 않았다. 청바지에 검은색 점퍼를 입은 남자는 제 손에 든 휴대폰을 들여다보며 서 있었다.

"어, 생각보다 훨씬 젊어 보이네?"

혼잣말을 하는 소흔은, 그럼에도 얼굴에 실망한 기색을 역력히 드러냈다. 젊어 보이기는 한데 소흔이 상상했던 '그림'과는 너무 많은 차이를 보이고 있었기 때문이다. '무슨 조폭이 저렇게 심심하게 생겼냐' 하는 것이 그녀의 첫인상이었다.

"안녕하세요."

소흔이 다가가 먼저 인사를 건넸다.

"저 임소흔이에요."

"네?"

키가 작고 배가 나온, 그러나 나이는 겨우 20대 초, 중반 정도 돼 보이는 남자는 눈을 둥그렇게 떴다. 그때 소흔 뒤로부터 '자기야' 하는 소리에 이어 젊은 여자가 불쑥 모습을 보이고는 먼저 소흔을 위, 아래로 훑어보았다. 소흔은 그제야 자신의 실수를 깨달았다.

"앗, 죄송합니다. 제가 사람을 잘못 봤나 봐요."

여자는 말없이 소흔을 다시 한 번, 이번에는 기분 나쁘다는 듯 째려보는 눈길을 던진 후 남자의 팔짱을 끼고 몸을 돌렸다. 그러는 중에 남자가 슬쩍 고개를 돌려 소흔을 훔쳐보지만 소흔의 얼굴은 이미, 방금 여자가 나타났던 쪽으로 돌아가 있었다. 그 방향은 화장실이었다.

"내가 너무 빨리 왔나……?"

소흔은 진홍색 토드 백을 열고 핸드폰을 꺼내 시간을 확인한다. 5시 4분이었다. 이 시간이면 남자는 도착해 있어야 하잖아, 내심 뿌루퉁해진 소흔이 고개를 든 순간, 이번에는 심심하지 않은 정도가 아니라 독하다 싶은 분위기의 남자가 그녀의 눈앞에 나타났다. 청바지에 운동화, 캐멀 색 윈드브레이커를 입은 남자로, 피부는 부러 태닝을 한 듯 다소 어두운 빛을 띠고, 눈꺼풀이 얇아 눈썹 아래가 움푹 들어가 있는, '어떻게 생겼다'는 차치하고라도 독특한 인상인 것만은 분명해, 소흔은 그에게 눈길을 빼앗긴 듯 꼼짝도 않고 있었다. 바로 도강원이다. 이미 소흔의 얼굴을 알고 있는 그는 천천히 발을 떼 곧장 그녀에게

다가왔다.

"왜 하필……."

강원이 먼저 입을 열었다.

"이런 곳에서 보자고 합니까? 접선하는 것도 아니고."

"강원 씨예요?"

소흔의 확인 질문에 강원은 바로 대답을 못 했다. '씨?' 하며 그는 내심 황당해하고 있었던 것이다. '도 대표님인가요?' 묻는 것이 보통의 경우건만 나이도 어린 것이 '강원 씨?' 라니, 맞먹자는 것인가.

"우리 오빠보단 좀 늙어 보이네요. 그래도 괜찮아요. 캐주얼이 제법 흠……."

소흔은 웃음 띤 얼굴로 말하며 강원의 위아래를 스캔하듯 훑었다. 내심 그의 청바지 핏이 마음에 들었다.

"난요, 청바지가 잘 어울리는 남자가 멋지더라구요."

소흔은 다시 배시시 웃었다. 그녀의 그 웃음이 놀리는 것인지 아닌지, 그래서 청바지가 잘 어울린다는 것이냐, 묻기는 좀 뭐하고 해서 강원의 입장에서는 좀 헷갈렸다.

"갑시다."

강원은 퉁명스럽게 말하며 통로 한쪽을 가리켰다.

"어디로요?"

강원과 나란히 걸으며 소흔이 물었다.

"저녁 시간 다 됐으니 커피 마시다 밥이나 먹읍시다."

강원에 말에 소흔은 고개를 살랑살랑 흔들었다. 소흔 특유의 그 고갯짓에 그녀의 보드라운 갈색 단발도 더불어 춤을 추듯 너울거렸다. 그 인상적인 모습에 강원은 저도 모르게 걸음을 멈췄으나 그것은 바람처럼 스치듯 지나갔다. 너울거리는 갈색머리도, 그 순간에 거의 눈을 감은 소흔의 얼굴도, 찰나의 잔상으로만 남았을 뿐 어느새 갈색 머리는 소흔의 뺨에 얌전히 내려와 있었다.

"밥은 당연히 먹는데요……."

소흔은 말했다.

"굳이 커피를 지금 마실 필요가 있을까요? 커피는 밥 먹고 나서 마셔도 되잖아요?"

"그럼…… 뭐 하자구요?"

잠시 후, 소흔과 강원은 거리에 나와 있었다. 왕복 8차선을 낀 파라다이스의 정면과는 달리 그 뒤쪽은, 차와 사람들이 함께 다니는 유흥가의 이면도로라 매우 자유로운 분위기였는데 두 사람이 나와 있는 곳도 바로 그곳이었다. 거리는, 아직 한창때가 아니어선지 그리 붐비지 않고 한가로운 편이었다.

"첫 만남에 워킹데이트, 신선하고 좋잖아요? 안 그래요? 강원 씨."

강원은, 그러나 대꾸도 없이 그저 소흔을 힐끔, 그것도 잠깐 쳐다볼 뿐이다. 띠 동갑도 넘어가는 젖비린내 나는 계집애가 '강원 씨'라고 부르는 것이 영 귀에 거슬렸지만 그렇다고 딱히 뭐라 불러라, 떠오르는 것도 없어 난감했다. 어쨌거나 결혼할지도 모르는 여잔데 '도 대표님'이라고 부르라 할 수도 없고, '선생님'은 더 이상하고, '오빠'도 좀 닭살이었으니 말이다. 물론 '아저씨'는 결사반대였다.

"근데요, 강원 씬 나이도 있는데 왜 아직 결혼 안 했어요? 서른넷이면 늙었잖아요?"

"늙다니?"

강원은 다시 소흔을 보며 미간을 좁혔다.

"서른 넘으면 늙은 거 아닌가……? 사람은 스물다섯만 넘어도 세포들이 노화를 진행한다잖아요. 그러니 늙은 거죠."

강원의 입은 분명 무슨 말을 하려고 벌어졌고 그 입 모양을 봐서는 '나, 원, 별' 하는 것 같았지만 그 입에서 새어나온 것은 결국 약간의 김새는 소리뿐이었다.

"담배 피죠? 냄새나는데?"

소흔은 강원의 기분을 아는지 모르는지, 계속 화제를 이어갔다.

"영화에서 보면 담배 피는 남자, 비주얼 멋지지만 실제로는 별로야. 지저분하구…… 아, 강원 씨가 그렇다는 건 아니구요. 암튼 담배도 사람을 늙게 한대요. 울 오빠 담배 안 펴요. 그래서 동안인 편이에요. 강원 씨도 담배 끊음 노화가 좀 천천히 진행될지도 몰라요."

소흔은 참새처럼 쉬지 않고 재잘댔는데 원래도 입이 터지면 혼자서도 잘 떠드는 그녀였지만 지금은 그보다는 긴장과 두려움에 의한 것이 더 컸다. '개발새발'의 대표가 조폭이라는 것을 알고 있는 데다 ―물론 만나기 직전까지는 조폭에 대한 야릇한 호기심도 없지 않았지만― 강원의 첫인상까지 남다르다 보니 마냥 편치만은 않았던 탓이다. 소흔은, 제 주변에서는 만난 적 없고, 앞으로도 만날 일이 없을 것 같은 분위기를 지닌 강원이 신기하고 이상하면서도 또한 무서웠다.

"이제……."

소흔의 수다가 잠시 쉬는 틈을 타 강원이 재빨리 끼어들었다.

"밥 먹으러 갑시다."

두 사람이 저녁 식사를 위해 자리를 옮긴 곳은 강원의 차로 20분을 달려 도착한 회원제 레스토랑 이카루스였다. 바로 사헌이 사장으로 있는 고급 레스토랑 체인으로, 서울에 본점을 두고, 지점은 경기도 한 곳과 부산, 제주에 각각 위치해 있었다. 이카루스 엔터테인먼트는 월급제 사장인 대표이사를 따로 두고 사헌은 주로 레스토랑 경영에 더 많은 시간을 힐애하고 있으며 대표 직함도 레스토랑에 속해 있었다. 지난 달, 강원과 사헌이 만나 협상을 한 곳도 바로 이곳, 이카루스였다.

소흔과 강원은 이카루스의 본점, 4인용 룸 테이블로 들어섰다. 이곳으로 오자고 한 것은 물론 소흔이었다.

"사장 오빠가 있어서 좋은 게 뭐겠어요? 예약 없이도 바로 룸을 얻어낼 수 있다는 거죠."

외투를 벗은 소흔이 그것을 강원에게 주며 말했다. 강원은 소흔의 코트를 받으면서도 '이걸 왜 나한테 주는 거야?' 하는 얼굴로 마지못해 행거에 걸었다. 두 사람은 코스를 주문하고 전채요리부터 먹기 시작했다.

"강원 씬 연애 좀 해봤어요?"

전채요리인 발사믹 소스가 들어간 샐러드를 먹던 중에 소흔이 물었다. 그러나 강원은 애매한 얼굴만 해보인다.

"아까 대답 안 했잖아요. 늙었는데 왜 결혼 안 했냐구 물었는데. 근데 솔직히 강원 씨 얼굴, 여자들이 좋아할 만한 얼굴은 아니야."

소흔은 키득 웃었다. 그런 그녀에게 강원은 어이없다는 눈길을 던졌다.

"못생겼다는 뜻은 아니구요……."

소흔은 손을 흔들었다.

"매력은 있는 것 같은데……. 뭐랄까, 로맨틱해 보이진 않다는 거죠. 연애 몇 번 해봤어요?"

"안 세봤습니다."

"거 봐. 셀 게 없는 거야. 작업 걸어도 잘 안 됐죠?"

"사업하느라 바빴습니다."

강원의 관자놀이에 푸른 혈관이 툭 불거졌다.

"아, 사업. 거기 개발새발……."

소흔은 손끝으로 얼른 제 입을 가렸지만 말은 이미 튀어나간 후였다.

"개발새발?"

"아뇨……. 그 무슨 개발회사요……."

"이 아가씨가 정말……."

강원은 들고 있던 포크를 테이블 위에 탁 하고 놓았다.

"저 소흔이, 이름 부르세요. 그냥 '소흔아' 하세요."

"소흔아."

강원은 정말 대번에 소흔의 이름을 불렀다.

"까불지 마라."

얇은 눈꺼풀이 내려앉은 나른한 눈빛을 한 강원은 느릿한 어조로 마치 어린아이 타이르듯 했다. 소흔은 다시 손끝을, 이번에는 입에 꼭 붙여 갖다 댄 채로 고개를 끄덕였다. 어느덧 코스는 메인디시가 서빙 되고 있었는데 그동안 소흔이 입을 다물고 있어 룸 안은 적막강산으로 변해 있었다.

"말해."

강원이 소흔을 보며 긴 침묵을 깨고 입을 열었다. 메인디시에 코를 처박고 있는 소흔이 안돼 보인다, 생각하면서였다. 소흔이 재잘댈 땐 그것이 다소 귀에 거슬리더니 그녀가 입을 다문 지금 편안하기는커녕 도리어 거북했던 탓도 있었다.

"정말요?"

그의 말이 떨어지자마자 고개를 번쩍 든 소흔은 환한 표정을 지었다.

"사실 우리 부부 할 건데 너무 서먹한 건 좀 그래요. 남들 보기에도 부부처럼 보여야 하잖아요. 아참, 결혼할 거죠? 만나보고 안 해, 이럼 나 진짜 비참하거든요. 아무리 가짜라도요. 진짜 신사는 여자한테 거절할 기회를 주는 남자래요. 남자가 거절하는 것은 옳지 않아요."

소흔은 고개까지 살랑살랑 흔들어, 그렇잖아도 그녀의 입이 '터져' 어이없어 하고 있던 강원의 눈길을 사로잡았다. 그녀의, 가로로 젓는 고갯짓은 누가 봐도 인상적인 그것이었다.

"오빠가 그러는데 우리가 가짜 부부라는 것은 우리 식구랑 강원 씨네…… 뭐지, 맞다. 강원 씨네 측근들뿐일 거라고 했거든요. 사기 결혼이지만 완벽하게 진짜처럼 한다구요. 그러니까 예물도 할 거구, 또 뭐지, 혼수도 해갈 거구요. 참, 가족은 어떻게 돼요? 예단인가, 그것도 해야 할 텐데."

"없어."

"부모님 안 계세요? 형제도요?"

"아무도 없어."

"네?"

"난 처음부터 혼자였어. 그게 뭔 줄 알아?"

무표정하게 말하는 강원에, 소흔은 당황했다. 머릿속에 '고아'라는 두 글자가 떠올라 더욱 그랬다.

"약점이 없다는 거야."

강원은 소흔의 얼굴을 빤히 바라보며 제 입꼬리를 살짝 말아

올렸다.

"그래서 결혼도 안 했지. 답이 됐나?"

소흔은 말없이 메인디시의 스테이크를 포크로 콕 찍어 입으로 가져갔다. 가족을 약점이라 말하다니, 소흔은 이해할 수 없는 가치관이라 대꾸할 말도 찾을 수 없었다. 식사가 끝나고 두 사람은 디저트로 커피를 주문했다.

"우리……."

커피 잔을 두 손에 받쳐 든 소흔은 담배를 꺼내드는 강원에게 눈을 두고 있었다. 사실 룸 안은 금연인데 전혀 개의치 않는 강원에, 소흔도 언급할 엄두를 내지 못했다.

"몇 번 데이트하고 결혼해요?"

"데이트? 그딴 걸 왜 해?"

강원은 퉁명스럽게 되묻고는 불을 붙였다.

"그럼 오늘 한 번 보고 결혼해요? 그래도 결혼인데……."

소흔은, 마침 담배 연기를 뱉어내고 있던 강원을 빤히 바라보았다. 그 상태로 침묵이 흐른다. 소흔이 강원의 대답을 기다리고 있다는 것을, 그는 그제야 눈치챘다.

"몇 번 하고 싶은데?"

강원은 잠시 꾸물대다 귀찮다는 듯 물었다.

"두세 번은 더 해야 하지 않겠어요? 난 남친도 없거든요. 강원 씬 여친 있어요?"

"있으면?"

"나랑 결혼하면 정리할 거예요? 그거 불륜이잖아요?"

정색하며 묻던 소흔은, 그러나 어이없어하는 강원의 얼굴을 향해 곧 '풋' 하는 웃음을 보였다.

"농담이구요. 오빠가 그러는데 결혼식은 12월 초쯤에 할 거래요. 기말고사 끝나면 바로 방학이니까 딱 좋긴 한데 친구를 하나도 못 부르는 게 아쉽지 뭐예요? 가만, 부케는 누가 받지? 강원 씨 친구들은 많이 와요? 참, 신혼집은 마련했고요?"

소흔이 재잘거리는 동안, 담배를 물고 내내 그녀를 쳐다보고 있던 강원은 그 질문에 대한 대답은커녕 앞으로도 오백 년간 대답할 의향이 전혀 없다는 얼굴을 하고 있었다.

"나…… 또 까부는 거예요?"

소흔은 움찔해서 물었다.

"그래."

이카루스의 지하주차장으로부터 검은색 중형 승용차가 나온다. 강원이 운전하는 그의 차로, 곁에는 당연히 소흔이 앉아 있었다.

"나, 벌써 집에 가요?"

소흔은 눈을 동그랗게 뜨며 물었다. 강원이 그녀에게 '집이 어디냐' 묻고 난 후의 반응이었다.

"그럼? 서로 얼굴 봤으면 된 거 아닌가? 이제 식장에서 보자구."

강원의 대답이 뒤따랐다.

"말도 안 돼. 데이트는 몰라도 최소한 예물 때문에라도 한 번은 봐야죠. 반지 사이즈도 알아야 하는데."

"그건 한 상무가 알아서 할 거야."

"한 상무?"

"어디 사는지 대충은 아니까 근처 가면 길 안내해."

강원은 귀찮다는 듯 그렇게 잘라 말한 후 우회전으로 핸들을 틀었다. 소흔은 입을 다물었다. 그녀의 아랫입술이 앞으로 살짝 밀려나온 것이, 기분이 상해 있음을 보여주었다. 그런 기분으로 소흔이 다시 입을 연 것은 집 앞으로 길 안내를 할 때였으며, 강원의 차는 곧 육중한 밤색 대문 앞에 멈춰 섰다. 그런데 소흔은 바로 내리지 않고 곁눈질로 강원을 힐끔거리고만 있어 할 말이 있는 것이 틀림없어 보였지만 그는 굳이 재촉하지 않은 채 담배를 꺼내 물었다.

"우리……."

강원이 컨 라이터로 그의 구릿빛 얼굴이 환하게 밝혀지는 것을 보며 소흔은 입을 열었다.

"진짜 부부가 되는 건 아니지만……. 그래도 좀 친해졌으면 좋겠어요. 어색하고 서먹한 건 정말 싫은데……."

강원은 마침 담배 연기를 내보내려 열어 놓은 차창 밖으로 고개를 돌리고 있어, 소흔은 그의 귀를 보면서 말하고 있었다.

"한 집에 살아야 하잖아요. 그냥 가족이다 생각하고, 맞다,

가족. 그래요, 가족처럼 친하게 지내요. 네?"

"가족……?"

강원은 입 속으로 되뇌듯 했다. 소흔의 귀에는 잘 들리지도 않을 정도의 나직한 울림이었다. 강원은 천천히 소흔에게로 고개를 돌렸다. 그의 나른한 눈빛은 소흔의 투명한 갈색 눈동자와 바로 만났다. 어두운 차 안에서도, 그녀의 눈동자는 마치제 안에서 스스로 빛을 발하듯 뭐라 형언할 수 없는 영롱함으로 반짝였다.

"어휴, 담배 냄새……. 갈게요."

소흔은 손을 코앞에 대고 휘휘 저었다. 이어 차에서 내려, '안녕히 가세요' 하는 인사와 함께 차가 떠나기를 잠시 기다렸지만 차는 움직이지 않았다. 먼저 집으로 들어가라는 뜻인가 싶어 소흔은 대문으로 가 초인종을 눌렀다. 강원의 차는, 소흔이 대문 안으로 사라질 때까지도 자리를 지키고 있었다.

"그래도 예의를 아네?"

대문 안으로 들어온 소흔은 입술을 삐죽하면서도 웃음을 머금었다. 그렇게 나쁜 사람은 아닌 것 같은데, 하면서도 그녀는 아직 강원이 무서웠다. 가족 얘기를 꺼낸 것은 바로 그 연장선이었다. 가족을 무서워하는 것을 좋아할 사람은 없을 테니까, 조금 더 다정하게 대해줄 지도 모르지, 역시 머리 잘 썼어, 하며 발걸음도 가볍게 현관을 향하던 소흔은 또 금세 시무룩해졌다. 이제는 엄마를 어떻게 설득해야 할지, 그것을 걱정해야 하기 때문이었다.

　대문 밖에서 강원의 차는, 시동도 끄지 않은 상태에서 계속 그 자리에 있었다. 다 피운 담배꽁초를 차내 재떨이에 비벼 끄고도 강원은 차를 출발시키지 않았다. 그는, 소흔이 말한 '가족'이란 단어에 제 낯선 감정을 싣고 있었으나 그나마 분명하게 의식한 것도 아니었다. 가족, 그것은 누구에게나 익숙한 단어지만 강원에게는 그렇지 못했다. 그도 그럴 것이 부모가 누군지도 모르는 천애고아로 태어나, 10살 때, 상습적인 학대를 일삼던 보육원을 뛰쳐나온 후 맨몸으로 세상과 싸우며 현재에 이르렀으니, 강원에게 가족이란 낯선 이방의 무엇과도 같은 것이었다. 그런 만큼 그것에 대한 막연한 그리움보다는 생경한 느낌에서 오는 불편함이 더 커, 그는 곧 얼굴을 찌푸리며 브레이크 페달에서 발을 떼었다. 가족이란 여전히 강원에게 있어서는 살아가는 데의 핸디캡이었다. 당장 소흔만 봐도 오빠, 즉 가족으로 인해 '억지 결혼'을 해야 하니, 그녀가 말한 '가족처럼 친하게 지내자'는 실상 가족이니 '서로 민폐 좀 끼치자'의 다름 아닌가. 그보다는 차라리 남이기에 죽고 죽이며, 죽일 수 있는 정글과도 같은 세상이 ―어쩌면 가족과는 반대편에 위치해 있는 세상이― 그에게는 더 편하고, 더 익숙할지 몰랐다.

"뭐, 뭐야……?"

소흔 엄마는 눈을 부릅떴다. 눈알이 밖으로 튀어나와도 그리 이상하지 않을 정도였다. 소흔의 집, 서재였는데 소흔과 사헌도 함께였다.

"뭘 해? 뭘 한다고?"

엄마는 사헌과 소흔에게 번갈아 눈을 주었지만 오누이는 그런 엄마의 눈을 피해 아무 대꾸도 못 하고 있었다.

"입이 붙었어? 왜 말을 안 해?"

소흔 엄마는 거의 악을 쓰듯 소리쳤다.

"바로 다음 달 6일에 결혼한다구……."

소흔은 대답했지만 엄마가 그 말을 정말 못 알아들어서 악을 쓴 것이 아니라는 사실을 당연히 모르지 않아, 바로 뒤이어 엄마의 주먹이 날아들었을 때는 재빨리 두 팔로 제 머리를 감싸는 것으로 스스로를 방어했다. 예상하고 각오했던 대로였으니 말이다.

"이 미친 것, 정신 나간 것……."

"어머니. 진정하세요."

"네가 더 나빠……."

말리는 사헌의 손을 세차게 뿌리치며 엄마는 부들부들 떨었다.

"자네가 더 나빠. 동생이 둘이야, 셋이야? 하나밖에 없는 여동생을 팔아먹을 생각한 것도 치가 떨리는데 또 애한테 무슨 말로 꼬셨기에……."

"오빠가 꼬신 거 아냐."

소흔이 엄마의 말을 잘랐다.

"오빤 더 이상 아무 말 안 했어. 정말이야. 내가 결정한 거라고 했잖아."

"그래, 마음대로 해라. 어디 니들 마음대로 해봐. 엄만 죽으면 그만이니까."

소흔 엄마는 야멸치게 내뱉고는 서재의 문이 떨어져 나갈 정도로 여닫으며 그곳을 나갔다.

"오빠 가만히 있어. 내가 어떻게 해볼게."

엄마가 나가자마자 자리에서 일어난 소흔은 말했다. 그렇다고 엄마를 설득할 자신이 있었던 것도, 뾰족한 방법이 있었던 것도 아니었다. 다만 이제 와서 결혼 안 한다 할 수도 없으니 부딪쳐 보는 수밖에는 없지 않겠는가. 한쪽에서는 '결혼하지 않으면 망한다' 하고, 다른 한쪽에서는 '결혼하면 죽는다' 하니 말이다.

소흔이 엄마의 침실로 늘어왔을 때 엄마는 창가의 티 테이블 앞에 앉아 있었다. 침대에는 지후가 잠들어 있어, 소흔은 지후를 잠시 바라보다 엄마 앞으로 다가섰다. 지후 엄마가 세상을 떠난 후 지후를 돌보는 일은 온전히 할머니의 차지가 돼 있었다.

"솔직히 말할게."

엄마 앞에 선 소흔이 말했다. 엄마는, 딸이 방 안에 들어온 후로 한 번도 딸에게 고개를 돌리지 않은 채 창 밖에만 눈을 두고 있었다.

"처음엔 그냥 약간의 호기심이 생겨서……. 그러니까 가짜 결혼을 할 생각은 없구, 그냥 호기심에서 오빠한테 그 도강원이란 사람 만나게 해달라고 한 거거든. 근데 만나보니까……, 생각보다 괜찮더라구. 아니다, 괜찮은 정도가 아니라 마음에 들었어."

순간, 엄마가 고개를 휙, 세차게 돌려 딸을 향했다.

"저, 정말이야……."

소흔은 움찔, 뒤로 한 발자국 물러나면서도 그렇게 말했다.

"지후 에미가 정말 큰일했다. 큰~일했어."

엄마는 소리치는 대신, 아마도 자고 있는 손자 때문인지 조용한 목소리로, 그러나 비꼬듯 내뱉었다.

"제 남편 위해 아주 대단한 일을 하고 저세상 갔구나. 응? 내가 널 몰라? 이 등신 같은 것. 너, 네 언니 사고당하고 오빠 불쌍해서 그런 거지? 아무리 불쌍해도 그렇지, 할 게 있고 안 할 게 있지……."

"그런 거 아니야."

소흔은 고개를 흔들었다.

"시끄러. 잘 들어, 너. 엄마 말 듣고도 고집 부리면 너 내 딸 아니야."

엄마는 사뭇 비장하기까지 했다.

"네 아빠 죽고 나서 회사가 왜 어려워졌는지는 알지?"

소흔은 고개를 끄덕였다. 정 회장이 어떤 세력을 등에 업고 아버지의 회사를 ―현재는 사헌의 회사를― 모두 빼앗으려 한다는 사실을 오빠한테 이미 들었으니까.

"정 회장을 도운 세력이 누군 줄이나 알아?"

소흔은, 이번에는 고개를 흔들었다.

"바로 도강원, 그 작자야."

"뭐……?"

소흔은 놀라기보다는 황당한 표정을 지었다.

"그게 무슨……, 말도 안 돼……."

"도강원, 그 작자는 자기한테 유리하면 뭐든지 하는 놈이야. 간에 붙었다, 쓸개에 붙었다 하는 놈이라구. 알어?"

소흔의 귀에 더 이상 엄마의 말은 들려오지 않았다. 그녀는 엄마의 방을 나가 그 길로 곧장 오빠를 찾았다.

"그래. 어머니 말이 맞다."

소흔이 엄마한테 들은 말을 전했을 때 사헌은 전혀 당황하지 않고 대답했다. 1층 서재에서였다.

"그래서 어머닌 도 대표가 적이다, 원수다 하고 계시지."

"엄마 말이 맞다면 그 개발새발, 정말 오빠한테, 아니 우리한테 원수가 맞잖아."

소흔은 거의 화를 냈다.

"그건 상황에 따라 얼마든지 변할 수 있는 거야. 지금 도 대표를 내 편으로 만든 건 바로 나니까."

"뭐……?"

"도 대표는 정 회장하고도 다만 거래를 했을 뿐이야. 내가 그 거래보다 훨씬 더 좋은 조건을 제시하고 도 대표를 내 편으로 끌어들인 거고. 그 모든 것은 그저 사업일 뿐이야. 사업. 이해되니?"

소흔은 고개를 흔들었다.

"남자들의 사업은 다 그래? 그런 거야? 다 그따위냐구? 그럼 앞으로도 또 얼마든지 배신할 수 있다는 거네? 그게 오빠든 그 사람이든."

"그러니까 네가 필요한 거다. 소흔아. 아무도 배신할 수 없게."

소흔은 아랫입술을 지그시 깨물었다.

"오빠 널 무사히 지켜내고 또 데려오기 위해서, 도 대표는 그런 너를 데리고 있는 것으로 말이다."

소흔은 아무 대꾸도 없이 서재를 나와 2층을 쿵쾅거리며 올라 제 방으로 뛰어들었다. 이어 핸드폰을 찾아들었지만 그것을 손에 꽉 쥐었을 뿐 그 즉시로 통화를 시도하지는 않고 있었다. 마음 같아서는 당장 강원에게 전화를 걸어 '모든 것이 당신 때문이다' 비난을 퍼붓고 싶었지만 그것도 따지고 보면 소흔 자신의 입장에서지, 강원이나 사현 입장에서는 그저 사업일 뿐이리라. 소흔은 핸드폰을 내려다보며 문자함을 열었다. 그것도 수

신함이 아닌 발신함을 열어 자신이 강원에게 보낸 문자들을 읽었다. 첫 만남 이후 4일이 지난 지금까지 그녀는 그에게 무려 일곱 번이나 문자를 보냈었다. 모두 안부를 묻는, 어찌 보면 특별한 답을 요하는 것이 아니어선지 강원으로부터는 일절 답이 없었다.

"날 무시한 거야. 무시했어. 나 무시 받았다."

소흔은 손가락 끝을 날카롭게 세워 핸드폰의 문자판을 파바박 찍었다.

〈내 문자 그렇게 먹고만 있으면 배 터지지 않아욧? 날도 꾸린데 콱, 체해 버리세욧.〉

소흔의 신경질적인 문자를, 강원은 차로 이동 중에 확인했다. 운전은 한 상무가 하는 중에, 뒷좌석에 앉은 강원은 그 나른한 눈빛으로 제 손에 든 핸드폰의 액정을 뚫어지게 쳐다보고 있었다. 그렇게 한참을 보다 그는 핸드폰을 들지 않은 다른 손을 천천히 움직여 재킷 안으로 넣었다. 담배 한 개비를 꺼낸 것이다. 이어 그것을 입에 무는 중에도 그의 눈길은 핸드폰의 액정을 벗어나지 않더니 담배를 꺼냈던, 그 손의 두 번째 손가락을 길게 뻗어 핸드폰에 정조준했다. 이어 그 검지의 손끝을 핸드폰 액정에 댈 듯 말 듯 하는 것이, 보나마나 답문을 보내려는데 어떤 글자를 찍어야 할지 몰라 '찍을까, 말까' 망설이는 모양새였다.

강원은 소흔과의 첫 만남 이후 며칠이 지나는 동안 그녀의 문자를, 방금 도착한 것까지 해서 모두 여덟 개를 받았다. 처음 몇 번은 그냥 무시했다. 다섯 번째쯤 받았을 때에야 비로소 답문을 보낼까 하는 생각을 잠깐 했었으나 그만두었다. '젖비린내 나는 계집애와 문자질'을 하는 것이 유치하게 느껴졌다. 그러다 여섯, 일곱 번째 문자를 받은 후에는 그도 제법 심각하게 고민하기 시작했다. 답문을 보내고도 싶었다. 그러나 뭐라고 보내야 할지 그것이 막막했다. 역시나 유치하다는 생각에 지배돼 있었을 뿐만 아니라 문자에 익숙하지도 못했기 때문이다. 핸드폰으로 문자를 쓰고 보내는 방법이야 그도 모르지 않았으나 평소 그것을 사용하는 일이 거의 없다 보니 낯설고 불편한 감정부터 앞섰다. 강원은, 그럼에도 담배에 불붙이는 것도 잊을 정도로 그것에 열중해 있었다.

한 상무는 뒤로부터, 비 맞은 중이 중얼거리는 것 같은 소리를 듣고는 룸미러로 눈을 옮겼다. 룸 미러에는, 강원이 오른손 검지로 핸드폰을 콕, 콕 찍으며 입술을 달싹이는 모습이 비쳤다. 한 상무는 고개를 갸웃하며 눈길을 다시 앞으로 옮기다 깜짝 놀라고 만다. 끼이익, 차바퀴가 급제동 되는 소리와 함께 강원이 탄 차는 횡단보도 앞에 가까스로 멈춰 섰다. 그곳을 지나던 사람들도 놀라 강원의 차에 눈총을 보냈지만 정말 혼비백산한 사람은 바로 강원이었다. 한 상무가 급브레이크를 밟는 바람에 몸이 흔들려, 찍다 만 문자를 그만 그대로 보내 버린 것이다.

"야, 이 자식아……."

강원은 버럭, 소리를 질렀다.

〈배 안 터졌다. 체하지도 않았다. 배가 고파서 네 보지〉

소흔은 강원의 문자를 잠자리에서 받았다. 흐릿한 스탠드 불빛 아래에서 따뜻한 이불 안에 몸을 깊이 파묻은 후였다.

"뭐라는 거야?"

소흔은 기가 막힌 듯 '하, 하' 하는 소리를 냈다.

"배가 고파서 네 보……? 그래서 그걸 먹고 싶다는 거야, 뭐야? 미쳤나 봐, 정말."

그러나 문자를 다 쓰지 못하고 발송했으리라 눈치채는 것도 그리 어렵지는 않았다.

"네 보지…… 다음에 뭐라고 쓰려던 거였을까? 물어보기도 좀 뭐하네."

엎드려서 핸드폰을 보던 소흔은 뒤이어 올 답문을 기다리다 그대로 잠이 들었다. 당연히 수정, 보완된 답문이 오리라 생각했지만 그의 '수정, 보완 답문'은 끝내 오지 않았다.

3
내장탕

"이 문자요……."

소흔은 자신의 핸드폰을 강원의 얼굴 앞에 척 갖다 대었다. 강원의 차 안이었는데 그가 소흔의 집 근처로 그녀를 데리러 와 차에 태우고 난 직후였다. 강원의 눈앞에는 자신이 보냈던 문자의 '네 보지'가 선명했다.

"쓰다 말고 보낸 거 맞죠? 그럼 마저 보냈어야죠. 궁금하잖아요."

"그것 때문에 보잔 거야?"

강원은 제 앞으로 들이댄 소흔의 핸드폰 든 손을 옆으로 툭 밀쳤다. 사뭇 퉁명스러운 반응이다.

"그건 아니지만……. 엄마랑 냉전 중이라서요. 맨날 학교에서 만나는 친구들을 불러내기도 뭐하구……."

소흔이 투덜대는 사이로 강원은 차를 출발시켰다.

"근데 궁금해서요. 뭐라 하려던 거예요?"

소흔은, 운전하느라 앞만 보고 있는 강원을 바라봤다. 그는 대답하지 않았다.

"말 안 해요? 그럼 나 이상하게 오해할 건데?"

"마음대로 해."

"혹시 실수를 빙자한 성희롱?"

그러자 강원은 비록 소리는 내지 않았으나 콧방귀를 뀌듯 했다.

"결혼하고……, 믿어도 돼요? 늑대로 안 변한다고?"

"웃기는군. 쥐방울만 한 게. 거저 줘도 안 반갑다."

"뭐라구요?"

소흔은 화를 벌컥 냈다.

"어디 가고 싶은지 말이나 해. 귀찮아서, 원."

시간은 오후 4시를 넘어가고 있었으며 주말이었고, 소흔이 강원의 '음란한 문자'를 받았던 날로부터 이틀이 지난 후이기도 했다. 소흔은 입을 꾹 다문 채 차창 옆으로 고개를 돌렸다. 그렇잖아도 엄마 때문에 마음이 무겁고 우울해 기분전환을 하고 싶었는데 도리어 더 마음이 상하고 만 그녀였다. 엄마는 현재 딸과 말도 섞지 않고 있었으며 딸의 항복, 즉 '결혼 안 한다' 할 때까지는 '곡기를 끊겠다'고까지 해 그것으로 또 사헌과 한바탕 말다툼을 벌인 이후, 오늘은 급기야 '다 꼴 보기 싫다'며 집을 나가겠다고 짐을 싸서, 소흔은 그런 엄마와 또 한참 동안 실랑이를 벌인 후 속상한 마음에 무작정 강원을 불러낸 것이었다. 엄마의 걱정과 반대는 당연한 것이었다. 소흔도 물론 충분히 이해를 하고 있었다. 딸의 안전 문제도 문제거니와 아무리 가짜 결혼이라도, 그것이 장차 딸의 앞날에 어떤 핸디캡이 될지 알 수도 없는데 쉽게 허락할 엄마가 어디 있겠는가. 그럼에도 '너 내 딸 아니야. 연 끊고 두 번 다시 너 안 봐' 했던 엄마의 말은 소흔에게 상처가 됐다.

"말 안 해?"

강원은 '어디 가고 싶은지 말 안 하냐'는 의미의 물음을 던지며 소흔을 힐끔 쳐다봤다. 소흔은 그의 반대편으로 고개를 돌린 채였는데 슬며시 팔을 안쪽으로 움직이고 있는 모양새가 한눈에도 눈물을 닦는 그것이었다. 강원은 어이가 없다는 표정이면서도 곧장 갓길에 차를 세웠다.

"참 울 일 없다."

그러자 소흔은 그를 향해 몸을 휙 돌려 눈을 부라렸다. 눈가에 물기도 채 마르기 전이었다.

"기분 나쁘거든요."

소흔은 으르렁댔다.

"무슨 말을 그렇게 재수 없게 해요?"

"뭐? 재수 없⋯⋯."

"나, 키 164거든요."

"알았다. 쥐방울 취소."

"그거 말고 또 하나⋯⋯."

"다 취소."

"커피 마시러 가요."

소흔은 핸드백에서 손수건을 꺼내 코를 팽 풀었다. 강원은 완전히 '병 찐다'. 사실 소흔은 엄마 때문에 눈물이 났던 것이었다. 그래도 강원에게 대신 화풀이를 하고 나니 기분이 다소 풀렸다. 강원의 재수 없는 말로 인해 화도 났었으니까 양심의 가책은 물론 받지 않았다.

소흔과 강원은 커피전문점으로 들어왔다. 소흔이 앞서 자리를 정하고 앉자 그 맞은편에 강원도 앉는다.

"여기 블루베리 라떼 돼요. 난 그거요."

소흔이 당연한 듯 말하자 강원은 지갑에서 카드를 꺼내 소흔 앞에 놔 주었다.

"난 그냥 커피."

강원의 산뜻한 주문을 들으며 소흔은 제 앞에 놓인 카드를 내려다보았다.

"보통은 남자가 하지 않나⋯⋯?"

소흔은 구시렁대면서도 카드를 들고 일어섰다. 잠시 후 소흔은 아메리카노와 라떼를 가져왔다.

"저번에 독신주의자인 것처럼 잘난 척 얘기했죠?"

아메리카노를 강원 앞에 놔주며 소흔이 말했다.

"솔직히 말해봐요. 결혼을 안 한 게 아니라 사실은 못 한 거 아녜요? 누가 강원 씨 같은 남자랑 결혼하겠어? 이런 것도 여자 시키는데. 아무리 가짜 결혼에, 가짜 연애 한다고 해도 이건 좀 아니거든요. 가짜니 진짜니를 떠나서 이런 서비스는 원래 남자가 해야 맞다고요."

"시끄럽다."

강원은 시답잖다는 듯 툭 던지고는 커피를 입으로 가져갔다. 소흔 역시 라떼 잔을 들었지만 그 전에 입을 삐죽삐죽 대는 것을 잊지 않았다.

"지금은 울 오빠랑 친하죠?"

라떼를 연거푸 두 모금 마신 후 그렇게 묻는 소흔에, 강원은 어처구니없는 웃음을 보이려다 만다.

"왜요? 울 오빠랑 한편인 거 맞잖아요?"

사업 문제는 관심도 없고, 설사 설명을 들어도 알아들을 수 없는 소흔이지만 그런 그녀도 한 가지는 알고 있었다. 오빠인 사헌이 강원과 힘을 합쳐 정 회장의 회사 독식을 막으려 한다는 사실을 말이다. 소흔과 강원이 결혼한다는 소문은 벌써 정 회장 쪽에도 흘러 들어가, 그쪽에서 진행 중이던 전방위적인 공격이 일단 멈췄다고 사헌이 알려준 것도 바로 하루 전이었다.

"한편 아니에요?"

"그래. 한편이다. 한편. 무슨 초딩도 아니고……."

"뭐라구요? 초딩? 웃겨. 진짜루 초딩 같은 문자 보낸 사람이 누군데 그래요? 배 안 터졌다, 배고파 어쩌구, 완전 초딩."

"너, 까불지 말랬지? 혼나볼래?"

할 말 없어진 강원은 짐짓 무서운 얼굴을 해보이며 야단치듯 했다. 소흔은 다시 아랫입술을 삐죽 내민다.

"그래도 마침 말 나온 김에요……, 정말 해명 안 할 거예요?"

눈치를 보면서도 소흔은 물었다.

"뭘?"

"뭐긴요, 문자 말예요. 초딩 문자 뒤에 바로 야동스러운 문자를 보내 놓고 말이야……. 나 정말 이상한 상상하기 싫거든요."

강원은, 그러나 무시하듯 커피만 마셨다.

"그 정도면 아마 경찰에 신고해도 성희롱으로 구속될지 몰라. 생각해 봐요. 아무리 가짜 남편이라도 성희롱범이랑 결혼하고 싶겠냐구……."

강원은 커피 잔을 테이블 위에 탁 하고 놓았다.

"강원 씨 혹시 변태?"

"내장탕이다. 내장탕."

강원은 결국 버럭 했다.

"내장탕?"

소흔은 어리둥절했다. 그리고 나서야 강원이 보냈던 문자,

'배고파서 네 보지'가 실은 '배고파서 내장탕 먹으러 간다'고 쓰려던 것이었다는 사실을 알았다.

"근데 내장탕이 어떻게 그렇게…… 되지?"

소흔은 핸드폰을 꺼내 직접 문자판을 눌러 본다. 강원은 떨떠름한 표정으로 다시 커피 잔을 들었다. 평소에 안 하던 짓을 하는 것이 아닌데 괜한 짓을 했다고 후회하는 기색이 역력했다. 그날 강원은 차 안에서 핸드폰으로 내장탕을 쓰던 중에 '내'가 '네'로 오타가 난 것도, 스페이스가 생긴 것도 모른 채 'ㅈ'을 찍으려다 'ㅂ'이 찍히자 그제야 '네'부터 수정하려던 찰나 차가 심하게 흔들렸고, 그 바람에 엉뚱한 자, 모음까지 찍혀 버린 것이 그대로 발송된 것이었다.

'쿡' 하는 소리가 난 것은 그때였다. 소흔이 낸 소리였다. 그녀는 자신의 손에 든 핸드폰에 이마가 닿을 정도로 고개를 푹 숙이고는 큭, 큭 소리와 함께 어깨까지 들썩였다. 이어 소리는 '낄낄낄'로 바뀌고 그것이 다시 '까르르르' 바뀌는 데에도 얼마 걸리지 않았다. 강원은 자리에서 일어나 밖으로 나왔다. 바로 담배를 꺼내 입에 문다. 불을 붙이고 나서야 뒤를 힐끔 돌아보니, 여전히 웃고 있는 소흔의 모습이 유리창에 비쳤다.

"쥐방울이 겁도 없이……."

강원은 담배 필터를 콱 깨물었다.

소흔은 강원과 저녁 식사를 함께한 후에 헤어졌다. 물론 강원은 소흔을 그녀의 집까지 바래다주었다. 소흔은 집에 들어와 냉전 중인 엄마한테 인사도 못 하고 제 방으로 올라와, 옷을 갈아입은 잠시 후에는 욕실을 향했다.

욕실로 들어온 소흔은 겉옷을 벗고 속옷 차림으로 양치질부터 했다. 욕실은 욕조와 샤워부스, 널찍한 세면대는 물론 화장대도 따로 갖추었을 정도로 여유 있는 공간에, 한겨울임에도 옷을 모두 벗어도 춥지 않을 정도로 따뜻했다. 양치질을 끝낸 소흔은 세안을 위해 머리띠를 손에 집다 갑자기 짧게 웃음을 터뜨렸다. 강원과 저녁 식사를 위해 움직이던 중에 그가 '뭘 먹겠냐' 물어 소흔이 '내장탕'이라고 대답했을 때, 그의 구겨진 얼굴이 생각나서였다. 덕분에 그에게서 다시 '쥐방울만 한 게 까분다'는 타박을 듣고 말았지만 말이다.

"이렇게 큰 쥐방울이 어딨어?"

소흔은 전신 거울 앞에 서서 브래지어와 팬티만 입은 자신의 모습을 비추었다. 글래머라고는 결코 말할 수 없는 몸이지만 소흔의 키에 알맞은 크기의 젖가슴과 보기 좋게 솟은 엉덩이를 갖고 있어 빈약하지만도 않은 그녀의 몸은, 그러나 전체적으로는 가냘픈 몸임을 숨길 수 없어, 서양화보다는 발레를 전공했어도 좋았지 싶을 만큼 선이 고왔다. 소흔은 거울 앞으로 조금 더 가까이 가, 브래지어 밖으로 해서 젖가슴을 손에 감싸 안으로 모았다. 그러자 브래지어 위로 젖무덤이 올라오며 가슴골이 선명히 잡힌다.

"와, 이러니까 나도 좀 있어 뵈네? 그래서 영혼까지 끌어 모으는 거구나⋯⋯."

시간이 흘러 소흔이 핸드폰을 손에 들고 침대의 이불 속으로 파고들었을 때는 밤 11시가 넘어 있었다. 시간부터 확인 후 소흔은 문자를 써내려 간다.

〈집이에요? 그러고 보니 강원 씨 집이 어딘지도 난 모르네. ㅎㅎ 뭐 하고 있어요? 혹시 나처럼 침대에? 그럼 굿나이트. 좋은 꿈꾸세요. 내 장탕 꿈. ㅎㅎㅎ 토끼자. 뿡뿡뿡뿡 =3 =3 =3 =3〉

소흔의 문자는 바로 강원의 핸드폰으로 날아들었다. 핸드폰은 침대의 머리맡에서 문자도착 음을 냈다. 강원은 소흔의 추측대로 침대에 있기는 했는데 혼자가 아닌, 어떤 여자와 함께 전라의 몸으로 있었다. 긴 생머리를 한 여자는, 누워 있는 강원의 얼굴에서 등을 보인 채로 그의 몸에 올라 앉아 진하게 허리를 놀리던 중이었다. 보통의 여자들보다 큰 골반에 탄력까지 넘치는 여자의 엉덩이는 은은한 조명 하에서 전신에 오일을 바른 듯 반질반질 윤기마저 흘렀다. 허리를 돌리다, 위, 아래로 몸을 움직일 때면 같이 요동을 치는 커다란 유방은 그 중앙에서 위로 솟아 있는 검붉은 젖꼭지와 함께 더욱 도발적인 관능을 보탰다.

강원은 손을 뻗어 핸드폰을 집어 들었다. 이어 소흔의 문자를 확인하고 가만히 들여다보는 그의 얼굴에서는 뭐라 한마디로 표현할 수 없는 애매한 감정이 어른거렸다. 사실 그는 소흔과 같은 여자를 처음 겪는다. 그의 주변에서는 만날 수 없는, 정확히는 만날 기회가 없는 ―어쩌면 소흔이 제 주변에서 강원과 같은 분위기의 남자를 접할 기회가 없는 것과 같으리라― 유형의 여자였다. 그래서일까, 그에게 소흔은 좀 이상하고, 당돌하고, 맹랑하고, 또 이따금씩 그를 당황하게 만드는, 묘한 재주가 있는 여자였다. 쥐방울만 한 것이, 하며 그는 부러 불쾌한 기분을 불러내려 했지만 성공하지는 못한다. 그러자 도리어 불쾌해지는 것은 그런 쥐방울에게 말려들고 있다는 느낌이 더해지면서였는데 그것 또한 그는 강하게 부인했다. 이 도강원이 겨우 쥐방울에게 말려든다는 것이 가당키나 한 것인가.

"아흐흐……."

열심히 위, 아래로 몸을 움직이던 여자가 허리를 뒤틀며 소리를 질렀다. 여자는 꽤 오래, 비명인지 신음인지 애매한 소리를 내며 자신의 하체와 연결된 강원의 아래에 불이 날 정도로 비비적대었지만 강원은 그런 여자를 바라보기만 할 뿐 꼼짝을 않고 있었다. 그가 보인 움직임이라고는 손에 들었던 핸드폰을 다시 옆으로 툭 던진 것이 다였다.

여자는 몸부림을 치다 상체를 앞으로 툭 쓰러뜨렸다. 그녀의 하체가 강원의 아래와 분리되며 엉덩이는 높게 들렸다. 여자는 의도적으로 엉덩이를 더욱 위로 쳐들었다. 여자의 벌어진 다리 사이로 적나라하게 드러난 음부는 강원의 바로 정면이었다. 축

축이 젖어 있는 그것은 이미 한껏 달아올랐음을 증명하듯 그 내밀한 속살을 실룩이기까지 했다. 여자는 엉덩이를 살짝 흔들었다. 강원을 향해 다음 순서를 재촉하는 것이 틀림없는 몸짓이었다. 그런데 강원은 여자의 음부를 보다 느닷없이 '픽' 하는, 비록 소리를 내지는 않았으나 웃음이 터져 나오는 것 같은 모습을 보였다. 하필 그 순간에 내장탕이 떠오를 줄이야.

"으응……?"

여자는 강원으로부터 아무런 움직임이 없어선지 고개를 뒤로 향했다.

"치워."

강원은 툭 던지듯 말하고는 침대 아래로 다리를 내렸다. 그러나 그가 채 일어나기도 전에 여자는 그의 앞으로 몸을 던진다.

"왜요? 나 오늘 별로예요?"

강원을 보며 그렇게 묻는 여자는, 사실은 그 말이 무색할 정도의 미인이었다. 긴 생머리에, 그 안으로 이목구비가 다 들어가 있는 것이 신기할 정도의 주먹만 한 얼굴은 비록 성형의 힘을 다소 빌렸을지라도 원래 타고나기를 예쁘게 타고났음이 틀림없는 그것이었다. 쌍꺼풀이 뚜렷한 커다란 눈에 그림처럼 오뚝한 코, 거기에 뒤집어진 듯 도톰하고 작은 입술은 조형적으로도 완벽해, 거의 인형 같을 지경이었다.

"온단 연락받고 설레서 대기하고 있었는데 너무해요."

여자의 애교 섞인 비음의 투정을 들으며 강원은 그녀를 만나러 올 때만 해도 강하게 일었던 욕정을 되짚었다. 그렇게 불쑥 생겨나는 욕정은 질리도록 풀기 전에는 쉽사리 수그러들지도 않는 법인데 그러고 보니 갑자기 식어버린 이유가 그도 궁금했다. 이 몸에 벌써 싫증날 리는 없는데, 하며 강원은 여자의 몸을 눈으로 훑다 젖가슴에 손을 뻗어 그것을, 약간 과격하리만치 콱 움켜잡았다.

"아……."

신음을 흘리며 여자는 허리를 비틀었다. 부러 강원을 자극하기 위해 아래를 그의 몸에 밀착시키면서였다. 여자는 이어 강원을 끌어안으며 그의 입술을 덮치려 했으나 그 전에 그가 여자를 침대로 밀쳤다. 여자는 시트에 등이 닿으며 쓰러진다. 그런 그녀를 강원이 잡아 순식간에 뒤집어 놓는다. 엎어진 여자 위를 그는 바로 덮쳤다. 여자의 다리 하나를, 마치 개구리 다리처럼 옆으로 벌린 것과 동시였다.

"흡……."

여자는 제 몸으로 강원이 들어왔음을 소리로 표현했다. 여자의 개구리처럼 벌어진 다리는 강원에 의해 허공으로 들렸다. 두 사람의 하체만 모로 틀어진 모양새로, 그 상태에서 여자의 몸은 강원의 행위에 흔들리기 시작했다.

"흐윽, 흑……."

흔들림이 심해지자 여자는 거의 우는 소리를, 그것도 규칙적인 흔들림에 맞춰 내고 있었다.

"조여봐."

강원이 나직이 주문했다. 그러자 여자는, 소리는 물론 숨까지 멈춘 것 같은 얼굴을 해보였다. 아마도 아랫도리에 힘을 주고 있는 것이리라.

"더."

만족을 못 한 듯 강원의 말은 이어졌다.

"그것밖에 못 해?"

그는 식어버린 욕정을 되살리려 했다. 이미 그것에 지배돼 있는 몸으로 어려울 일도 아니었다. 그런데 어째서인지 한 번 돌아선 마음은 쉽게 회복되지 않아, 증명하듯 그의 얼굴은 격렬한 행위 중에도 시큰둥한 그것을 면치 못했다.

시간이 흐른 후, 욕실의 샤워부스로부터 강원이, 물이 뚝뚝 흐르는 몸을 하고 나왔다. 어깨가 발달한 그의 체격은 그에 알맞은 두터운 가슴 아래로 바위처럼 단단해 보이는 복근에, 그것을 안정감 있게 떠받치는 균형 잡힌 하체를 하나로, 얼굴색하고 같은 다갈색으로 태닝 된 피부와의 조화까지 더할 나위가 없었다.

욕실 내 마른 공간에는 여자가 있었다. 커다란 흰색 타월을 손에 들고 대기하고 있던 모양으로, 강원이 다가오자 그 타월을 펴 그의 몸을 감쌌다. 이어 정성스레 그의 몸에 묻은 물기를 닦아내는 여자는 강원의 아랫도리로 내려가면서는 그의 발아래에 무릎을 꿇고, 타월을 그의 피부에 지그시 누르는 방식으로 조심스럽게, 그의 발등까지 꼼꼼하게 물기를 말렸다. 마치 노예나 하녀와 같은 여자의 그러한 시중은 그녀의 얼굴에 드러난 기꺼운 표정만으로도 결코 강제나 강압에 의한 것이 아님을 드러냈는데 강원 역시도 매우 당연하게 여자의 시중을 받고는, 고맙다는 말도 없이 먼저 욕실을 나갔다.

욕실 밖은, 좀 전에 강원이 여자와 함께했던 그 침실이다. 강원은 옷을 입기 전 핸드폰부터 들어 문자함을 열었다. 소흔의 문자는 더 도착한 것이 없어, 그는 직전에 받은 문자를 한 번 더 읽는 것으로 문자함을 열어본 제 수고를 대신했다. 평소 핸드폰의 문자 이용을 —보내지도 않을 뿐더러 받는 경우도 별로 없었다— 거의 하지 않던 그가 문자함을 기웃거리기 시작한 것은, 순전히 소흔이 그에게 문자를 보내고부터였다. 강원은, 그런 제 모습이 문득 생경해 얼른 핸드폰을 툭, 던지듯 내려놓았다.

시간이 다시 흐른 후 주방에서, 알몸에 속이 훤히 비치는, 입으나 마나한 검은색 슬립만 입은 여자가 강원 앞에 커피 잔을 놓아주고 있었다. 식탁 앞에 앉아 있는 강원은, 반대로 옷을 모두 입고 있어 곧 그곳을 떠날 것임도 분명해, 40평 전후의 아파트나 빌라로 보이는 그곳은 아마도 여자의 집이지 싶었다.

"보여줄게요."

여자는 자신의 것으로 보이는 핸드폰을 들고 손가락으로 액정을 톡톡 치며 말했다. 강원 곁에 서서 식탁에 엉덩이를 걸친 채였다. 그 사이 강원은 커피를 한 모금 마신 후 담배에 불을 붙인다.

"여기 봐요."

여자는 핸드폰을 강원의 눈앞으로 가져갔다. 그곳에는 인터넷의 짧은 기사 하나가 사진과 함께 올라와 있는데 '시구로 뜬 서주은 드라마에서 만나'라는 머리기사에, 사진은 바로 강원에게 핸드폰을 보여주고 있는 여자와 동일 인물이었다.

"14부작인데 내가 나오는 건 3회까지예요. 잠깐 나오는 거지만 그래도 준식 씬 그게 어디냐구, 지가 그거 성사시키느라고 발바닥에 땀이 나게 뛰어다녔다고 자랑질 쩔어요."

강원은 별다른 반응 없이 다시 커피 잔을 들었다.

"근데 준식 씨가 앞으로는 자기 혼자서 힘들다구, 기획사랑 정식으로 매니지먼트 계약을 하재요. 준식 씬 이카루스가 어떨까 하던데. 얼마 전에 버터플라이 두 명 죽었잖아요, 그 소속사요. 아님……."

주은은, 그 입으나 마나한 슬립의 치맛자락을 잡고 애교 섞인 몸짓을 보인 끝에 강원의 눈길을 유도한다.

"대표님이 하나 소개 좀 해주세요. 아예 회사를 하나 차려주시든가."

주은은 말끝에 농담이라는 듯 웃음소리를 내면서도, 손끝에 잡고 있던 슬립의 치맛자락을 위로 슬며시 올렸다. 마치 커튼이 올라가듯 치맛자락은 위로 올라 적당히 제모된 주은의 체모를 드러냈다. 거기에 허벅지까지 벌려 가랑이 안에 숨어 있는 은밀한 부위의 속살까지도 빠꼼이 드러난다. 주은의 속내는 정말 회사를 차려 달라는 것일까, 아니면 단순히 그를 보내기 싫다는 뜻이었을까. 어느 쪽이든 그녀의 그 은밀한 부위로 강원의 손이 접근한 것만으로도 일단은 성공적인 듯싶었다. 그의 손은, 주은의 은밀하고 깊은 곳으로부터 밖으로 밀려나온 그 꽃잎에 가 닿는다.

"준식 씨가 황당한 소릴 하던데요? 황 마담한테 들었다고 하면서……."

허벅지를 더 벌리며 주은은 께느른한 목소리로 말을 이었다. 자신의 하체를 움직여 강원의 손에 더욱 밀착시킨 후였다.

"대표님이 결혼한다고……. 웃겨 죽는 줄 알았…… 헉……."

주은은 갑자기 격한 신음을 토해내며 움찔했다. 동시에 강원의 손은 그녀의 음부 전체를 한 번에 모아 꼬집듯 잡아당긴 모습으로 있었다. 피우던 담배는 아직 커피가 3분1 정도 남은 커피 잔으로 들어가고, 그는 자리에서 일어났다.

"요망한 것."

주은의 음부를 그대로 잡아 흔들며 그는 나직이 뱉어냈다. 그리 나무라는 것도 아닌, 다만 그 나른한 눈빛에 냉소를 담고 서였다.

"결혼한다."

강원과 소흔의 결혼식 날에 눈이 내렸다. 서울에서는 사실상 첫눈이었으며 함박눈이었다. 결혼식 장소는 전문웨딩업체에서 제공하는 연회장으로 시내 중심가에 위치한 빌딩의 9층이었다.

오전 11시 20분에 소흔은 9층의 승강기에서 모습을 보였다. 웨딩드레스 위로 붉은색 망토 코트를 걸친 모습으로, 웨딩업체의 여자 스태프 두 명과 함께였다.

"오빠……."

승강기 앞에서 소흔을 맞은 사람은 사현이었다. 그는 소흔이 내미는 손을 잡고 함께 신부대기실로 움직였다. 그리고 신부대기실로 들어섰을 때는 웨딩업체 스태프들에게 잠시 나가 달라 요청했다.

"조금 있으면 사촌들 정도는 이곳으로 올 거야."

스태프들이 나가자 사현은 말했다. 소흔의 결혼식을 알지 못하는 친구들이야 당연히 참석하지 않는 가운데 사촌의 여자 형제들이 올 것이라는 의미였다. 결혼식에 초대된 하객들은 친척과 회사 사람들 위주였다.

망토도 벗지 않고 소파에 앉은 소흔은 힘없는 눈길을 아래로 내렸다. 승강기에서 내릴 때부터 그녀의 얼굴은 죽 어두워, 비록 가짜이기는 하나 곧 결혼식을 치를 신부의 안색으로는 전혀 어울리지 않았다. 가장 큰 이유는 엄마 때문이었다. 결혼식을 취소하지 않으면 집을 나가겠다, 으름장을 놓던 엄마는 결혼식을 이틀 앞둔 엊그제 기어코 짐을 싸서 집을 나가고야 말았다. 그렇잖아도 가짜인 결혼식에 엄마까지 참석하지 않아, 친척들 사이에서 어떤 뒷말이 무성할지는 뻔했다. 그나마 다행인 것은 가출한 엄마의 행방이 묘연하지는 않다는 점이다. 강원도에 위치한 어느 리조트에 머물고 있으니 말이다. 사헌은 '지후 보고 싶으셔서라도 곧 돌아오실 것'이라며 소흔을 위로했다.

"신혼여행은 생략되고 바로 도 대표 집으로 들어갈 텐데 오빠가 아줌마 한 사람을 그 집으로 보낼 거야. 오늘 저녁쯤에."

'가출한 엄마 걱정'이 지나간 후 사헌이 말했다.

"아줌마?"

"그래. 아줌마가 그 집에 상주하며 널 도울 거야. 집안일은 물론 네 말상대도 돼줄 테니 무슨 일이 있으면 그 아줌마한테 말하면 돼."

"거기도 가사 도우미 있는 것 같던데?"

바로 며칠 전, 엄마가 가출하기 하루 전날에 소흔은 자신의 짐을, 신혼을 시작할 강원의 집으로 옮겼는데 그 과정을 도운 한 상무로부터 —소흔과 한 상무는 이미 그 전에 예물 건으로 한 차례 만났었다— 필요할 때 언제든 부르면 오는 가사 도우미가 있다는 말을 전해 들었다.

"오빠 말 들어. 네가 데려온 사람 쓰겠다고 도 대표한테 말해. 알았지?"

소흔은 더 이상 묻지도, 토를 달지도 않고 고개를 끄덕였다. 오빠의 속내가 무엇인지 알 것도 같았다. 강원과 함께 있게 될 동생의 안부를 동생이 아닌, 믿을 만한 다른 사람의 눈과 입을 통해서도 확인하고 싶겠지, 이제와 동생 걱정에 근심 가득한 눈빛을 하고 있는 그런 오빠가, 소흔은 새삼스럽지만도 않았다. 그녀 역시, 며칠 전에 가 봤던 그 큰 집에서 강원과 둘이 살 일이 코앞에 닥치고 보니, 비로소 그것이 현실로 체득된 데서 오는 긴장감에 사로잡혀 있었기 때문이다. 물론 그녀는 '내장탕' 소동 이후로도, 바로 며칠 전 짐을 옮기던 날에 강원을 한 번 더 보기는 했다. 원래는 한 상무만 와서 소흔의 집에서부터 그녀의 짐을 옮기는 일을 도왔지만 그것이 모두 끝나고 집으로 돌아갈 적에는 강원이 바래다주었으니까. 그 과정에 특별한 말이 오가지는 않았다. 그 전까지만 해도 제법 수다를 떨던 그녀였건만 결혼식을 사흘 앞둔 날, 그것도 자신의 짐까지 모두 그의 집으로 옮기고 난 후라선지 도리어 서먹해진 마음에 쉽게 입이 떨어지지 않았던 탓이었다. 그런데 그것도, 결혼식 당일인 지금의 긴장에 비한다면 별거 아니었다고, 이제와 깨닫게 되다니, 강원은 어떨까. 소흔이 보기에 그는 늘 같은 모습이었다. 그런 그도 오늘은 조금 떨리지 않을까.

강원은 식장 입구에서 하객을 맞고 있었다. 아주 연한 회색의 실크 슈트를 입은 그는, 적어도 겉으로는 평소와 조금도 다름없는 모습으로 식장에 입장하는 하객들과 악수를 나누고 있어, 소흔이 궁금해하는 '떠는' 모습은 분명 아니었다. 그 한편에서는 사헌이 마찬가지로 하객을 맞고 있었는데 그러던 중에 사헌이 먼저, 강원이 뒤이어, 두 사람의 눈길은 한 곳을 향하고 있었다. 바로 정 회장의 일행을 향해서다. 회장은 30대의 남자 한 명과 그보다 나이가 더 있어 보이는 다른 두 명의 수행을 받으며 천천히 다가오고 있었다.

"이거 두 쪽에서 다 초대를 받아 어느 쪽부터 가야 하나 행복한 고민을 하게 만드는구먼."

정 회장은 짐짓 여유를 보이며 만면에 미소까지 머금고는 먼저 사헌을 향했다.

"축하하네. 임 사장."

정 회장이 먼저 악수를 청했다.

"와주셔서 감사합니다."

"당연히 와야지. 우리가 남인가? 그런데 사모님은 어째 안 보이시나?"

"몸이 편찮으셔서요."

"저런, 얼마나 편찮으시기에 하나밖에 없는 따님 결혼식에 불참하신단 말인가? 며느리 상을 당한 지 얼마 되지도 않아 이런 경사가 있다면 오히려 아프시다가도 벌떡 일어나셔야지. 안 그런가?"

　사헌의 아내가 죽은 지 채 두 달도 되지 않아 결혼식을 치르는 것을, 정 회장은 꼬집은 것이다. 그 사이로 정 회장의 수행인 중 하나는 신부 측 접수대에 봉투를 전하고 있었다.

　"속도위반이라도 한 겐가?"

　정 회장은 짐짓 농담을 하듯 했다.

　"아닙니다. 그저 두 사람의 사랑이 깊은 것이지요."

　사헌은 태연하게 받았다.

　"그런가? 그럼 이번에는 사랑에 빠진 신랑에게 가볼까?"

　정 회장이 강원에게 발길을 옮기자 그 뒤를 따르는 30대 남자 수행인이 사헌을 노려봤다. 30대의 남자는 정 회장과 외모가 흡사해 한눈에도 회장의 아들인 것을 알 수 있었다.

　"그동안 연애하느라 바쁘셔서 클럽 잡을 시간도 없으셨던 거구만. 우리 멤버들이 도 대표 빠져 많이들 섭섭해하기에 난 도 대표 연애하는 줄도 모르고 그저 일에 바쁠 거라 열심히 변호만 해줬지."

　정 회장은 강원과 악수하며 말했다. 회장이 말하는 클럽이란 골프 스틱을 의미한다.

　"클럽이야 늘 잡았지요. 멤버들은 어디나 있으니까요. 더러는 발로 채이기도 하지요."

　입꼬리를 슬며시 올린 강원의 의미심장한 미소는 그의 나른한 눈빛과 절묘한 조화를 이루었다.

"저런, 나 몰래 재미 보셨네?"

"허락 받고 재미 봐야 합니까?"

두 사람의 대화는 표면적으로 골프에 관한 것으로 들렸다. 다른 사람이 들어도 틀림없이 그렇게 알아들었을 것이다. 심지어는 두 사람의 표정까지도 웃음을 머금은 채로 말을 주거니 받거니 하는 것이, 마치 한가로운 잡담을 즐기는 양 했지만 웃음 띤 입과는 대조되는 눈빛들 사이로 흐르는 기류는 이미 팽팽하니 당겨질 대로 당겨진 그것이었다. 노회한 정 회장의 눈빛은, 그의 점잖은 미소와의 조화를 크게 흩뜨려 놓지 않은 채로 적당히 날카롭게, 강원의 정체를 알 수 없는 나른한 눈빛을 탐색하듯 했다.

"도 대표만 재미있으니 하는 말이오. 더 이상 나와 골프 안 하겠다는 건 어쩔 수 없지만 다른 데서 놀고자 했다면 아주 멀리 갔어야지. 그게 도리지. 안 그렇소?"

"제가 천애고아로 태어나 본디 배운 게 없어 도리 같은 것을 잘 모릅니다. 때문에 잠시 회장님과 즐길 수도 있었던 것이구요."

그러자 지금껏 노련한 언행을 보였던 정 회장의 안색에 약간의 변화가 일었다. 강원의 말은, '자신이 배운 것 없는 놈이라 정 회장, 당신과도 어울렸다'는 뜻이니, 정 회장이 제 사업적 파트너였던 임 회장의 지분에 욕심을 부리는 것 역시 '사람의 도리는 아니다'라는 것을 우회적으로 공격한 것의 다름 아니었기 때문이다.

"알긴 아네? 어디서 근본도 없는 짓거리를, 이런 식으로 배신을 때리고도 무사할 줄 알아?"

갑자기 정 회장의 오른편에 있던 30대의 수행인이 강원을 향해 공격적으로 내뱉었다. 그러자 정 회장이 제 아들로 보이는 30대 남자에게 고개를 돌려, '결혼식장에서 그게 무슨 언사냐' 꾸짖었다. 강원의 눈길 역시 정 회장의 아들을 향해 있었다. 아들은 분을 삭이지 못하는 얼굴이었다.

"도 대표가 이해를 하시오. 아들놈이 제 딴엔 애비를 위한답시고 효심에 뱉은 말이라 하고."

"가요. 아버지. 이런 더러운 곳엔 더 있을 필요가 없어요."

"입 다물지 못해?"

"내버려 두십시오. 정 회장님."

강원이 끼어들어, 말은 정 회장에게 하면서도 눈은 그 아들에게 두고 있었다.

"말씀드렸다시피 제가 배운 게 없어 위, 아래도 몰라보는 놈이라, 아드님 같은 분을 특히 잘 이해하고 있습니다. 어디 계속 지껄여 봐."

그때였다. 얇은 눈꺼풀 아래로 늘 반쯤 감긴 것 같은 강원의 나른한 눈빛으로부터 서늘한 기운이 스쳐 지났다. 갑자기 바뀐 어조에 실려 나온 그의 마지막 말과 거의 동시였으며 또한 찰나였다. 마치 나른한 것으로 위장한 장막을 걷고 불쑥 나왔다 사라진 것처럼도 보이는 그것은, 바로 그것이야말로 그 눈빛의 진짜 주인이라고 말하는 것 같았다.

정 회장 아들의 한쪽 눈 아래가 실룩, 움직인 것도 그때였다. 곧 그의 얼굴은 벌게지기까지 했으나 나른한 눈빛의 주인 아래에서 '더 지껄이지는' 못했으며, 그렇게 정 회장 일행은 물러갔다.

결혼식은 정각 12시에 시작됐다. 예식은 코스로 나오는 점심식사와 함께였다. 피아노 라이브로 울려 퍼지는 바그너의 웨딩 멜로디를 타고 소흔은 사헌의 손에서 강원에게 인계 되었다. 소흔은 플라워 모티브 자수 디테일에 빛나는, 빈티지 분위기의 로맨틱한 웨딩드레스를 입었다. 머리는 반짝이는 망사 장식을 해, 그녀의 아름다운 갈색 눈동자는 그 앞을 살짝 가린 망사 사이로 보석처럼 반짝였다. 강원은 그런 소흔에게서 눈을 떼지 않은 채 그녀의 손을 제 팔에 끼웠다.

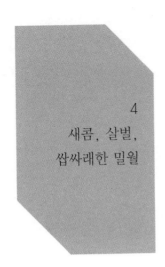

4
새콤, 살벌,
쌉싸래한 밀월

　결혼식의 모든 과정을 끝낸 소흔이 강원의 집에 도착하니 벌써 4시 가까이 돼 있었다. 강원은 일이 있다 하여 동반하지 못하고 대신 한 상무가 그녀를 집까지 수행했다. 넓은 집 안에 혼자 있으니 소흔은 흡사 고립무원에 홀로 남겨진 느낌이었다. 강원의 집은 아파트나 빌라가 아니었다. 소흔도 한 번 와본 적이 있는 낙원 빌딩의 5층과 6층이 바로 그녀가 강원과 함께 신접살림을 시작할 그의 집이었다.

　"혼자 살면서 뭐 이렇게 큰 집이 필요한 거야? 더구나 결혼할 생각도 없으면서."

　망토형 외투를 벗으며 소흔은 혼잣말로 투덜댔다. 그녀가 서 있는 곳은 복층으로 구성된 내부의 1층으로, 전체 150여 평에 달하는 규모는 능히 그녀의 불만을 살 만했다. 아마도 빌딩의 5층과 6층을 터서 설계했을 내부는 복층의 높은 천장에까지 닿는 흰색 기둥이 서 있는 홀을 중앙으로 해서 크게 주방과 리빙 룸으로 나뉘어 있었는데, 무엇보다 두 개의 층을 잇는 높이의 대형 창은, 지금은 겨울의 짧은 해가 주는 마지막 선물을 넉넉히 품고 있지만 한낮이면 실내 전체를 빛으로 가득 채우고도 남음이 있지 싶었다.

소흔은 곧장 2층으로 올랐다. 이 집에서 소흔의 공간은 2층으로 결정되었는데 그곳에는 침실로 쓸 방 외에도 두 개의 룸이 더 있었으며, 소흔이 가장 마음에 들어 하는 리빙 룸은 아름다운 발코니와 연결돼 있었다.

"잘 지내보자."

침실로 와 침대 위에 몸을 쓰러뜨린 소흔이 말했다. 침실은 소흔이 살았던 제집의 그것에 두 배였으며 드레스 룸과 욕실은 당연히 딸려 있었다. 이곳에서 정확히 얼마나 있게 될지는 모르지만 적어도 겨울방학은 보내게 될 테니 이 침실과 친해지고 싶었다.

"하지만 정말 친해져야 하는 건 강원 씬데."

소흔은 벌떡 일어나 앉았다.

"결혼식 날까지 뭐가 바쁘다고 신부를 혼자 두는 거야? 게다가 주말인데. 쳇."

소흔은 한 시간 후쯤에 핸드폰의 벨소리를 들었다. 씻고 편한 옷으로 갈아입은 뒤, 미처 끝내지 못한 짐 정리에 시간을 보내고 있던 중이었다. 소흔은 얼른 핸드폰을 집어 들었다. 바로 조금 전에 엄마한테 '결혼식 했다'는 내용과 함께 안부 문자를 보낸 터여서 혹시 엄마인가 했던 것인데 엄마한테서 전화는커녕 답문조차 기대하지 않고 있으면서 오히려 그 때문에 더욱 애가 타서일 것이다. 그런데 핸드폰에 뜬 번호는 처음 보는 그것이었다.

"누구세요? 아, 오빠가 말한 아줌마시구나? 네? 못 들어오게 한다구요?"

소흔은 핸드폰을 쥔 채로 1층으로 내려가 홀을 가로질러, 가로 길이가 보통의 현관문 두 배에 달하는 그것을 열고 바로 보이는 승강기에 올랐다. '낙원'은, 정문에서 만나는 승강기로는 4층까지만 이용 가능하게 돼 있고, 5, 6층은 후문을 통하는 전용 승강기로 5층까지 논스톱으로 오르내리게 돼 있는데 소흔이 탄 승강기가 바로 그 전용승강기였다.

소흔이 1층으로 내려와 보니 40대 후반 정도 되는 아줌마가 두 명의 검은 슈트를 입은 사내들과 함께 있는 것이 보였다.

"아줌마가 울 오빠……, 임사헌 사장님이 보내신 아줌마죠?"

소흔은 곧장 다가가 그 아줌마를 향해 물었다. 아줌마는 '그렇다'고 대답했다. 그 사이로 두 명의 사내가 소흔을 향해 고개를 숙여 인사하는 것은 그녀의 안중에도 없었다.

"이 아줌마 가사 도우미예요. 저 만나러 오신 거예요."

소흔은 다만 사내들에게 그렇게만 똑 부러지게 설명했다.

"아주머니는 못 들어가십니다."

사내들 중 하나의 대답은 그렇게 돌아왔다.

"왜요?"

소흔이 황당하다는 듯 물었다.

"도 대표님이 사모님 외에는 어느 누구도 들이지 말라고……."

"왜 그렇게 융통성이 없어요? 그거야 경비한테 으레 하는 소리고, 그러고 보니 원래 여기 경비 아저씨 어디 갔어요? 그쪽도 경비 맞아요? 다시 말하지만 이 아줌마는 도우미라구요. 가사 도우미요. 알았죠?"

소흔은 아줌마를 향해 '가요' 했으나 사내 하나가 먼저 그 앞을 막아섰다.

"아주머니는 못 들어가십니다."

사내는 같은 말을 반복했다. 화가 난 소흔은 다시 따졌지만 자신이 아무리 논리정연하게 항의를 해도 말귀를 알아먹을 사내들이 아니란 것을 깨닫기까지 그리 오래 걸리지 않았다.

"아휴, 답답해. 그쪽하고는 됐구요. 아줌마. 자, 내 손 잡아요."

소흔은 사내를 피해 아줌마에게 손을 내밀었다. 그냥 아줌마를 붙잡고 승강기를 탈 생각이었다. 그러나 아줌마가 소흔의 손을 잡을 찰나, 바로 뒤에 있던 또 다른 사내가 아줌마의 어깨를 잡아챘다.

"어이구구……."

아줌마는 뒤로 휘청하며 넘어져 소리를 질렀다.

"무슨 짓이에요?"

소흔이 소리치며 다가서려 했으나 앞에 있던 사내가 먼저 움직여 그녀의 앞을 막아섰다. 표정도, 심지어는 감정도 없는 사람처럼 사내는 오직 '아줌마를 위로 들여보내지 않는다'는 것 외에 다른 것은 전혀 고려치 않는 모습이었다. 소흔은 움찔, 뒤로 한 발 물러섰다. 그제야. 두 사내들의 남다른 인상이 의식되며 몸에 소름이 돋았다. 소흔은 사내로부터 등을 돌리고는 바로 강원에게 전화를 걸었다. 그러나 통화 중이었다. 1, 2분의 간격을 두고 다시 세 번을 더 걸었지만 역시나 통화 중이거나 받지를 않았다.

"오빠. 아줌마 왔는데 여기 경비…… 인지 뭔지 하는 남자들이 막고 있어."

이어 사헌에게 전화를 건 소흔은 자초지종을 설명했다.

[아줌마에게 그냥 가시라 해라.]

동생의 말을 듣고만 있던 사헌이 말했다.

"답답해 죽겠어. 강원 씨한테 물어보면 뭐가 어떻게 된 건지 금방 알 텐데 전화가 안 돼서……."

[도 대표 여기 있어.]

"뭐?"

사헌은 정말 강원과 함께 있었다. 이카루스 레스토랑의 테이블 룸에 마주앉은 모습이었다.

"그냥 동생을 위한 가사 도우미입니다."

핸드폰을 테이블에 내려놓으며 사헌은 말했다.

"다른 의도 없어요. 그저 혼자 있는 소흔이 안쓰러워서……."

"가사 도우미는 우리 쪽에도 많아요."

담배를 낀 손으로 손짓까지 해보이며 강원은 사헌의 말을 잘랐다.

"동생에 대해서는 신경 꺼요. 당분간 없는 셈 쳐. 임 사장이 신경쓰면 쓸수록 오히려 내 신경이 거슬리거든."

"순진하고 여린 앱니다."

"염려 말아요. 일 끝나면 고대로 돌려보내드릴 테니. 원한다면 포장까지 예쁘게 해서."

강원은 담배를 끄고 일어섰다.

"도 대표를 믿지만 만약 소흔이 잘못되면……."

따라 일어서며 사헌은 무거운 어조로 입을 열었다. '잘못된다'는 것이 무엇을 의미하는지는 서로 알 것이었다.

"맹세코 가만있지 않을 거요."

사헌의 무거운 눈빛을, 강원은 잠시 그 나른한 눈빛으로 응시했다.

"난, 날 협박한 자들을 용서한 적이 없는데……."

강원의 입술 끝이 묘하게 위를 향한다.

"처남은 용서해 드리지."

강원은 진담인지 농담인지 알 수 없는 말을 던지고 그곳을 나갔다. 그는 곧장 아름다운 신부가 있는 '낙원'으로 향했다.

'낙원'에서 강원을 기다리고 있던 소흔은 그를 보자마자 '아줌마를 못 들어오게 한 사내들의 만행'에 대해 울분을 토했다. 강원은 '아줌마들은 여기도 넘치게 많다'며 그녀를 토닥여 한쪽으로 데려갔다. 그가 소흔을 데려간 곳은, 주방이 있는 쪽에서 격자무늬의 유리문으로 통하는 실내 정원이었다.

"와, 이런 데가 있었구나. 너무 멋져요."

소흔은 1층에 이렇게 멋지고 아담한 실내 정원이 있으리라고는 꿈에도 생각 못 했다.

"마음에 들어?"

"네."

소흔은 고개까지 끄덕였다. 정원은 온갖 식물에, 특히 아름다운 꽃들뿐만 아니라 사람이 지날 수 있는 바닥의 자연적인 원목 마루, 다양한 모양과 컬러의 안락한 일인용 의자들, 거기에 무척이나 잘 어울리는 앤틱한 티 테이블과 소품들이 모두 조화로운 구성으로, 소흔의 마음에 쏙 들었다.

"좋아. 여기도 네 구역이다."

"네?"

꽃들을 보고 있던 소흔이 돌아보며 의아한 표정을 지었다.

"각자 구역을 정해야지. 2층은 당연히 네 구역이다. 거기선 네 마음대로 해도 돼. 하지만 1층에서는 네 마음대로 할 수 없 는 것도 있는 거야."

소흔은 자신의 귀를 의심했다. 조폭들이 '나와바리' 전쟁하 는 것도 아니고 한 집에서 무슨 구역 타령인가 싶었다.

"뭘 하면 안 되는데요?"

"내가 하지 말라는 모든 것."

"그러니까 구체적으로요."

"까불지 말고, 말 너무 많이 하지 말고, 정신없이 뛰어다니지 말고, 음악 크게 틀지 말고, 설마 집에서도 문자 보내진 않겠 지? 무엇보다 날 귀찮게 하지 마. 알았지?"

강원이 말하는 동안 소흔은 고개를 숙인 채 제 손바닥에 다 른 손가락으로 낙서를 하듯 꼼지락댔다. 아랫입술이 앞으로 잔 뜩 밀려 나온 얼굴을 하고서였다.

"왜 대답 안 해?"

그런 그녀의 얼굴에서 눈을 떼지 않고 있던 강원이 다그쳤 다.

"주방도 1층에 있는데, 그럼 주방은 누구 구역이에요?"

"그거야 아줌마 구역이지."

"말도 안 돼요. 주방의 주인은 주부, 바로 난데?"

"네가 무슨 주부야? 이 쥐방울, 라면이나 끓일 줄 알아?"

"아앗, 정말 그렇게 무시하기예요? 그럼 내기해요."

"내기?"

"어차피 저녁 먹어야 하니까 내가 진짜 근사하게 식사 준비할 테니 만족하면 주방을 내 구역으로 해주세요. 어때요?"

강원은 바로 대답하지 않고 잠시 고민하는 모습을 보였다. 그런 그를 바라보는 소흔의 얼굴이 또 자못 진지하면서도 아랫 입술은 여지없이 삐죽 나와, 그 표정에 그는 그만 웃을 뻔했다.

"좋다."

웃음을 참느라 강원은 그렇게 대답했다.

"아싸~."

소흔은 주먹 쥔 손을 위에서 아래로 내렸다.

"근데 강원 씨가 좀 도와줘야 해요."

얼마 후, 주방의 조리대는 당근, 두부, 양파 등의 채소와 각종 조미료 통으로 어지러운 가운데 에이프런을 입은 소흔이, 된장찌개가 끓고 있는 가스레인지와 조리대 사이를 부지런히 오갔다.

"뭐 꺼내라고 그랬지?"

냉장고 문을 열고 선 강원이 물었다. 소흔과 커플룩으로 보일 법한 에이프런을 입은 모습에, 짜증을 꾹 참고 있는 것 같은 얼굴을 하고서였다.

"마늘, 마늘."

"그게 어딨는데?"

냉장고 여기저기를 뒤적이며 강원은 재차 물었다.

"어머, 여기 강원 씨 집이잖아요. 그걸 강원 씨가 알지 내가 알아요? 잘 찾아봐요."

그러자 강원의 관자놀이 부근이 툭 하고 불거진다. 전화만 하면 저녁을 하러 올 가사 도우미를 두고 소흔의 꼬임에 빠져 —내기를 한 것에 더해 엉겁결에 도와준다고까지 한 바람에— 팔자에도 없는 신혼부부의 닭살 행각을 재현하고 있으니 말이다. 더구나 소흔이 혼수로 해온 커플 에이프런을 꼭 입어야 한다, 사정하는 바람에 그 부탁까지 들어주고 보니, 세상에, 이렇게 얼간이 같을 수가!

"그래도 냉장고에 뭐가 좀 있어서 다행이에요. 그렇지 않았음 장까지 봐야 하는데 얼마나 귀찮아요? 저녁 시간도 지나서 배도 고픈데. 이거 아줌마가 쓰고 남은 재료들인가 봐요. 아직 싱싱한 거 보니 오래된 것도 아니야. 하긴 냉장고가 두 대에 하나는 채소, 과일 전용이라서 넘 좋아요. 보니까 김치도 있고 밑반찬도 절인 깻잎이랑 몇 개 있으니까 찌개랑 계란 프라이 정도만 만들면 저녁 맛있게 먹을 수 있을 것 같아요. 맞다. 김도 있다. 내가요, 딴 건 몰라도 된장찌개는 디게 잘해요."

그때 끓고 있는 된장찌개 안으로 마늘 몇 개가 통째로 '투하' 되었다. 강원이 처넣은 것이다.

"뭐 하는 거예요? 다져서 넣어야 하는데."

"넌 찌개를 입으로 끓이냐?"

강원은 검지로 소흔의 미간을 찌를 듯 가리켰다.

"말하지 마요?"

소흔은 금세 뿌루퉁해져서 그를 노려본다.

"해."

"입이랑 손은 서로 방해 안 하거든요. 찌개는 잘 만들어지고 있다구요. 메롱."

"메롱?"

"보나마나 강원 씨 할 말 없을 테니까."

"할 말이 없긴, 찌개에 침 튀잖아."

강원은 소흔을 가리켰던 손가락으로 이번에는 찌개를 가리켰다.

"강원 씨 키스 못 하죠? 아니 안 하죠? 안 해봤죠?"

소흔의 느닷없는 공격에 강원은 황당해서 '뭐?' 한다.

"와이프 침이 더러운데 어떻게 키스를 하겠어? 아무리 가짜 와이프라도요. 그러니 가짜 와이프조차 못 되는 여자들 침은 아주 오염수로 보이겠네? 그렇죠? 안 그래요? 알아서 모실게요. 강원 씨가 먹을 찌개는 따로 덜어서 드린다구요. 됐죠? 결벽증 있나 봐. 흥."

소흔은 제 말대로 강원이 먹을 찌개는 따로 놓아주었다. 물론 자신의 것도 놓았다.

"원래 찌개란 건 가족끼리 모두 숟가락 풍덩풍덩 담가가며 먹어야 정도 드는 건데, 내 침이 싫다니 할 수 없죠, 뭐. 우린 가족이 아닌 거야."

짐짓 쌩하게 말하며 수저를 들어 혼자 맛있게 먹는 소흔을 보며 맞은편에서 강원은 손에 숟가락을 들기는 했지만 그 께느른한 눈빛에 황당함까지 담고서, 바로 찌개에 그것을 담그지도 못한 채 잠시 우물쭈물하고 있었다. 그리고 마침내 제 앞의 찌개에 숟가락을 넣어 한 스푼 떠먹은 다음에는, 정말 그것이 의외로 맛있다는 데에 약간 놀란다.

"맛있다."

강원은 눈치를 슬쩍 보는 얼굴로, 그러나 퉁명스럽게 툭 던졌다. 소흔은 그런 그를 힐끔 보고 만다. 그러자 강원은 팔을 뻗어, 이번에는 소흔의 찌개에 숟가락을 담갔다.

"왜요?"

소흔은 버럭 했다.

"응? 아니 뭐, 니 꺼도 맛있나 하고……."

하더니 그는 그것을 또 먹었다.

"니 꺼가 더 맛있다."

"그럼 바꿔 먹을까요?"

소흔은 금세 배시시 웃었다. 두 사람은 각자의 찌개 그릇을 바꿨다. 소흔은 그것이 즐거운지 밥을 먹으면서도 강원의 눈과 마주할 때마다 방긋 웃어 보였는데 그럴 때라도 강원의 반응은 퉁명스러운 그의 어투만큼이나 퉁할 뿐이었다. 그것은 아마도 낯설고 어색한 감정의 다른 표현일 것이다.

"소흔아."

그런 중에 강원이 조용한 목소리로 그녀의 이름을 불렀다. 동시에 소흔의 얼굴에서 환한 미소도 사라진다.

"네가 정말 하지 말아야 할 것이 하나 있어."

"네에……."

소흔은 모기소리만 하게 대답했다. 강원은 다만 정색했을 뿐으로 그녀를 보면서 말하고 있는 것도 아니었지만 그녀는 움츠러들었다.

"어떤 이유로든 도망은 가지 마라."

그렇게 말하고서야 그는 소흔에게 눈길을 보냈다.

"그래봤자 넌 금세 잡히고 아주 혼날 거야."

"알아요. 나 볼모잖아요."

"볼모? 누가 그래? 오빠가?"

소흔은 대답하지 않았다. 그저 찌개 국물을 뜬 숟가락 위로 모락모락 피어오르는 김에 호, 호, 하며 제 입김을 섞고만 있었다. 그런 그녀의 모습은 강원의 눈에 의기소침한 그것으로 비쳤다.

"좋아. 하지 말아야 할 건 그거 하나로 하고……."

소흔에게서 눈을 떼지 않은 채 강원은 말을 이었다.

"다른 것은 다 해제다. 이 집에서는 네 마음대로 해도 돼."

"진짜요? 레알이죠?"

소흔은 고개를 들고 금세 함박웃음을 입에 걸었다.

식사 후 먼저 주방을 나온 강원은 갑자기 제 뒤로부터 들리는 신나는 댄스곡에 발길을 멈췄다. 소흔이 주방의 오디오를 켠 모양인데 그것도 해제를 자축하듯 한껏 볼륨을 올린 소리였다. 강원은 그 소리를 들으며 다시 걸음을 옮겨, 높고 커다란 대형 창 아래에 있는 일인용 소파에 앉았다. 창밖으로 보이는 야경은 제법 훌륭해 마치 은하수 같았다. 그것을 내려다보며 그는 담배에 불을 붙였다. 그때 댄스곡 사이로 '쨍강' 소리까지 들려와 그는 얼굴을 찌푸리기도 했다. 평소라면 피곤한 몸을 쉬고, 전쟁터 같은 사업 현장에서 날카롭게 긴장했을 신경에 휴식을 주는 시간이었을 것이다. 또 그런 것이 허락된 유일한 공간이 바로 이 '낙원'이었다. 괜한 짓을 했나, 강원은 자문해 본다. 담보든 볼모든 소흔은 데리고 있기로 결정한 것을 두고 한 자문이었다. 그냥 2층에 처박아두고 감시만 하면 될 줄 알았더니 생각보다 시끄럽고 성가셨다. 아니 정확히 말하면 신경이 쓰인다고 해야 할까. 그런데 왜 신경이 쓰이는 거지?

'커피 왔습니다' 하는 소리에 강원은 정신이 들었다. 소흔이 커피 두 잔이 올려진 쟁반을 들고 오면서 제법 큰 목소리로 외친 것이다. 음악은 어느새 들려오지 않았다.

"주방에 뭐, 뭐, 뭐가 있는지 아직 익숙지 않아서 늦었어요. 내일까지 몽땅 익힐 거예요. 하긴 2층도 아직 낯선데 뭐."

테이블 위에 커피 잔을 놓으며 소흔은 말을 이었다.

"그럼 먼저 내일 계획을 세워볼까요? 강원 씨 내일 안 나가죠?"

"나가."

"에게? 일요일인데?"

"너 보기 싫어서 나간다."

"신혼여행도 못 간 신부한테 넘하는 거 아녜요?"

"너 혼자 소꿉놀이 하냐?"

"강원 씨 눈엔 내가 어떻게 보여요?"

마침 커피 잔을 입으로 가져가던 강원은 그것이 무슨 의미냐는 듯 눈짓으로만 물었다.

"강원 씨 울 오빠랑 동갑이잖아요. 근데 오빠는 오빠로 느껴지는데 강원 씬 오빠로 안 느껴져. 울 오빠가 워낙 동안이라 그런가…… 그렇다고 삼촌은 좀 오바구, 뭐 적당한 게 없네. 그러니깐 강원 씬 어떠냐구요. 솔직히 나 와이프로는 안 느껴지죠? 아무리 가짜라도요. 나이 차가 있어서, 혹시 동생 같아요? 아님 조카? 가족이면 뭐 적당한 위치가 있어야 하는데, 암만 생각해도 그냥 여보, 당신밖엔 없네요? 그죠?"

"그래서?"

"나, 와이프 역할 잘할 거라구요."

소흔은 짐짓 불끈, 두 주먹을 쥐어 보였다.

"그래. 잘해봐라."

"비웃지 마요. 참, 우리 가짜 부부라는 거 한 상무님은 알고 계시고, 또 누가 알아요? 강원 씨 조직에서요?"

"조직?"

"우리 가짜라는 거 모르면 진짜처럼 그럴듯하게 보여야 하잖아요. 다른 부하들은 다 모르는 거죠?"

"무슨 소리를 하는 거냐?"

"조폭이면 부하들이……."

소흔은 얼른 손끝으로 제 입을 가렸다. 그 사이로 강원은 커피 잔을 탁 내려놓는다.

"네 눈엔 내가 깡패로 보여?"

"아, 아뇨. 저기……."

"이 계집애가 오냐오냐하니까 아주 겁도 없이 기어오르네."

"그게 아니라……."

"닥쳐."

강원은 자리에서 일어났다. 그리고 소흔이 손끝으로 입을 가린 채 고개를 푹 숙이고 있는 사이 멀어져 갔다. 그가 사라지고 난 후에도 소흔은 변함없이 그대로였다. 허벅지 위로 눈물이 뚝, 뚝 떨어진 것은 약간의 시간이 흐른 후였다.

2층의 침실 문이 열리고 소흔은 힘없는 모습으로 들어왔다. 이어 등 뒤로 문을 닫는 것과 동시에 그대로 뒤를 기대고 섰다.

"욕먹어도 싸지, 뭐……."

기분이 업 돼, 해서는 안 될 말까지 했다고 소흔은 자책했다.

밤이 깊도록 소흔은 잠을 이루지 못했다. 살짝 선잠이 들었다가도 소스라치며 깨기 일쑤였고, 그렇게 깨면 다시 오랜 시간 뜬눈으로 몸을 뒤척거려야 했다. 낯선 곳에서 처음 잠을 청해야 하는 것만으로도 쉬이 잠을 이룰 수 없을 진대 거기에 무겁고 불편한 마음이 더해지니 누워 있는 것 자체가 고통이었다. 결국 그녀는 부스스 몸을 일으켰다.

소흔은 1층으로 내려가는 계단을 내려오다 주방 쪽으로부터 환한 불빛이 새어 나오는 것을 보며 걸음을 멈췄다. 불이 켜 있다는 것은 안에 누군가 있다는 것이고 이 집에 사는 사람은 소흔과 강원뿐이니, 강원 역시 새벽 3시가 넘어가는 시간에 깨어 있다는 것이, 그녀는 의아하면서도 불안했다. 소흔은 소리가 나지 않게 살금살금 계단을 마저 내려와 역시나 조심스럽게, 까치발로 걸어 주방으로 접근했다. 그리고 입구에서 몸을 숨긴 채 안을 들여다보니 강원의 뒷모습이 보였다. 실내용 가운을 대충 걸친 모습이었다.

강원은 싱크대 가까이에서 위스키 병마개를 열고 있었다. 이어 조그만 잔에 따르고는 그것을 단숨에 입 안으로 털어 넣었다. 잠이 오지 않아 술에 의지하려는 것으로 보여, 아마도 마음이 불편한 사람은 소흔뿐이 아니었던 모양이다. 그는 위스키 병과 잔을 손에 들고 무심코 몸을 돌렸다. 동시에 들고 있던 병과 잔을 위로 던져 버릴 정도로 놀라, '엄마야' 라고 말만 안 했지, 딱 그런 꼴로 휘청했다. 3식탁 건너편의 주방 입구에 유령처럼 서 있는 소흔을 ─핑크색의, 그러나 모양새는 남자의 파자마와 동일한 잠옷을 헐렁하게 입은 모습의 그녀를─ 발견하고서였다. 무리도 아닌 것이, 오랜 세월을 혼자 살았던 강원이, 집안에 누군가 있으리라는 사실을 습관화 된 의식으로 ─그것도 '벌써'─ 갖고 있을 턱은 없지 않겠는가.

"야……."

짜증이 난 강원은 불쑥 그렇게 내뱉었다. 큰 소리는 아니었다. 소흔은 이미 고개를 푹 숙이고 있었는데, 웃어서는 안 된다는 것을 알면서도 그가 화들짝 놀란 모습이 너무 웃겨 그것을 감추기 위해서였다. 다행히 웃음은 금세 들어갔다.

"왜 안 자?"

병과 잔을 식탁 위에 탁, 올려놓은 후 강원은 물었다.

"저기……."

소흔은 잠깐 머뭇거린 끝에 입을 열었다. 살짝 떨리는 목소리였다.

"잘못했어요. 다음부턴 조심할게요. 말도 조금만 할게요."

여전히 고개도 들지 못한 소흔은, 말하는 내내 맞잡은 제 두손을 꼼지락대고 있어 그녀의 불안정한 심리를 대신 보여주었다. 강원은 다시 위스키 한 잔을 따라서 단숨에 들이켰다.

"가까이 와."

약간의 시간을 두고 강원이 말했다. 소흔은 천천히 그의 앞으로 다가왔다.

"고개 들어."

소흔은 고개를 들었다. 그 커다란 갈색 눈동자에 어떤 감정을 가득 담고서였다. 그것을 강원은 금세 눈치챘다.

"내가 깡패야?"

소흔은 얼른 고개를 저었다. 그 고갯짓에 갈색 머리도 같이 나풀대고 같은 색의 눈동자에 담긴 어떤 감정의 빛은 더욱 진해졌다.

"왜 거짓말해?"

소흔의 눈빛을 이미 읽은 강원은 그녀의 고갯짓에 다시 물었다. 나무라거나 화가 난 어조는 전혀 아니었다. 소흔은 눈만 깜박깜박하며 그를 올려다보고만 있었다.

"무서워?"

강원이 물었다. 그러자 정곡을 찔린 듯 소흔의 눈빛이 흔들리더니 그것은 또한 점차 붉게 물들어갔다. 눈물보다 가슴을 먼저 들썩인 소흔은 스르르 허물어졌다. 그런 그녀를 강원이 재빨리 잡는다.

"아, 안 무서워하려고 했는데……."

강원의 품안에서 소흔은 마치 숨이 가쁜 것 같은, 실은 터져 나오는 눈물을 삼키느라 불안정해진 목소리로 입을 열었다.

"노, 노력했는데……."

소흔은, 그러나 더 이상 말을 잇지 못했다. 울음이 모든 것을 삼켜 버린 것이다. 소흔이 '무섭다'한 것은 단지 강원을 무서워한다는 것 이상이었다. 그녀를 둘러싸고, 불과 두 달여에 걸쳐 일어났던 그동안의 일들은 사실 스물하나, 그것도 곱게 자라 철이 덜 든 젊은 여자에게는 감당하기 너무나 힘든 것들이었다. 2년 전 아버지의 죽음 이후 집안을 감도는 위태로운 불안으로부터 시작해, 그것에서 비롯된, 소흔으로서는 감당하기 힘든 오빠의 요구, 올케 언니의 죽음, 엄마와의 불화, 그리고 무엇보다 강원과 강원을 둘러싼, 비록 막연하나마 어둡고 비밀스러운 공포가 지배하는 전혀 낯선 세계로의 진입은 그녀에게 감당하기 어려운 극도의 스트레스로 다가왔다. 다만 그녀는 그것을 제 의식 밖으로 밀쳐두고 애써 외면했을 뿐이었다. 따라서 그것을 더 잊고자, 어쩌면 극복하고자 그녀는 강원과 더욱 친해지고 싶었는지도 몰랐다. 그것은 아마도 두려운 대상에게 오히려 더 바싹 다가가, 그것이 눈에 보이지 않게, 느껴지지 않게끔 하려는 심리와 비슷할 것이다.

소흔이 우는 동안 가슴을 내어준 강원은, 제 가슴팍이 그녀의 눈물과 콧물로 젖어가는 것을 느끼면서도 가만히 있었다. 그는 여자가 울 때 어떻게 해야 하는지를 알지 못한다. 우는 여자를 달래본 적이 없으니까. 그래서 그저 가슴만 빌려준 채 울고 있는 소흔을 보고 있자니 아직 어린애지, 싶었다. 이런 어린애가 한 말에 마음이 불편해 잠도 안 왔다는 사실이 새삼 '쪽팔리기도' 했다. 엄밀히 하자면 소흔이 한 말 때문이 아니라 그녀에게 화를 냈던 것에 불편했다는 것이 진실에 가까웠으리라. 상대가 여자건 남자건 화를 낸 후 불편했던 기억이 없어, 아니 그런 기억은커녕 마냥 당연한 듯 돌아서면 잊어버려 의미조차 없었으니, 불현듯 찾아온 지금의 불편함이란, 그래서 아마도 더 불편했을 것이다.

두 사람은 어쩌면 서로에게, 그 이전에는 전혀 알지 못했던 것, 낯설고 이상한 것을 경험하고 있는지도 모르겠다. 그런데 그것이 강원에게는 그저 신경 쓰이는 정도의 것이라면 소흔에게는 쇼크도 될 수 있다는 것을 그는 그제야 어렴풋이 이해한다.

엉엉 소리가 나던 소흔의 오열은 시간을 두고 차츰 진정이 되었다. 그런 후에야 강원은 두 팔에 그녀를 번쩍 안아 올려 2층의 계단을 밟았다. 침실로 들어와 그녀를 눕히고 이불도 덮어주었다. 소흔은 눈두덩이 퉁퉁 붓고 눈동자와 코끝은 빨갛게 변한 얼굴을 하고 있었다.

"참 못생겼다."

강원은 나직이, 한숨 쉬듯 입을 열었다.

"이래 갖고 어디 소꿉놀이 하겠어?"

"네……?"

퉁퉁 부어 작아진 눈을 크게 뜨는 소흔이다.

"소꿉놀이요?"

"그래. 놀이지. 우리는 놀이를 하는 거야."

강원은 이불 끝을 잡아 소흔의 턱밑까지 바짝 덮어주었다.

"그러니 무서워하지 마라. 놀이긴 해도……."

두 사람은 서로의 눈동자에 각기 제 모습을 담았다.

"넌 내 아내니까."

5
소꿉놀이

소흔은 피크닉 가방을 들고 비상구를 한 층 내려와 4층으로 들어섰다. 마침 막 점심시간이 시작돼 4층의 복도는 벌써 점심 식사를 하러 나온 직원들로 다소 어수선했다.

"안녕하세요, 안녕하세요……."

소흔은 눈앞에 보이는 직원들을 향해 먼저 반가운 인사를 해보였지만 대부분의 직원들은 어리둥절한 표정을 지어 보일 뿐이다. 그도 그럴 것이 회사의 임원급들을 제외한 대다수 직원들은 결혼식에 초대를 받지 못했으니 ―초대 받은 임원들이라고 신부의 얼굴을 꼭 기억하리라는 보장은 없지만― 소흔의 얼굴을 알 턱이 없는 것이었다.

"우리 남편이 도강원 대표님이세요."

소흔이 자기소개를 하자 비로소 직원들은 '몰라 봬서 죄송합니다'부터 '늦었지만 결혼 축하드립니다'까지 다양한 내용을 섞은 인사말을 건넸다.

"대표님 안에 계십니다."

그렇게 말한 것은 비서실장으로 보이는 40대 초반 정도의 남자였다. 비서실에서 대표실의 문으로 소흔을 안내하면서였다. 그리 크지 않은 규모의 비서실에는 비서실장 외에도 여비서 한 명이 더 있었다.

"고맙습니다. 박 실장님."

대표실에는 강원뿐 아니라 한 상무도 함께 소파에 앉아 있었다.

"한 상무님도 계셨네?"

한 상무는 일어나, 피크닉 바구니를 들고 발랄하게 다가오는 소흔에게 묵례를 했다.

"잘 됐다. 상무님도 식사 같이해요."

피크닉 바구니를 테이블 위에 놓으며 소흔이 말했다.

"아닙니다. 마침 보고도 다 끝나서 나가려고……."

"보고가 다 끝났으니까 딱 좋잖아요. 어차피 나가서 식사하실 거죠? 그럼 그냥 여기서 하세요. 뭐하러 나가서 돈 써요? 양도 충분하거든요. 거의 4인분은 돼요. 제가 보기보다 손이 커서요, 한 번 만들면 왕창 만들어요. 앉으세요. 참, 상무님은 결혼하셨어요? 설마 도시락 싸 갖고 오신 것은 아니시겠죠? 부인께서 만드신 도시락을 드셔야 하는 거면 할 수 없지만 그게 아니면 같이해요. 네?"

소흔이 말을 하는 사이 '벙 쪄서' 그녀의 입만 보고 있는 한 상무 옆에서, 소파 상석에 그대로 앉아 있던 강원은 눈동자만 위로 올린 얼굴을 하고서는 재킷 안으로 손을 넣었다. 그의 그런 모습은 마치 '저 주둥아리가 또 터졌네' 하는 듯했다.

"금방 밥 먹을 건데 담밸 피면 어떻게 해요? 불붙이지 마요."

담배를 입에 물고 라이터를 손에 들었던 강원은 담배를 도로 입에서 떼고는 그 곁에서 '오도 가도' 못 하고 있는 한 상무를 향해 앉으라는 눈짓을 해보였다. 한 상무는 썩 달갑지 않은 얼굴로 소흔과는 맞은편에 앉았다.

"이거 셋이 먹다 둘이 순직해도 몰라요."

소흔은 피크닉 바구니를 열며 자신 있게 말했다. 잠시 후, 세 사람은 테이블 위에 올려있는 '셋이 먹다 둘이 순직해도 모를' 김밥을 먹었다. 김밥은 보기에 깔끔했고 먹음직스러웠으며, 따로 오이 피클은 물론 보온병에 담아온 따뜻한 된장국과도 함께였으나 그럼에도 그것이 두 남자들에게는 결코 반가운 메뉴가 아니었는지, 특히 한 상무는 김밥을 입으로 가져가는 것보다 빈 젓가락을 맨입으로 빠는 것을 더 좋아하는 사람처럼 보였다.

"가끔 도시락 싸올까요?"

소흔이 묻자 강원은 '응?' 하며 내심 모골이 송연한 표정을 지었다. 일요일인 어제 두 사람은 비교적 잘 지냈고, 월요일인 오늘 아침에도 소흔은 일찍 일어나 강원을 위한 아침 식사를— 아침은 가볍게 먹는다 해서 스프와 과일로— 정성껏 마련하기도 했었다. 그런 중에 그녀는 같은 빌딩 내에 있는 회사를 구경도 할 겸 점심 도시락을 만들어 갖고 가도 되느냐, 물었고 강원의 허락을 받아 지금과 같은 자리가 마련된 것이었다.

"대표님의 오찬은 일정에 들어가는 경우가 많습니다. 사모님. 그러니까 업무의 연장이라고 봐야죠."

강원을 구원한 사람은 한 상무였다. 물론 틀린 말도 아니었다.

"오늘처럼 일정이 비어 있는 경우가 오히려 드뭅니다."

"아, 맞아요. 정말 그렇겠네요. 제가 사회생활을 못 해봐서요, 잘 몰랐어요. 죄송합니다."

"저에게 죄송할 것은 없고……, 그럼 전 이만……."

한 상무는 강원의 눈치를 보며 슬며시 일어났다. 그리고 '가도 좋다'는 강원의 눈짓을 받고서야 허리를 굽혀 인사한 후 부지런히 발을 놀려 나갔다.

"첫인상은 별로였어요. 한 상무님 말예요. 근데 생각보다 상냥해."

머리가 짧은 한 상무야 말로 소흔의 첫인상에는 '빼도 박도 못 하게 조폭'이었던 탓이다.

"나, 가짠 줄 알면서도 사모님 대접해 주잖아요. 사모님 소리가 오그라들긴 하지만. 근데 한 상무님 입 무거워요? 실수라도 하면……."

"그럴 일 없어."

"그럼 다행이지만. 하긴 믿으니까 측근이겠지. 한 상무님이 강원 씨 측근이라고 오빠가 하는 말을 들었거든요."

강원은 별다른 대꾸를 하지 않았다. 한 상무는 강원과 오래 함께한 사이로, '낙원 용역'이라는 자회사를 실질적으로 관리하며 강원의 손발과 다름없는 역할을 수행하고 있었다. 그것은 일종의 '인력관리'인 셈으로 사실상 강원이 움직일 수 있는 '지하세력'인 셈이다. 지하를 무대로 하는 경제는 그 세력이 커지면 보통은 지상으로 그것을 확대하기 마련인데 그런 경우라도, 즉 성공적으로 지상에 연착륙(軟着陸)한 후라도 지하세계와의 연계는 상존하며, 그 세력을 얼마나 통제할 수 있느냐에 따라 지상의 그것도 결정된다고 할 수 있다. 그 양쪽 세계로 막대한 돈이 회전하고 있음은 물론이다.

"퇴근은 늦어요?"

식사 후 비서실로부터 몸소 커피를 가져온 소흔이 강원 앞에 한 잔 놓아주며 물었다.

"그래."

"그럼 들어오기 전에 문자 줘요."

"왜?"

"왜긴요, 이쁘게 하고 있다 남편 맞아야지."

말해 놓고 소흔은 곧장 '와우, 닭살' 하며 킥킥댔다. 그럼에도 그녀는 그 '닭살'을 정말 실천했다. 10시쯤에 퇴근한 강원을, 그녀는 꽃무늬가 들어간 화사한 원피스와 사랑스러운 얼굴로 맞은 것이다.

"자, 들어가요."

소흔은 강원의 팔을 잡고 끌었다. 그녀가 향한 곳은 어느 문이었는데 그 문을 여니 침실이다. 강원의 방이었다.

"옷 벗을 거죠?"

강원을 마주한 소흔은 두 손을 내밀었다.

"벗어서 주세요. 드라마 보면 남편이 퇴근해 옷 벗으면 아내가 받아주잖아요. 소꿉놀이니까 그대로 해야죠."

"재밌나?"

재킷부터 벗으며 강원이 물었다.

"네."

소흔은 말끝에 '헤헤' 하는 소리를 냈다. 강원은 이어 넥타이를 풀어 건넸다.

"바지도 벗어?"

넥타이까지 받고 계속 기다리고 있는 소흔에게 그가 물었다.

"어……."

소흔은 미처 그 생각은 못 했던 모양이다. 광대뼈 부근이 금세 발그레해진 그녀는 우물쭈물하다 강원의 재킷과 넥타이를 한쪽에 살며시 놔두고는 서둘러 방을 나갔다. 강원은 커프스 버튼을 풀며 피식, 웃는다.

소흔은 2층의 침실에서, 부드럽고 포근한 이불 안으로 제 몸을 뉘였다. 1층에서, 씻고 나온 강원과 함께 따뜻한 재스민 차를 나누고 난 후였다. 2층의 계단을 밟기 전, 그에게 '굿 나이트' 하고 손을 흔들면서는 그의 뺨에 뽀뽀를 할까 잠시 망설이기도 했는데 ─최근 그가 무척 자비로워 그럴수록 들뜨거나 건방 떨지 말자 싶어 결국 안 했지만─ 그것을 다시 되새기니 알수 없게도 가슴이 고동쳤다. 갑자기 뽀뽀하면 놀라겠지, 소흔은 주먹 쥔 손을 입가에 대고 쿠쿡 하며 웃더니 몸을 반대편으로 뒤척였다. 다시 또 반대편으로 뒤척인 것도 금세였다. 잠은 쉬이 오지 않았다. 상상의 나래를 펼치느라 그녀의 머리는 잠을 불러들일 만큼의 휴식을 취하지 못했으며, 그녀의 그 상상 속으로 괜히 끌려온 아래층 남자는 아마도 그 탓이었을까, 역시나 잠 못 드는 밤을 헤고 있었다.

※

소흔이 '낙원'으로 온 지도 일주일하고 며칠이 더 흘렀다. 그동안 두 사람의 소꿉놀이는 평범한 일상으로 자리 잡아 가고 있었다. 소흔은 '낙원'에 익숙해지기 위해 친구를 만나는 등의 외출도 자제한 채 거의 집 안에서 지내며, 일주일에 세 번 정도는 가사 도우미인 아줌마를 불러 요리를 배우고 또 함께 만들며, 청소를 하는 등의 살림에 집중했다. 새로운 환경이고 집이어선지 그것에서 오는 긴장과 약간의 흥분으로 그녀는 지루한 줄도 몰랐다. 오히려 재미있었다. 무엇보다 퇴근하는 강원을 맞는 일이, 그를 기다렸던 시간에 더해 하루 중 소흔을 가장 즐겁게 했다.

〈저녁 뭐 먹었어요?〉

〈식사는 꼭 챙겨요.〉

〈오늘도 늦어요?〉

〈술 많이 먹지 말아요.〉

〈들어올 때 생크림 조각 케이크 하나만 사다 줄래요?〉

〈나 생크림 완전 애정해요.〉

차 안에서 강원은 소흔의 '문자 폭탄'을 보고 있었다. 그는 밖에서 소흔의 문자를 종종 받고는 했는데 그것을 이렇게 한꺼번에 확인하는 경우가 많았으며 또 그녀의 문자는 대개가 굳이 답을 필요로 하는 내용도 아니었다. 그렇다고 문자가 아무 때나 날아드는 것은 아니어서 정규업무시간은 피했으며, 강원이 자주 늦은 시간에 퇴근하고 그중에는 아주 늦는 경우도 왕왕 있느니만큼 '밥 잘 먹으라'는 내용이 주를 이루었다.

"최 변호사와 김 실장만으로 안 되는 일인가?"

강원은 불쑥 물었다. 제 옆에 앉은 한 상무를 향해서였다. 차는 어떤 남자가 운전하고 있었고 밖은 밤이었다.

"그게……."

한 상무는 강원의 눈치를 살폈다. 전과 다르게 그의 보스는 집에 갈 시간만을 재고 있는 사람처럼 일정을 고르고, 또 그렇게 고른 일정 중에서 굳이 필요 없다 싶은 것은 취소하려고 드니 말이다.

"대표님도 꼭 자리를 함께하셔야 합니다."

한 상무는 짐짓 강한 어조로 대답했다. 강원은 포기한 듯, 그러나 대꾸는 없이 다시 제 손의 핸드폰으로 눈을 돌렸다. 그러고는 곧 오른손 검지로 액정을 콕콕 찍었다. 오타가 나면 혼 잣말로 구시렁거리기도 하면서 말이다. 그는 여전히 핸드폰의 문자판에 서툰 모습을 보였다.

한 상무는 딴청 부리는 얼굴로, 그러나 곧 주춤주춤 강원을 향해 고개를 길게 뺐다. 그런 그의 얼굴에서 눈매는 옆으로 길 게 가늘어지고, 검은 눈동자는 한껏 강원 쪽으로 돌아 거의 흰 자위만 보일 지경이었다.

"뭘 봐?"

순간 강원이 버럭 했다.

강원은 자정 무렵에 '낙원'으로 돌아왔다. 그는 핸드폰으로 시간을 확인하며 서둘러 승강기에 올랐는데 전 같으면 시간을 확인할 필요도, 서두를 필요는 더더욱 없었다. 그 변화를, 사실 그가 전혀 모르고 있던 것도 아니었다. 집에서 그를 기다리는 사람이 있다는 사실에 불편함도 느꼈었으니까. 그것은 때로 매우 성가시고 신경 쓰이는 일임에도 틀림없었다. 그런데도 승강기에서 내려 현관문을 열고 들어가는 순간, 그를 맞아주는, 그것도 환한 웃음으로 반갑게 맞아주는 '젖비린내 나는 쥐방울'과 함께 그는 그 불편함을 종종 잊었다. 이제는 불편함조차도 당연한 것으로 받아들이고 있는지도 몰랐다. 사실 그것은 일상이지 않은가.

강원은 평소처럼 5층에서 내렸다. 그런 그가 갑자기 후다닥, 승강기 안으로 도로 들어간 것은 불과 0.1초 차였으며 그의 입에서 '아차, 생크림' 하는 소리가 비명처럼 나온 후이기도 했다. 강원은 빌딩 밖으로 나가 한겨울의 매서운 바람을 맞으며 커피전문점이나 베이커리를 찾았다. 커피전문점에서는 마침 생크림 케이크가 떨어졌다 해서 한참을 더 헤맨 끝에 간신히, 문 닫기 전인 한 베이커리를 찾아냈다.

"어떤 생크림으로 드릴까요? 블루베리랑 딸기가 있는데."

베이커리의 여주인이 물었다. 그런데 그 질문이 강원을 난감하게 만들었나 보다. 그가 우물쭈물하는 사이 여주인은 '오늘 만든 거라 내일까지는 충분히 괜찮다'는 말을 덧붙였으나 그는 '잠시만' 하더니 몸을 돌려 '네가 완전 애정하는 생크림이 블루베리랑 딸기가 있는데 어떤 걸로?'라는 문자를 소흔에게 보냈다.

"문 닫아야 하는데요……."

여주인의 목소리에는 진한 짜증이 배어났다. 베이커리 한쪽에 마련된 의자에서 강원이 소흔의 답문을 초조하게 기다리고 있은 지 10분이 지나서였으며 마침 그도 내심 '내가 이거 뭐 하는 거지?' 하던 참이었다.

"두 개 다 사면 되잖아."

그는 혼잣말로 중얼거렸다.

강원은 손에 조각 케이크 상자를 들고 집으로 들어왔다. 그런데 평소처럼 예쁜 모습으로 그를 맞아주던 소흔의 모습은 보이지 않았다. 늦은 시간이니 소흔이 자고 있다 해도 이상할 것은 없었지만 1층 대부분의 불이 꺼져 있는 중에 실내 정원으로 통하는 격자무늬 유리문만이 빛을 내고 있어 그의 발길은 곧장 그곳으로 이어졌다. 설마 이 시간에 소흔이 그곳에 있는가, 의아해하면서였다.

소흔은 정말 실내 정원에 있었다. 그것도 일인용 소파에서 등받이 옆으로 고개를 비스듬히 기울인 채 잠들어 있는 모습이었다. 강원의 문자에 답문도 없었던 것을 보면 아마 그 전에 잠이 든 모양인데 그런 그녀의 무릎에는 스케치북이 올려 있었다. 또한 손에는 데생용 연필을 들고 있어, 묻지 않아도 잠들기 전까지 데생을 하고 있었음을 알 수 있었다. 강원은 케이크 상자를 티 테이블 위에 올려놓고 나서 그녀의 스케치북을 집어 들었다.

"어……."

그때 소흔이 깨서 눈을 비빈다.

"언제 왔어요? 소리 못 들었는데."

강원은 대답도 없이 스케치북의 정물 데생을 눈에 담고 있었다. 정원의 꽃들을 그린 것이었다.

"그냥 심심해서요. 별로 못 그려요."

그러면서 그녀는 헤헤 웃었다.

"잘 그렸다."

"그거야 비전문가가 본 소감이구요. 평범해요. 아앗, 안 돼요……."

소흔은 말끝에 펄쩍 뛰며 강원의 손에서 스케치북을 빼앗으려 했다. 그가 스케치북의 앞장을 무심히 넘겨보려 했을 때였다.

"딴 건 보지 마요. 그것만 봐요. 그것만……."

"왜? 네 누드 자화상이라도 있어?"

강원은 자신의 몸으로 그녀를 막으며 스케치북을 넘긴다. 두 페이지 연달아 정물 소묘가 이어졌다. 그리고 그 다음 페이지를 넘겼을 때에야 그의 눈은 휘둥그레졌다.

"아잇, 창피하게, 정말……."

소흔은 주먹으로 그의 등을 콩콩 때렸다. 소흔의 스케치북에는 인물 데생이 하나 있었는데 다름 아닌 바로 강원이었다. 가슴 정도까지 그려진 크기로, 4분의 3각도를 보이는 얼굴은 약간 숙인 채였으며, 머리 근처로 올라와 있는 손에는 담배가, 검지와 중지 사이에 끼워져 있었다. 아마도 스케치 위에 명암 소묘를 더한 것이지 싶은 데생은, 강원의 얇은 눈꺼풀에 덮인 눈매와 그 위로 움푹 파인 눈가를 특별히 섬세하게 표현해, 그 정성만으로도 그의 얼굴에서 가장 도드라지는 부분이 어디인지를 잘 드러내 주고 있었다. 강원은 그런 자신의 얼굴을 한참이나 들여다봤다.

"닮았어요?"

그의 표정을 살피며 소흔은 조심스레 물었다.

"여자 얼굴보다 남자 얼굴이 그리긴 더 쉬워요. 특징들이 더 분명하거든요. 더구나 강원 씬 은근 입체적이어서 명암 주기 좋아요."

이번에도 헤헤 웃는 소흔이다. 그녀의 말은, 그러나 그림의 강원이 그와 전혀 닮지 않았다고 해도 그에게는 관심 밖이었다. 사진이 아닌 그림, 그것도 언제 그렸는지 알 수도 없게 '몰래'인 그것으로 자신의 얼굴을 보는 이 신기한 경험에 비한다면 말이다.

"어, 케이크다. 잊지 않았군요."

티 테이블 위에 있는 케이크 상자를 그제야 발견한 소흔이 반색했다.

"재스민 차랑 함께 먹고 자야지. 강원 씨도 옷 갈아입고 주방으로 와요. 재스민 차 마심 잠 잘 와요."

소흔은 케이크 상자를 들고 ―티 테이블에 놓여 있던 제 핸드폰도 함께― 먼저 그곳을 나갔다. 그녀가 나간 후에도 강원은 스케치북에서 눈을 뗄 줄을 몰랐다.

강원이 옷을 갈아입은 모습으로 주방으로 들어왔을 때 식탁 위에는 재스민 차 두 잔과 두 개의 케이크 중 딸기 생크림 케이크가 그것도 반만 접시에 올려 세팅돼 있었다.

"하나 다 먹고 자면 살찔까 봐요. 칼로리가 얼만데. 어차피 강원 씬 안 먹을 거구."

소흔은 케이크를 반으로 자른 이유를 설명했다.

"넌 좀 살쪄도 돼."

식탁 앞에 앉으며 강원이 말했다.

"좀 통통한 여자 좋아요? 아니다. 글래머? 남자들은 원래 글래머 좋아하지. 근데 모델도 글래머가 좋긴 해요. 데생 모델 말예요."

"누드?"

"당연하죠."

"남자도 있어?"

"네."

소흔은 대답하며 수줍게 쿡 웃었다.

"남자 누드 보면 어때?"

찻잔을 들어 한 모금 마신 후 강원은 짓궂게 물었다.

"어떻긴 뭘……, 그냥 모델로만 봐요. 데생할 땐 야한 생각,

그런 거 안 해요."

"정말?"

"어휴, 사람을 뭘로 보고……. 아, 뭐, 솔직히 말함 첨엔 좀 그런데, 데생에 열중하다 보면 정말 다 잊어요. 진짜예요. 강원 씨가 예술을 몰라서 그렇지……."

소흔의 말에 강원은 흡사 비웃듯 피식, 했다.

"강원 씬 여자 누드는 다 야해요?"

소흔은 발끈했다.

"물론이지. 너만 빼고."

소흔은 눈을 가늘게 뜨고 강원을 째려보며 아랫입술을 삐죽 내밀었다. 그런 그녀의 모습에 강원은 터져 나오려는 웃음을 그저 씩, 위를 향한 입꼬리로만 마무리하고는 다시 찻잔을 입에 댔다.

"나도 알아. 강원 씨가 나 여자로 안 보는 거. 아니다, 여자로 안 보이는 거죠?"

소흔은 짐짓 삐친 얼굴로 말했다.

"하긴 우린 가족 하기로 했으니까. 소꿉놀이 부부니까 가족이 맞을 거야."

'가족'을 먼저 말했던 것은 소흔이었다. '가족처럼 지내자' 했었으니까. 그래도 그렇지, 하면서 그녀의 얼굴에는 야릇하면서도 애매한 빛이 스쳐 지났다. 한집에 단둘이 살면서도 그동안 두 사람 사이에서는 그 흔한 스킨십의 긴장된 상황 하나 연출

된 적이 없어, 소흔은 내심 안도하면서도 다른 한편으로는 은근 섭섭하기도 했던 것이다. 소흔 자신은 몰라도 강원은 남자 아닌가. 그런데도 그는 그녀를 향해, 그녀가 '위험'을 느낄 만한 것은 관두고라도, 살짝쿵 성적인 긴장감 정도는 가질 법한 액션조차 취할 마음이 전혀 없는 사람처럼 처신해 왔다. 그것은 그가 '소꿉놀이를 하자' 한 이후 소흔에게 관대하고 자비롭게 구는 것과는 별개의 문제였다. '나한테 그런 매력이 전혀 없나' 소흔은 그런 생각까지 들었다.

그때 핸드폰 벨소리가 울려 두 사람 다 의아한 눈길을, 식탁 위에 있던 핸드폰으로 보냈다. 소흔의 것이었다. 전화를 하거나 받기에는 너무 늦은 시간이었던 탓이다. 핸드폰을 집어든 소흔은 더욱 의아한 표정을 보였다. 그것은 모르는 번호라서가 아니라 여전히 '이 늦은 시간에' 하는, 같은 이유에서였다.

"오빠……. 술 마셨구나?"

소흔은 몇 마디 통화 후에 바로 그렇게 말하며 얼굴을 살짝 찡그렸다.

"그냥 바빠서……. 오빤 계속 동아리실에 나온 거야? 암튼 끊어요. 술 취한 사람이랑 통화하기 넘 힘들어……."

소흔이 '오빠'라 호칭하고 있지만 사헌과의 통화가 아니란 것쯤은 쉽게 눈치챌 수 있었다. 강원은 그녀가 통화를 끝낼 동안 그녀의 얼굴에서 눈을 떼지 않고 있었다. 소흔은 '그럼 토욜에 봐요' 하는 말을 마지막으로 전화를 끊었다.

"미대 선배예요. 같은 과는 아니고 조소과인데 같은 동아리에 있거든요."

강원의 눈길을 의식한 소흔이 설명했다.

"그래서?"

"네?"

"만나?"

"아, 토요일에 동아리실에 가보려구요."

"그래서 그놈 만나냐구?"

"선배라니까요."

"커피 어쩌구는 뭐야?"

"오빠가 커피 사준다고……."

"너 유부녀야."

"네에?"

소흔은 파핫, 하며 의식적인 웃음을 터뜨렸다.

"혹시 질투?"

"까분다."

강원은 짐짓 근엄한 표정을 지었다.

"그럼 뭔데요? 뭐? 뭐? 뭐? 우린 가짠데요. 놀이잖아요. 소꿉놀이."

"놀이라도 지킬 것은 지켜야지."

소꿉놀이라도 유부녀니, 유부녀로서 지킬 것은 지키라는 의미였다. 그런데 어쩐 일인지 소흔의 아랫입술은 삐죽이 밀려 나왔다.

"왜?"

그녀의 아랫입술을 보며 강원은 물었다.

"자긴 안 지키면서……."

눈치 보며 말하는 소흔에 강원은 순간 할 말을 잃은 듯했다. 그 바람에 양미간 사이에 짙은 주름이 진 것이 또한 소흔을 당황하게 만들었다. 그녀는 벌떡 일어났다.

"소흔아."

강원이 그녀를 불러 세웠다. 이어 그는 천천히 일어나 그녀를 마주했다.

"그게 무슨 말이야?"

"잘못했어요. 내가 또 실수했나 봐……."

소흔은 울상을 지었다.

"야단치는 거 아니야. 그냥 묻는 거야. 대답해 봐."

"내가 오바한 건데……."

"대답해."

"냄새 때문에……."

"냄새?"

"화장품 냄새……."

소흔은 말끝을 흐렸지만 강원은 알아들었다. 소흔은 이어 '먼저 올라갈게요' 하고는 자리를 떴다.

강원은 혼자 리빙 룸으로 자리를 옮겨 담배를 입에 물었다.

이어 불을 붙이고 깊이 빨아들인 연기를, 그는 마치 헛웃음처럼 뱉어냈다. 그는 뭐라 한마디로 형언할 수 없는 기묘한 기분에 사로잡혔다. 그 기분을 굳이 표현하자면 '외도를 하다 들킨 남편의 심정'이라고나 할까. ─그가 그것을 구체적으로, '바람피우다 들켰다'라고 의식하지 못했을지라도 사실은 같은 것이었다─ 어이없고 당혹스러운 일이었다. 그에게 성적 소비는, 건강한 남자로서 당연하게 늘 있어 왔던 일이다. 특별히 과하지는 않으나 모자라지도 않을 만큼의 여자들이 그를 거쳐 갔고, 물론 현재에도 여자가 있으며 싫증나면 다른 여자가 그 자리를 대신할 것이다. 거기에 소흔의 존재는 어떠한 영향도 끼칠 수 없다. 소흔이 갖고 있는 '아내'라는 타이틀은 소꿉놀이의 역할에 불과할 뿐 진실도, 구속력도 없기 때문이다. 그런데 다만 역할뿐인 그것이 이제 구속력을 가지려 하는 것인가, 그렇지 않고서야 강원을 사로잡은 그것을 무엇이라 설명할 수 있겠는가. 아내라는 역할에, 단순히 역할뿐인 것에 구속력이 생기다니, 말도 안 된다. 그래서 그는 그것에서 벗어나려 했다.

소흔은 2층으로 올라왔으나 침실로 들어가지 않고 툭 터진 작은 규모의 리빙 룸 소파에 앉아 있었다. 괜한 말을 해서 강원의 기분을 상하게 한 것 같아 마음이 무거웠다.

"난 항상 요 입이 문제야, 문제."

그녀는 손끝으로 제 입을 때리는 시늉을 했다. 더욱이 요즘 그가 소흔에게 잘해줘 그 분위기를 쭉 이어가고 싶은 그녀는 그와의 관계가 나빠지는 것은 두말할 것도 없고, 서먹한 사이가 되는 것조차 싫었다. 그때 아래로부터 무슨 소리가 나 소흔이 재빨리 2층의 난간을 잡고 아래를 내려다보니, 강원이 홀을 가로지르고 있었다. 다시 외출복으로 갈아입은 차림에, 현관을 향하여 성큼성큼 걸어가고 있는 모습이었다. 이 밤에 어디가는 거지, 그녀의 눈에 그는 화가 난 사람처럼 보였다.

하늘하늘한 실크 슬립을 나풀대며 주은은 빠르게 거실을 가로질렀다. 그녀가 그렇게 달려가 반갑게 맞은 사람은, 현관으로부터 거실로 막 들어서고 있던 강원이었다.

"웬일이에요? 이 밤에?"

강원을 끌어안은 주은은 입가에 함박웃음을 달고 물었지만 어떤 대답을 듣고자 한 것이 아닌, 그저 기쁨의 탄성에 불과한 것이었다. 결혼하고도 변함없이 그녀를 찾는, 더구나 '이 밤'에도 찾아온 그에 대한 고마움과 스스로의 자신감에 대한 표현이랄까, 증명하듯 속이 다 비치는 흰색 슬립 안에 그녀의 몸은 나신이었다. 또한 깊은 밤인데도 화사한 메이크업을 한 그녀의 얼굴은 강원의 연락을 받고 급히, 그러나 얼마나 정성껏 꾸몄는지도 한눈에 짐작케 했다.

"그렇잖아도 당신 생각하고 있었는데 우리 통했나 봐요."

강원은 말없이, 내려뜨리고 있던 손을 주은의 슬립 자락 안으로 넣어 바로 제 손에 닿는 그녀의 허리와 엉덩이를 쓰다듬고 이어 앞으로 와, 부드러운 아랫배를 미끄러지듯 타고 내려갔다. 주은은 강원의 팔을 품에 안으며 다리를 벌렸다. 그렇게 공간이 확보된 그녀의 아래에서 그의 손은 약간 난폭하다 싶게 음부를 쥐어 잡았다.

"으음……."

강원의 팔에 얼굴을 비비며 주은은 벌써 달뜬 신음을 흘렸다. 그녀의 그곳은, 강원의 손끝이 본격적으로 그 깊은 곳을 파고들기 전부터 뜨거운 분비물을 쏟아냈다.

"들어가요……."

그렇게 말하는 주은의 목소리는 유혹적이었다. 그러나 그는 그녀를 떼어내고는 천천히 소파를 향해 움직였다.

"아참, 고마워요."

얼른 강원의 뒤를 따르며 주은은 말했다.

"며칠 전에 이카루스와 계약했어요."

주은이 다가와 말을 잇는 사이 강원은 소파에 앉아 티슈 케이스에서 티슈를 두 장 뽑아 손을 닦고 있었다.

"준식 씨도 이카루스에서 채용하는 걸로 하고요, 그래서 계속 내 매니저로 일할 거예요. 이카루스 대표도 같이 만났는데 최 대표라고, 근데 준식 씨 말로는 곧 대표가 바뀔 거라던데요."

강원은 듣고만 있었다. 현재 이카루스 엔터테인먼트의 최 대표는 정 회장의 사람이었다. 그러나 곧 사헌의 사람으로 바뀐

다는 것을 강원이 더 잘 알았다. 바로 그가 '작업'하는 일이었으니 말이다.

"곧 임사헌 사장님도 만날 거예요. 준식 씨 말이, 임 사장님이 이카루스 엔터의 진짜 오너라서 꼭 인사를 드려야 한대요."

주은은 말을 하며 강원의 눈치를 살폈다. 사헌의 여동생인 소흔이 현재 그의 아내라는 것을 주은도 물론 알고 있었다. 두 사람의 결혼에 누구보다 놀라고 실망도 했었으니까. 그러나 결혼식 직후에 '준식 씨'로부터 그 결혼이 애정 없는 정략결혼이라는 말을 전해들은 것에 더해 강원도 변함없이 그녀를 찾고 있어, 이제는 그리 큰 걱정을 하고 있지 않았지만 말이다.

"다 대표님 덕분이에요."

주은은 요염한 웃음을 입가에 흘리며 강원의 맞은편에 있는 테이블 위로 엉덩이를 걸쳐 앉았다. 이어 양다리를 벌려, 함께 테이블 위로 올려 그 가장자리에 발뒤꿈치만을 걸쳐놓으니, 당연히 강원의 정면으로 그녀의 은밀한 부위가 적나라하게 드러났다. 그는 그것을 보며 품 안에서 담배 한 개비를 꺼내 입에 물었다.

"나 만약 이카루스 가서 뜨면 어쩌죠? 지금처럼 대표님 마음대로 오라, 가라 못 할 수도 있는데······?"

그곳을 훤히 드러내고 앉아서 주은은 장난기와 애교가 섞인 투로 말했다.

"잘됐군."

강원은 퉁명스럽게 툭 던졌다.

"어머, 내 맘 잘 알면서. 차라리 펑크를 낼게요. 아무리 떠도나, 서주은은 대표님의 노예."

주은의 애교 사이로 담배에 불을 붙인 강원은 동시에 다른 손으로는 제 바지 벨트를 풀었다. 그것을 본 주은은 익숙하게 움직여, 그의 다리 사이에 무릎을 꿇고 그의 손에서 건네진 남성을 소중한 무엇처럼 다루었다. 그 시작은 자신의 슬립 앞을 잡아 찢어 유방을 드러내 그것으로 그의 남성을 애무하는 것이었다. 시간을 두고 그녀는 제 혓바닥과 흥건한 타액으로 그것이 원하는 쾌락의 강도를 높여갔다.

소파 등받이 위로 고개를 젖힌 강원은 허공을 향해 담배 연기를 천천히, 긴 숨을 쉬듯 뱉어냈다. 쾌락에 집중하려 했으나 머릿속이 엉킨 실타래처럼 느껴졌다. 눈을 감고 다시 주은의 능숙한 펠라치오에 집중해 본다. 그러나 결과는 같았다. 불현듯 '낙원'에서 혼자 자고 있을 소흔의 모습까지 떠오르니 쾌락은 오히려 바닥을 쳤다. 억지로 제 아랫도리에 있는 여자를 주은에서 소흔으로 바꿔보려 하지만 역시나 삽질이었다. 아예 머릿속에서 그림조차 잡히질 않으니 말이다. 그러자 집을 나오기 전의 감정이 되살아났다. 그것은, 소흔이 본 것처럼 바로 '화'였다. 그런데 대상이 분명치 않았다. 무엇에 화를 내고 있는가, 사실은 그 자신이었다. 아내의 '역할'뿐인 소흔에게, 그가 '바람난 남편'의 가책을 느꼈다면 그것은 '역할'이 무너지고 있다는 방증인데 그것을 무너뜨리고 있는 범인은 결코 밖에 있는 것이 아니기 때문이었다.

"흐흑……."

갑자기 주은의 입에서 격한 소리가 터져 나왔다. 그녀의 고개가 난폭한 힘에 의해 위로 들리면서였는데, 강원이 주은의 머리채를 잡아 뒤로 꺾었기 때문이다. 그녀의 입술 끝에서는 한 줄기의 타액이 턱까지 흘러내렸다.

"너한테 싫증났다."

강원의 목소리는 건조하고 차가웠다.

그로부터 한 시간 후, 강원은 그의 역할뿐인 아내가 있는 '낙원'으로 되돌아와 있었다. 집안은 어둡고 조용했다. 그런데도 그는 자기 방으로 갈 생각도 않은 채 고개를 들어 2층을 바라봤다. 참으로 바쁜 하루였고 그 당연한 결과로 심한 피로를 느끼고 있음에도, 어쩐 일인지 침실로 가 눕는다 해도 잠이 올 것 같지 않았다. 그리고 무엇보다 말로 설명할 수 없는 강렬한 욕망에 밀려 그는 어느덧 2층의 계단을 밟고 있었다. 머리로는 안 된다, 돌아서라, 하면서도 제 것이 아닌 다른 의지에 이끌리듯 멈추지 못했다. 그는 머뭇거리지 않고, 그러나 조용히 소흔의 침실 문을 열었다.

소흔은 잠들어 있었다. 간신히 사물을 식별할 정도의 낮은 조명 아래에서 그녀의 얼굴은 어둠과 하나 된 듯 평화로웠다.

그러나 깊은 잠에 든 것은 아니었는지, 그녀는 긴 속눈썹을 움찔거리는가 싶더니 이내 소스라쳤다.

"쉬잇……."

나직한 소리를 따라 소흔의 눈동자가 움직였다. 강원은 소흔 곁에 바짝 붙어 앉아 몸을 낮춘 채로 그녀의 얼굴을 들여다보고 있었다.

"겁먹지 마. 네 남편이야."

강원인 것을 알면서도 긴장을 풀지 못하는 소흔의 눈빛에 대고 그는 말했다.

"물론 소꿉놀이의 남편이지. 그러니 네가 걱정하는 일은 일어나지 않아."

이어지는 나직한 말소리에 소흔은 금세 안도하는 얼굴이 된다.

"얼굴 한번 보고 가려고."

"네에. 방금 들어왔어요?"

그녀는 '어디 갔다 온 거냐' 대신 그렇게 물었다.

"그래."

"너무 늦었다. 안 피곤해요? 얼른 자야 내일 출근할 텐데. 하긴 뭐, 회사가 바로 아래니 걱정할 거 한 개두 없지만."

소흔은 히죽 웃었다.

"네가 여자로 보이냐 물었지?"

강원은 불쑥 물었다. 느닷없어선지 소흔이 우물거리는 사이 강원은 손끝으로 그녀의 이마를 쓰다듬었다. 앞가르마에서 약간 비켜난 가르마로, 언제나 동그랗게 드러나 있는 그녀의 이마였다.

"여자로 보인다."

"쥐방울 아니구요?"

"쥐방울 여자."

"피잇, 그게 뭐야? 그럼 우리 가족 안 해요?"

"그건 다른가? 가족이랑 여자."

"원랜 같아야 하는데 남자들은 다르게 본대요. 아내는 여자가 아니라 가족이라고."

"여자도 하고 가족도 하면?"

"좋아요."

"그럼 너한테 나는?"

"음……. 가, 가족인 건 분명하고……."

소흔은 제 눈의 초점을 맞출 수 없을 정도로 가까이 와 있는 강원의 얼굴에, 말을 더듬었다.

"또?"

"또…… 남편……. 가짜 남편이지만……."

두 사람의 입김이 섞여들었다.

"남자는?"

"남자는……."

소흔은 더 이상 입술을 움직이지 못했다. 강원의 입술이 닿앗기 때문이다. 그는 제 입술로 소흔의 아랫입술을 가볍게 물었다. 마치 허락을 구하듯. 소흔의 입술은 약간의 차를 두고 달싹였다. 순간 강원의 입술이 그녀의 입술 위로 포개진다. 그 찰나에 그녀의 몸에 인 전율이 그녀의 입술을 타고 고스란히 그에게도 전해졌다. 서툰 입술이다, 강원은 금세 알아챘다. 그 서툰 입술은, 그래서 아기 피부처럼 보드랍고, 그러나 잘 익은, 단물 가득한 과일처럼 향긋했으며 치명적인 팜므파탈의 그것보다 더 유혹적이었다. 그러니 몸에 이는 격정대로라면 그녀의 입술을 잘근잘근 씹어대고 그 안을 잔인할 정도로 헤집어놓아야 했음에, 그는 그것을 참아내기 위해 몹시도 애를 써야 했다.

강원은 잠시 후, 소흔의 입술에서 부드럽게 물러났다. 그런 그의 눈 아래에 소흔은 눈도 뜨지 못한 채였다. 속눈썹을 파르르 떨며, 방금 그가 빨아들였던 입술을 움찔, 움찔하고만 있을 뿐이었다. 그 모습에 강원은 다시 충동적으로 그녀의 입술을 덮쳤다. 이번에는 좀 더 격렬했음에도 그녀의 달짝지근한 타액에 요동치는 격정을 누르느라 그는 오히려 더 많은 힘을 써야 했다.

6
어린 신부

이른 아침에 눈을 떴을 때 소흔은 평소처럼 아직 덜 깬 잠의 여운이 아닌, 키스의 환상과 함께였다. 잠을 자기는 했던 것일까 싶게 들뜬 의식은 그녀를 깊은 어둠 속에 편히 놔두지를 않고 아스라한 몽환의 세계로 쉼 없이 인도했다. 흡사 밤새 키스만 하다 깨어난 느낌이랄까, 소흔은 손끝으로 제 입술을 더듬었다. 강원의 뺨에 입맞춤을 해볼까, 하고 상상한 적은 있지만 입술이 서로 닿는 그것은 생각도 못하다 일어난 일이라, 잠들기 전까지는 그 키스의 느낌에 사로잡혀 있다, 이제와 새삼 '무슨 의미지?' 하는 것에서부터 거절했어야 좀 폼 나 보이지 않았을까, 하는 것에 이르기까지 별의별 생각이 다 들었다.

주방에서 소흔은 스프와 과일, 따뜻한 차 등으로 식탁을 세팅하고 있었다. 여느 날과 다름없는 모습이었다. 화장은 하지 않았지만 세안을 한 말끔한 얼굴에, 흰 바탕에 화사한 꽃무늬가 수놓아진 예쁜 에이프런을 두른 그녀는 밖으로부터 기척이 나자 저도 모르게 가슴에 손을 얹었다. 다른 날은 일어나서 준비하고 1층으로 내려오면 먼저 강원에게 가 아침 인사부터 하고 주방으로 향했는데 오늘은 아침 인사를 생략한 채로 바로 주방에 와 그를 기다리던 중이기 때문이다. 왜 가슴이 고동치지?

"좋은 아침……."

주방으로 강원이 모습을 보이자 소흔이 먼저 수줍은 미소로 인사했다. 제 어깨 근처로 손을 올려, 그 손을 까닥까닥해 보이며, 또한 그의 얼굴을 유심히 살피면서였는데 그런 그녀의 눈에 그는 평소와 조금도 다름이 없었다. 아직 재킷을 입기 전 모습으로 넥타이를 살짝 올리면서 들어오는 모습까지도 평상시와 같았으며 얼굴 또한 '무슨 일 있어?' 하듯 시치미를 뚝 뗐다.

"왜?"

더구나 그는 그렇게 묻기까지 했다. 입을 삐죽거린 소흔을 향해서다.

"아녜요. 얼른 식사하세요."

소흔은 쌩하니 말하고는 저도 그 앉은 맞은편에 앉아 강원이 식사를 하는 내내 그를 노려보고만 있었지만 ─그녀는 원래 나중에 식사한다— 그는 그런 그녀를 한 번도 쳐다보지 않았다.

"그러다 눈알 빠지겠다. 소흔아."

보지도 않고 안다는 듯 강원은 말했다. 소흔은 의식적으로 '흥' 하는 콧방귀 소리를 냈다.

"어젠 실수다."

강원은 여전히 보지도 않고 말했다.

"사과하라면 하지."

"실수? 사과?"

소흔은 실망 이전에 어이없다는 표정이다.

"실수로 그, 그것도 해요?"

"했잖아."

소흔이 벌떡 일어나자 강원은 그제야 눈을 들었다.

"사과한다니까."

"사과하면 다예요?"

"그럼? 키스 한 번 하고 너 책임져야 해?"

소흔은 입을 다물었다. 동시에 다문 입 양옆으로 뺨이 부풀어 올라 뚱한 얼굴이 되었다.

"말해봐. 뭘 어떻게 할까?"

소흔의 얼굴이 너무 웃겼지만 강원은 꾹 참고 물었다.

"누가 뭘 어떻게 하래요? 어차피 우린 나중에 남남 되는데, 뭐."

"그래. 맞아."

"그래도……."

"그래도 뭐?"

소흔은 머뭇거렸다. '그래도 뭘 어째야 하는지' 사실은 그녀
도 알지 못했다. 그렇다 해도 어젯밤의 키스가, 최소한 지금과
같은 상황으로 이어지는 것은 '부당하다'고 믿었다.

"됐어요. 자긴 많이 해봤다, 이거지?"

소흔은 몹시 억울한 얼굴로 주방을 나갔다. 이런, 진짜 유치
한 소꿉놀이가 돼버렸네, 강원은 한 손을 허공에 대고 잠깐 어
이없다는 동작을 해보였다. 스물한 살짜리 계집애와 엮이더니
더불어 '띨띨해지고 있다'고, 또한 한탄했다. 사실 어젯밤 그 꿈
같은 키스도, 1층으로 내려와서는 바로 후회했다. 소흔의 존재
는 그에게 '사업'이다. 동업자의 배신이 없도록, 그것을 담보하
는 볼모에 불과했다. 더구나 그녀는 어린애다. 젖비린내 나는
계집아이다. 그런데 그 모든 것에도 불구하고 가장 경계가 되
는 것은 소흔이 아니라 바로 강원 자신, 만약 어젯밤의 그 키스
에서 더 진행이 된다면 폭주해 버릴 것 같은 스스로에 대한 불
안이랄까. 더구나 그 불안의 실체를 알지 못해 그는 혼란스럽
기까지 했다. 폭주가 단순히 욕정이라면 여자를 취하고 마는
것에 불안 따위 느낄 것도, 느낀 적도 없건만 소흔에 대해서는
왜 그런 것인가, 그것은 그녀가 단순히 볼모라 '손대지 말아야
한다'는 것과는 사실 아무 상관도 없었다. 손댈 수 '있는' 소흔
이라고 해도 그는 마찬가지로 혼란을 느꼈을 테니 말이다.

강원이 식사를 끝낸 후 제 방으로 가 재킷을 입고 다시 나올 때까지도 소흔은 모습을 보이지 않다가, 그가 현관에서 구두를 신고 있는 사이에 쿵쾅거리는 발소리와 함께 나타났다. 그녀는 입이 한 자나 나온 얼굴로, 그래도 배웅은 하겠다고 나온 것인지 강원 앞으로 다가섰다.

"복수할 거예요."

소흔은 느닷없이 부르짖었다.

"뭐? 복수?"

"그래요."

그녀는 강원에게 달려들어 그의 목에 팔을 걸고 입맞춤을 했다. 그런데 입술에 댄 것이 아닌, 그의 뺨에 대고 쪽 소리가 나게 입을 맞췄다. 그런 후 그녀는 얼른 물러났다.

"우리 이제 키스는 텄어요. 내숭 떨지 말아요. 가짜 부부라도 이 정도는 괜찮은 거야."

소흔은 이어 '빠이빠이' 하며 손을 흔들고는 '눈누난나' 하듯 주방으로 몸을 돌려 사라졌다.

"유치하게……."

강원은 중얼거렸다. 스물한 살짜리 계집아이와 더불어 '띨띨해지는' 제 신세의 한탄은 그렇게 또 이어졌다. 그런데 그것을 그가 단독으로 몸소 보여줄 줄이야.

"대…… 표님……."

한 상무는 조심스럽게 불렀다. 집무용 책상 앞에서, 옆으로 약간 돌아가 있는 회전의자에 푹 파묻혀 앉아 있는 강원을 향해서였다. 초점도 맞지 않는 눈길을 허공에 두고 있는 강원의 얼굴은 아무리 좋게 봐도 얼빠진 얼굴이었다. 거기에 침까지 흘리고 있었으면 대박이었겠다, 그런 생각까지 머리에 스친 한 상무지만 그런 그도 강원을 모신 지 어언 10년이 넘어가는 동안 제 보스의 얼굴에서 지금과 같은 띨띨한 표정을 발견하기도 불가능했거니와 그런 '사태'가 일어나리라는 상상조차 감히 해본 적이 없었다. 결국 한 상무는 주먹을 입에 대고 '험, 험' 하는 의도적인 헛기침 소리로 강원을 현실로 불러들이고자 했다.

"뭐야?"

강원은, 제 정신을 얼마나 멀리 보내 버렸는지, 한 상무의 얼굴로 눈의 초점을 맞추고도 잠시 그 얼빠진 표정을 수습하지 못했다.

"거기서 뭐 하는 거야? 여기가 네 집 안방이야?"

강원은, 그러나 재빨리 정신을 차리며 한 상무를 나무랐다. 왜 허락도 없이 들어와 있냐는 뜻이었다.

"부르셔서 왔는데요. 대표님."

"나, 강원 씨랑 완전 세대차 느낀다. 오빠."

소흔은 홍차 잔을 들고 짐짓 심각한 표정으로 말했다. 그녀는 사헌과 테이블을 사이에 두고 소파에 마주앉아 있었는데 이카루스 레스토랑 건물 안에 있는 사헌의 집무실로 보였다.

"정말 취향이 하나도 안 맞아. 강원 씬 음악도 맨날 트로트만 들어. 난 딱 질색인데. 근데 강원 씬 그게 발라드라고 우긴다."

"너……."

사헌은 걱정스러운 얼굴로 입을 열었다.

"도 대표 앞에서도 강원 씨라고 부르니?"

"응."

소흔은 아무렇지도 않은 얼굴로 대답했다. 강원이 그 호칭을 어색해했던 것과는 별도로 그것으로 그녀에게 뭐라 한 적은 없었으니 당연했으리라. 사헌은 애매한 얼굴로 그저 어깨를 으쓱하고 만다. 소흔이 결혼하고 강원의 집으로 옮기고 난 후에도 오누이는 당연히 서로 연락을 긴밀히 주고받아, 사헌도 동생의 안부야 잘 알고 있었겠지만 설마 동생이 강원을 '강원 씨'라고 대놓고 호칭하는지까지는 몰랐던 모양이다.

"오빠 말이 맞아."

"뭐가?"

"강원 씨 말이야, 별로 안 응큼해. 생각보다 착해."

사헌은 다시 애매한 얼굴을 해보였다. 엉큼하지 않다는 것까지는 몰라도 —보나마나 강원이 동생을 '여자'로 보지 않는 것이지 싶어서— '착하다'는 것에는 동의할 수 없었기 때문이다.

"강원 씨랑 동업하는 것은 잘되고 있는 거야?"

소흔은 홍차를 한 모금 마시고 나서 물었다.

"물론이지."

사헌은 그렇게만 말했지만 이카루스 엔터테인먼트의 대표도 이미 그의 측근으로 바뀌어 현재 알게 모르게 정 회장 측과 내부적으로 전쟁을 벌이고 있었다. 실상 그 전쟁을 주도하는 것은 사헌이 아닌, 강원의 세력이었지만 말이다.

"다행이다. 결혼한 보람이 있어서. 그러고 보니 결혼한 지도 벌써 한 달이나 됐네. 해가 바뀌었어. 시간 참 잘 간다. 아, 이제 가봐야겠네. 지후를 못 봐서 너무 아쉬워. 엄마도 보고 싶지만……."

원래 친구들과 만나기로 약속한 날로, 소흔은 약속시간보다 일찍 나와 조카인 지후를 보기 위해 먼저 '친정'으로 향했는데 가는 길에 친정의 가사 도우미 아줌마와의 통화로 지후가 외가에 있다는 사실을 전해 듣고는 바로 이곳으로 온 것이었다. 소흔과 강원, 두 사람이 '키스를 튼 지도' 며칠이 지난 후였다.

"엄마가 오빠 전화는 잘 받아줘? 내 전화는 다 무시해."

사헌은 고개를 흔들면서 '한 번'이라고 대답했다. 그 외에는 모두 거부당했다는 뜻이리라. 소흔이 가방을 들고 막 일어나려는데 노크 소리가 들렸다.

"서주은 씨 일행이 오셨습니다. 사장님."

여비서가 먼저 말한 후에 그 뒤로부터 화려한 모피 코트를 입은 주은이 그녀의 매니저로 보이는 남자와 함께 사장실로 들어섰다.

"어머, 사장님 동생이신가 보네요. 맞죠? 닮아서 금방 알아보겠는걸요. 미인이시다."

주은은 사헌에게 먼저 인사를 하기는 했으나 곧장 소흔을 향해서도 그렇게 말했다. 소흔이 조용히, 눈에 띄지 않게 나가려 했을 때였다.

"정말이에요. 연예인 하셔도 되겠어요."

주은의 덕담이 이어졌지만 소흔은 어색한 웃음과 함께 고개만 살짝 까닥해 보이고는 문밖으로 모습을 감췄다. 그런 소흔을 주은은 묘한 눈길로 주시한다.

"자기가 백배는 더 이쁘면서 뭐 그런 말을 하냐……. 놀리는 거 같잖아."

밖으로 나온 소흔은 혼잣말로 투덜거렸다. 프로야구 시즌 때 시구로 유명해진 여자라는 것과 인형 같은 얼굴에 '베이글녀'라 불릴 정도로 육감적인 몸매로도 잘 알려져 있다는 것을 함께 떠올리면서였다.

소흔이 이카루스 레스토랑을 떠난 얼마 후, 그 빌딩의 지하 주차장으로부터 승용차 한 대가 빠져나왔다. 차의 뒷좌석에 주은이 있고 운전은 그녀의 매니저로 보이는 남자가 하고 있었는데 아마도 그녀가 '준식 씨'라고 부르던 인물일 것이다.

"정략결혼이라도……."

준식이 입을 열었다.

"저렇게 어린 여자면 나쁠 거 없겠다, 얘. 도 대표답지. 사업을 위해서는 뭐든 할 사람이야. 지금도 거의 준 재벌급인데 혼자 그 돈 다 뭐할 거야? 저기 금싸라기 땅에다 또 빌딩 올리는 것 같던데……."

준식은 말끝에 룸미러를 통해 주은을 힐끔 쳐다본다. 그녀는 준식의 말에 관심도 없다는 듯 창밖에 눈을 두고 있었다.

"가만 보면 너도 헛똑똑이야. 그렇게 몸 바쳐 충성했으면 까일 때 웬만큼 좀 뜯어내지, 달랑 아파트 하나가 뭐니? 뭐 것두 시가로 8억은 한다만……."

"이카루스 계약은? 이 차는? 골프 회원권은?"

"도 대표한테 그 정도는 껌이지, 얘."

"제발 그런 식으로 말하지 마. 사람을 어디다 취직시키려는 거야? 우린 그런 관계로만 만난 게 아니라구."

"너만 아님 뭐 하니? 차라리 정신 똑바로 챙겨 뜯어낼 거 다 뜯어내는 게 낫지. 그러니 헛똑똑이라는 거."

"아이 씨……."

주은은 부츠의 굽으로 운전석을 세게 찬다. 퍽!

"세라처럼 좀 영리하게 굴라구, 기집애야. 놀 거 다 놀고, 챙길 거 다 챙기면서도 지금 완전 떴잖니. 그년 완전 백년 묵은 여우야, 여우. 어린 게 어쩜 그렇게 닳고 닳았는지……."

주은의 신경질에도 눈 하나 까딱 않는 준식은, 그 외모와는 다르게도 ―생김새는 평범한 남자의 외양이었다― 말투는 거의 여자의 그것이어서 게이가 분명하지 싶었다.

"암튼 사랑놀음도 눈치껏 번지수 봐가며 하라는 거야, 내 말은. 도 대표 봐라, 어디 이빨이나 들어가겠나, 그런 인간한테 순정을 바래? 그러니까 까이지. 좀 요부처럼 굴어서 꽉 잡고 있음 얼마나 좋아? 이 좋을 때."

주은은 아랫입술을 지그시 깨물었다. 준식이 말한 '좋을 때' 란 현재 강원이 사헌과 협력 중이니, 바로 강원의 줄을 잡고 이카루스를 움직이면 스타로 발돋움하기 훨씬 수월하지 않겠느냐는 의미였다. 이카루스가 아직 국내 3대 대형 기획사에는 미치지 못하나 이미 자리를 굳힌 견실한 회사에, 지속적인 투자가 진행된다는 소식도 있어 업계에서는 이미 무시 못 할 영향력을 행사하고 있었다. 그러니 그런 회사가 '주력상품'으로 밀어준다면 스타가 되는 것은 그야말로 시간문제가 아닌가.

"근데 도 대표가 널 왜 잘라냈지? 난 한참 더 갈 줄 알았는데. 어느새 딴 데다 새 얼굴 꿍쳐놨나? 아니면……."

준식은 다시 룸미러로 주은의 얼굴을 슬쩍 훔쳐보았다.

"어린 신부가 마음에 든 거……?"

주은은, 그러나 못 들은 척 다시 창밖에 얼굴을 두고 있었다. 이카루스 사장실 앞에서 만난 소흔은, 주은의 눈에 별로 대단한 외모의 소유자가 아니었다. 그러니 그런 여자로 인해 자신이 내쳐졌을 리도 없다 생각했다. 그런데 이상하게 질투가 치밀었다. 결혼의 힘인가, 정략결혼인 것을 아는데도, 그 당연한 결과로 애정 없이 맺어진, 형식상의 부부라서 목적을 이루고 난 뒤에는 이혼의 절차를 밟을 것이 뻔하리라 짐작이 드는데도, 현재 그의 곁에서 아내라는 이름으로 있는 그 어린 여자에게 말할 수 없는 질시가 느껴졌다. 가질 수 없다면 망가뜨리기라도 해야 분이 풀릴 것 같았다.

"친구들이랑 있어요."

소흔은 핸드폰에 대고 말했다. 화장실 안이었는데 그녀는 변기 위에 앉아 있었으며 말하는 도중에 소변 떨어지는 소리도 났다.

"오빠 만나고 일루 온 거예요. 친구들이랑 저녁 먹구 지금 커피 타임."

[근데…… 무슨 소리야? 비 와?]

"앗, 아뇨. 화장실……."

소흔은 '킥' 하며 웃었다.

[내장탕에서 나오는 소리였군.]

"아앗, 뭐야, 그렇게 야한 소리 해도 돼요?"

[내장탕이 뭐가 야해?]

"내장탕 아니고 세면대거든요."

소흔은 얼른 소변을 끊고 말했다.

[알았어. 차 보낼 테니 장소 자세히 말해.]

"커피 마시러 방금 온 건데? 언제 헤어질지 몰라요. 그냥 지하철 타고 가거나 택시 탈게요."

[일단 장소 말해.]

소흔은 구체적인 장소를 설명한 후에 전화를 끊었다.

분위기 좋은 카페에서 소흔은 그녀의 과 단짝 친구들인 정은, 아영과 함께 시간 가는 줄 모르고 수다를 떨다, 한 남자가 온 것을 끝으로 모두 자리를 털고 일어났다. 남자는 정은이 방학 중 생겼다는 '남친'으로 정은을 집까지 바래다주러 온 것이었다.

"이제 11시구만 뭘 데리러 오기까지……."

아영은 짐짓 입술을 삐죽대며 코를 훌쩍였다.

"얼른 감기하고나 헤어져라. 아영아. 너 땜에 소흔이랑 나, 다 옮았어. 자, 그럼 우리, 남은 얘긴 카톡으로 떠들고 안녕~."

정은은 마냥 웃는 낯으로 '남친'의 팔을 잡고 먼저 카페를 나갔다.

"좋댄다……. 우릴 완전 속여 놓고."

정은이 '남친'과 나간 후 아영은 투덜댔다.

"속여?"

"엄청 훈남인 것처럼 말하더니, 훈남 맞냐? 그게 훈남이면

울 아부지가 송승헌이다. 제 눈에 안경도 국제표준기준이란 게 있는 거지, 어딜, 택도 없다."

"그래도 키는 큰데? 남자는 키가 반은 먹어주는 거잖니."

"어머, 야, 울 언니가 그러는데 남자가 진짜 반 먹어주는 것은 그거래, 그거. 그으거."

"그으거?"

소흔과 아영은 킥킥대며 카페를 나가 복도를 걸었다. 카페의 입구가 바로 거리로 나 있는 것이 아니라 건물 안이어서 거리로 나서려면 다시 건물 입구를 통과해야 했다. 두 친구가 건물 입구에 다다랐을 때, 마침 입구로부터 두 남자가 들어섰다. 각기 검은색 점퍼와 슈트를 입은 남자였는데 상황을 봐서는 두 남자들과 소흔이 서로들 아는 사이가 아님은 분명했다.

"임소흔 양?"

그런데 두 남자 중 점퍼를 입은 자가 소흔의 앞을 막아서며 물었다.

"네? 아, 오래 기다렸어요?"

처음에는 잠깐 의아했던 소흔은 바로 남자가 누구인지를 이해한 듯 반가운 얼굴까지 해보였다.

"아영아. 먼저 갈게."

의아한 얼굴을 하고 있는 아영에게 소흔은 '나중에 설명한다'는 말을 마지막으로 남자들에게는 '어서 가요' 하며 심지어는 점퍼 입은 남자의 팔을 잡고 앞장섰다. 그런 소흔에 남자들이

도리어 어리둥절해하면서도 소흔과 함께 밖으로 나와, 건물 입구로부터 머지않은 곳에 서 있는 은색 승용차로 움직였다. 슈트를 입은 남자가 차 문을 열어 소흔을 먼저 태우고 자신은 이어서 탔다. 점퍼 입은 남자는 조수석에 올랐는데 소흔이 차에 타서 보니 운전석에는 다른 남자가 또 있었다.

"많이도 오셨네요?"

소흔이 운전석을 향해 말했으나 그곳에 앉은 남자는 대꾸도, 돌아보지도 않은 채로 즉시 차를 출발시켰다. 그러나 차는 멀리 가지도 못 하고, 사실상 출발과 함께 '끼익' 하는 날카로운 마찰음에 이어 '쿵' 하는 소리를 냈다.

"꺅……."

몸이 앞으로 심하게 쏠린 소흔이 소리를 질렀다. 그녀가 탄 차는, 앞을 가로막은 검은색 승용차의 옆구리를 가볍게 들이받은 상태였다. 이어 검은색 승용차, 운전석으로부터 한 남자가 재빨리 내린다. 동시에 소흔 옆에 있던 남자와 조수석의 남자가 내렸다. 이윽고 세 남자들이 2대 1로 치고받고 하는 것이 소흔의 눈에 보였다.

"뭐, 뭐야? 뭐예요?"

아연실색한 소흔이 운전석의 남자를 향해 물었으나 남자는 다만 '씨팔' 하는 욕만 뱉어낼 뿐으로 곧 차를 후진 시켰지만 뒤로 갓길에 정차해 있는 차에 막혀 충분히 후진을 하지 못하자 남자는 다시 욕을 뱉어냈다. 후진으로 충분한 공간을 확보하지 못하면 앞을 가로막은 차를 빠져나갈 수 없기 때문이다. 그런 상황에서 밖으로부터는 세 남자들의 주먹질이 계속되었고, 비록 갓길 근처기는 해도 차선 하나를 막고 있는 탓에 지나는 차들의 경적 소리가 끊이지 않아 무척 시끄러웠다.

"무슨 일이냐구요?"

소흔이 답답한 듯 다시 물었다.

"닥치고 있어."

운전석의 남자는 거칠게 소리치며 역시나 욕으로 마무리한 후 차를 후진으로 해서 뒤의 차를 힘으로 밀었다. 소흔은 그제야 무엇인가 잘못되었다는 것을 깨달았다. 그녀는 차 문을 열었다. 그러자 운전석의 남자가 '야'라고 소리친다. 그러나 소흔은 뒤도 안 돌아보고 나와 차의 방향과 반대편으로 달렸다.

"악……."

소흔은 채 1분도 달리지 못하고 비명을 질렀다. 뒤로부터 자신의 뒷덜미를 잡아채는 힘에 뒤로 휘청하면서였다. 어느새 운전석의 남자가 뒤쫓아와 소흔을 잡고 끌었다.

"이거 놔요……. 사람 살려……. 살려주세요……."

순간 그녀는 자신의 머리에 가해진 어떤 충격으로 인해 더 이상 소리를 지르지 못했다. 의식은 있는데 온몸의 힘이 쑥 빠졌다. 그 상태로 잡혀서 질질 끌려가는 느낌만 있더니 어느덧 그것도 멈췄다. 동시에 주변으로부터 몹시 부산한 소리가 들려왔다. 바닥에 쓰러져 있던 소흔은 억지로 몸을 추슬러 소리가 나는 쪽으로 눈길을 보냈다. 그러자 급히 달려오는 남자의 다리가 보였다. 분명 소흔 앞으로 오는 것이었다. 도망가야 하는데, 그녀는 그 생각을 했다.

끼익, 강원이 타고 다니는 검은색 승용차가 선 곳은 어둠에 싸인 어느 건물 뒤편이었다. 차의 운전석과 뒷좌석으로부터 각기 한 상무와 강원이 급히 내렸다. 한 상무가 앞장서 건물의 뒷문으로 보이는 문을 열어 강원을 들어가게 한 후 자신도 들어가, 다시 안에서 빠른 걸음으로 앞장선 후 지하로 향하는 비상구의 문을 열었다. 그런 한 상무의 행동은 매우 절도가 있으면서도 신속해, 강원의 급한 걸음이 단 한 번도 지체되는 일이 없을 정도였다. 강원은 앞선 한 상무의 뒤를 따라 성큼성큼 걸어 한 상무가 마지막으로 열어준 문을 통해 안으로 들어섰다.

강원이 들어선 곳은 시멘트 바닥에 사무용 집기 몇 개가 한쪽 구석에 대충 치워져 있었다. 벽을 따라 사내들 몇 명이 서 있었고 ―그들은 강원을 보자마자 고개부터 숙였다― 중앙에는 또 다른 남자들 세 명이 있었는데 바로 소흔을 데려가려 했던 자들로, 모두 얻어터진 몰골들이었다.

"이놈들이야?"

강원이 물었지만 대답을 기다리는 질문은 아니었다. 질문을 던진 것과 동시에 꿇어앉아 있는 남자들 앞으로 성큼 다가선 강원은 그중 한 남자를 향해 발을 뻗었다. 힘과 스피드를 실은 그 발길에 남자는 '커헉' 하며 바닥을 뒹굴었다. 하필이면 바로 소흔을 끌고 가던 자였다. 강원은 다른 두 명은 내버려 둔 채 그자만을 집중적으로 폭행했다. 남자는 단말마의 신음을 토해 내다, 얼마 가지 않아 그 소리마저 내지 못할 정도로 초죽음에 이르고 말지만 그것도 강원의 폭행을 멈추게 하지는 못했다. 그것을 보고 있던 두 남자는 숨도 쉬지 못하는 모습들로 사색 이 돼 있다가 마침내 앉은 자리에서 오줌까지 지렸다. 오히려 강원의 폭행이 멈췄을 때였는데, 아마도 다음은 자기들 차례라 고 지레 겁먹었지 싶었다. 그도 그럴 것이 강원의 손에는 언제 집어 들었는지도 알 수 없는 각목이 쥐어져 있었고 피범벅의 그 각목에서는 몇 방울의 피가 바닥으로 뚝뚝 떨어지기까지 했으 니 말이다. 더욱 놀라운 것은 '때리는 행위'도 분명 에너지를, 그것도 많이 소비하는 일이건만 강원은 숨소리 하나 흩뜨리지 않은, 조용한 모습을 하고 있었다는 것이다.

투둑, 각목은 한쪽으로 가볍게 내던져졌다. 강원은 곧장 문 으로 향했다. 한 상무가 재빨리 따라 나간다.

"뒤처리하고 좀 더 알아봐."

강원은 돌아보지도 않고 말했다. 그는 업무상 만난 사람들 과 술자리에 있다, 급히 안으로 들어온 한 상무의 귓엣말을 듣 고 곧장 자리를 박차고 달려온 것이었다. 한 상무는 소흔을 '모 시러' 갔던 남자에게서 연락을 받은 것으로, 남자는 소흔이 친 구들과 있는 장소에서 미리 차를 대기하고 있다가 소흔이 엉뚱한 남자들의 차에 오르는 것을 보며 즉시 한 상무에게 연락을 취한 후 일단 제 차로 소흔을 납치한 차를 막아 시간을 벌고 있었다. 그 사이 한 상무는 조직의 지부들 중 그 위치와 가장 가까운 지부에 연락을 한 뒤 강원과 함께 움직인 것인데 물론 강원이 도착했을 때는 이미 상황이 종료된 후였다.

소흔은 다른 방에 있었다. 책상 두 개와 소파가 있는, 조그마한 규모의 정체불명의 방이었다. 검은색 가죽 소파에 오도카니 앉아 있는 그녀는 얼굴에 별다른 외상의 흔적이 없음에도 외투 앞자락으로 제법 많은 양의 핏자국을 보이고 있는 것이, 아마도 코피를 흘린 모양이었다. 증명하듯 그녀의 손에 들린 노란색 수건도 피에 얼룩져 있었으며, 그것을 쥐어짜듯 쥔 채로 부들부들 떨고 있는 모습에서는, 외상보다는 난생 처음 겪는 일에 느꼈을 두려움과 불안의 크기가 가늠되었다.

"강원 씨……."

문이 열리자 소흔이 벌떡 일어나 소리쳤다. 눈앞에 강원이 보이니 '이제 살았다' 싶어 그녀는 눈물부터 왈칵 쏟아냈다. 그리고 힘없이 무너졌다.

강원은 소흔을 두 팔에 안고 건물 밖으로 나와 그의 차, 조수석에 태웠다.

"어디……."

운전석에 오른 강원은 먼저 두 손을 뻗어 조심스럽게 소흔의 머리를 잡았다. 소흔은 의자 등받이에 힘없이 몸을 의지한 채로 움직이지 않고 있었다.

"아…….."

강원이 소흔의 머리를 만지던 중 그녀가 신음 소리를 냈다. 그는 그녀의 왼쪽 옆머리를 젖혀본다. 귀를 중심으로 그 주변이 퉁퉁 부어 있었다. 남자에게 된통 맞았던 곳이 아마도 그곳인 모양이다. 강원은 이어 그녀의 어깨와 팔, 다리로 내려가며 손을 대보았다.

"괜찮아요…….."

다른 곳은 아픈 데가 없다는 의미로 소흔이 말했다.

"일단 병원에 가자."

"아뇨…….."

그녀는 강원의 팔에 이마를 툭 기댔다.

"집에 가요. 집에 갈래요. 집에 가고 싶어요…….."

소흔은 욕실의 넓은 욕조 안에 있었다. 아주 고운 거품이 욕조를 가득 채워 물이 거의 보이지 않을 만큼이었다. 소흔은 눈을 감고 거품에서 나는 라벤더 향을 한껏 들이켜며 조금 뜨겁다 싶은 물의 온도에 몸을 온전히 내맡겼다. 집에 돌아오자마자 거두절미, 그녀는 물에 몸을 담그고 싶었다. 그래서 '네 몸 상태로 목욕을 하는 것은 좋지 않다'는 강원의 반대에도 기어코 고집을 부렸던 것이다. 결국 욕조에 물을 받아준 것도 그였다.

소흔은 남자들과의 거친 실랑이로 마치 제 몸에 더러운 것이 묻은 것 같아서도 그랬지만 무엇보다 따뜻한 물속에서 몸을 이완시키고자 했다. 마음과 함께 놀란 몸은 목에서 어깨로 내려오는 부위를 특히 뻣뻣하게 만들었다. 아무것도 생각하지 말자, 그녀는 자신을 납치하려 했던 남자들의 정체에 대해 궁금해하지 않았다. 때문에 강원에게 묻지도 않았다. 다만 이런 일이 또 있을까, 하니 몸이 절로 떨려왔다. 추워, 소흔은 아스라한 의식 속에서 중얼거렸다.

강원이 소흔의 침실로 들어섰을 때 안은 비어 있었다. 노크를 해도 반응이 없어 문을 연 것인데 소흔의 모습이 보이지 않아, '아직도 욕실에 있나' 하며 그는 욕실 문을 향했다. 그녀가 나오면 주려고 두통약을 찾아 놓고 기다리다가 올라온 것으로, 이미 두 시간은 넘었지 싶었다. 강원은 욕실 문을 두드렸다. 잠시 기다려도 아무 반응이 없어 다시 두드려 보았지만 마찬가지였다. 그는 욕실 문을 열었다.

"소흔아."

강원은 욕조 안에 있는 소흔을 보며 나직이 이름을 불렀다. 거품 위로 머리만 올라와 욕조 가장자리 쪽으로 기울어 있는 소흔의 모습은 얼핏 잠이 든 것 같았는데 창백한 안색에, 무엇보다 미세하게 떨리고 있는 아래턱은 그녀가 정상이 아님을 말해주고 있었다. 강원은 물에 손부터 넣어본다. 물은 이미 미지근했다. 그는 급히 소흔을 잡아 위로 건져냈다.

"으응……."

소흔은 제 몸에 어떤 물리적 힘을 느끼며 의식이 들었는지 얼굴을 찡그렸다.

"몰라……."

정신이 든 건지, 여전히 제정신이 아닌 건지 그녀는 울상을 지으며 '히잉' 하는 소리까지 냈지만 그대로 강원에게 옮겨져 일단 욕실 내 등받이 없는 소파에 눕혀졌다. 강원은 수납장에서 커다란 타월을 꺼내, 소흔의 발가벗은 몸을 감싸 대충 물기를 흡수시킨 뒤 다시 두 팔에 안아 침실로 데려갔다.

침대에 눕혀진 소흔은 새우처럼 몸을 구부렸다. 벌벌 떨고 있는 그녀의 몸을, 강원은 그 타월로 마저 물기를 급히, 그러나 조심스럽게 닦아냈다. 발가벗은 소흔의 몸은 보다 선명히 그의 눈을 사로잡았다. 앞서도 그것을 의식하지 못한 것은 당연히 아니었으나 아픈 것이 발가벗은 몸보다 먼저였기에 설사 그녀의 알몸이 눈에 들어왔어도 '감상'했다고 할 수는 없었지만 이제는 어쩔 도리가 없이, 비단 그의 눈뿐만이 아니라 마음까지 모두 그녀의 나신에 빼앗기고 있었다.

스물한, 두 살, 어린 아내의 몸은 누구도 밟아보지 못한 처녀지처럼 수줍고, 싱그럽고, 보드라웠으며 또한 아름다웠다. 그래서였을까, 그 처녀지를 타월로만 대던 강원은 그만 저도 모르게 맨손을 갖다 대고 만다. 희고 통통한 그녀의 엉덩이였다. 순간 움찔한 그녀의 전율이 전해졌다.

"으음……."

소흔은 이어 신음을 내며 몸을 떨었다.

"절루 가……. 히잉……."

울먹이며 손을 휘, 휘 젓는 그녀의 모습에 하마터면 웃을 뻔한 강원이 얼른 이불부터 덮어주고 나서 그녀의 이마에 손을 대 보니 열이 제법 높았다. 어린 심성에 험한 일을 겪은 데다 물이 식을 때까지 오래 몸을 담근 것도 면역력을 급격히 떨어뜨린 모양이었다.

소흔은 오한에 들린 듯 점점 더 떨기 시작했다. 그럼에도 아직까지 의식은 있어, 자신이 발가벗은 몸이라는 것도, 그런 제 몸에 닿는 강원의 손길뿐 아니라 그로 인한 창피함도 느꼈지만 그 모든 것도 온몸을 파고드는 한기에 비한다면 차라리 참을 만했다. 추워, 추워, 마음으로 되뇌던 소흔은 잠인지, 그저 의식이 몽롱해지는 것인지 알 수 없는 상태로 빠져들어 갔다.

얼마나 시간이 지났을까, 강원은 현관에서 한 남자로부터 검은 비닐봉지를 건네받고 있었다.

"여러 가지 넣었다고 하는데요, 주는 대로 받아왔습니다."

남자는 그렇게 말한 후 인사하고 돌아갔다. 강원은 먼저 주방으로 와 식탁 위에 대고 봉지에 있는 것을 모두 쏟아냈다. 전부 약이었다. 병원의 응급실을 제외하고는 모든 의료시설이 문을 닫은 새벽시간대지만 약을 구하는 정도의 일은 그에게 그리 어려운 일도 아닌 것 같았다. 강원은 그중에 하나의 알약을 골라 그것을 가루 내서 물에 약간 걸쭉하게 이겨낸 뒤 아주 조그만 종지에 담았다.

2층의 소흔은 여전한 상태였다. 강원은 종지를 들고 와 그녀를 조심스레 잡아 한 팔에 받쳐 들었다. 그 바람에 이불도 아래로 내려가 그녀의 젖가슴도 자연스레 드러난다.

"소흔아. 약 먹자."

그는 소흔의 젖가슴을 의식하지 않으려 애쓰며 종지를 그녀의 입으로 가져갔지만 눈길은 너무도 당연하게 젖가슴으로 향했다. 적당한 크기로 부푼 젖무덤에 진한 핑크빛의 젖꼭지가 관능적이기보다는 귀여운 것에 더 가까워, 그는 저도 모르게 젖도 예쁘네, 하고 속으로 뇌까리다 콜록, 콜록 하는 소리를 듣고 나서야 정신이 들었다. 소흔이 제 입 안에 들어온 약을 다 뱉어내고 있는 것이다.

"먹어야지……. 이건 뭐 애도 아니고……."

왜 애가 아니겠는가, 생각을 고쳐먹은 강원은 타월로 소흔의 입 주변을 닦아주다 그만 또 그녀의 젖가슴에 슬쩍 손을 대본다. '내가 왜 이러지' 하는 자책은 그 다음이었다. 그는 다시 주방으로 내려가 다른 약을 찾았는데 그중 이상한 것이 보여 집어 들었다. 조그만 종이 상자였다.

"좌약 해열제……?"

이거야 말로 '애'가 쓰는 것이다, 싶은 강원은 그것을 들고 다시 2층으로 올랐다. 어째 내심 신나하는 —콧노래만 안 불렀다

뿐이랄까?- 모습이었다. 그런데 정작 소흔의 침실로 와서는 침대 곁에 서서 꽤 오랫동안 소흔을 내려다보고만 있었다. 뭔가를 골똘히 생각하는 얼굴이었다. 그러다 이윽고 결심한 듯 그는 불부터 끄고 상의만 벗었다. 이어 조심스럽게 이불 안으로 들어가니 이상하게도 소흔이 먼저 그의 품 안으로 파고들었다. 아마도 따뜻한 곳을 찾는 본능적인 움직임이었으리라. 강원은 그런 그녀를 꼭 끌어안았다. 열에 들떠 뜨거우면서도 여전히 오들오들 떨고 있는 어린 아내를, 그것도 솜사탕 같은 나신을 품에 안고 있자니 도리어 긴장이 확 풀려 버린 듯, 그는 나른한 기분에 빠져들었다. 하긴 새벽 3시가 다 돼가니 피곤할 시간이기는 했다.

강원은 옆에 놔둔 좌약을 더듬어 상자를 열고 거기서 나온 좌약 하나의 껍질을 깠다. 약 모양은 흡사 총알 같았다. 그는 정말 그것을 소흔의 몸속에 넣을 모양인지 심호흡까지 한 번 하고는 손을 아래로 내렸다. 체온에 의해 약이 손끝에서 녹을까 살살 굴려가며 다른 손끝으로는 소흔의 엉덩이를 더듬어 약이 들어갈 자리로 조금씩 접근해 갔다. 이윽고 엉덩이 중앙, 깊은 곳으로 손가락 하나의 끝을 이용해 더듬으니 대략적인 위치가 파악된다. 더불어 체모의 간지러운 감촉도 느껴졌다. 손가락은 머뭇거렸다. 조금만 더 내려가면, 하는 생각에는 제 아랫도리가 먼저 뻐근해 왔다. 얼른 정신을 차린 손가락은 원래 찾으려 했던 곳을 향해 다시 정신을 집중하고, 바로 그곳에 '총알'

의 뾰족한 부분을 밀어 넣었다.

"히잉……."

소흔이 묘한 신음을 흘리며 엉덩이를 들썩였다. 강원은 모른
척 약을 끝까지 쑥 밀어 넣고는 다시 나오지 못하도록 그 입구
를 손끝으로 막고 있기까지 했다. 다른 손으로는 소흔의 등을
토닥이며 그는 그렇게 잠이 들었다.

소흔의 침실 안으로 빛이 일렁였다. 창가의 커튼을 뚫고 들
어온 빛은 눈부시면서도 온화한 색깔로 침대를 물들였다. 이불
안에 폭 파묻힌 소흔과 강원은 정말 다정한 부부처럼 꼭 끌어
안고 잔 듯 소흔의 정수리 위로 강원의 얼굴이 기울어진 채였
다. 먼저 눈을 뜬 쪽은 소흔이었다. 그런 그녀가 꼼짝도 않고
상황을 먼저 인식하기까지는 약간의 시간이 걸렸다.

"우웃……."

소흔은 몸서리를 쳤다. 그 바람에 잠에서 깬 강원이 몸을 꿈
틀대자 소흔은 서둘러 이불을 제 앞으로 해, 그와의 경계를 만
들기부터 했다.

"뭐, 뭐예욧?"

소흔은 어깨를 움직여 뒤로 주춤 물러났다.

"응……?"

"왜 여기서 자요?"

소흔은 날카롭게 따져 물었지만 그는 눈만 껌벅인다.

"왜요? 왜? 왜? 무슨 짓 한 거예요?"

그녀는 금세 울상을 지었다. 그의 벗은 상반신을 보면서였다. 강원은 말없이 소흔 앞으로 손을 뻗었다. 그녀는 움찔했으나 그의 손은 그녀의 얼굴에 잠시 대고만 있었다.

"열은 다 내렸다. 역시 애한텐 좌약이 칼이군."

"뭐, 뭐라구요? 좌……?"

"누워 있어. 내가 따뜻한 뭐라도 가져올 테니."

강원은 일어나, 벗어놓은 셔츠를 집어 들고 침실을 나갔다.

"아이 씨, 뭐야……."

이불로 몸을 가리며 상체를 벌떡 일으킨 소흔은 저 혼자 짜증을 부렸다. 그런 그녀의 눈에 좌약의 종이상자가 띄었다. 그것은 침대의 머리맡에 있었다.

"좌약……."

그것을 집어 들고 소리 내어 읽던 소흔은 황당함을 금치 못했다.

"이걸 나한테 넣었단 말이야……?"

그녀는 그것을 냅다 던졌다.

주방에서 따뜻한 차를 준비하던 강원은 그것을 들고 2층으로 올라갈 필요가 없었다. 소흔이 내려왔기 때문이다. 가운을 단단히 여며 입은 모습으로였다.

"잘 왔다. 이거 좀 마셔. 네가 매일 밤 나한테 주던 재스민 차……."

"나, 다 기억나거든요."

소흔은 그의 말을 자르며 거의 부르짖었다.

"말이 안 되잖아요, 그러는 법이 어딨어요? 그, 그게 세상에, 누구 맘대로 그래요? 이제 어쩔 거냐구요?"

소흔의 말을, 전후 사정을 모르는 사람이 듣는다면 아마 요령부득이었을 것이다. 그녀는 제 알몸도 직접 대놓고 말하기 '쪽팔려' 이리 둘러치고 저리 둘러쳐 항의했다.

"욕조에서 건져내려니 어째?"

그러나 다 알아먹은 강원은 태연하게 되물었다.

"그러게 누가 욕조에서 아프래?"

"뭐라구요? 아이, 진짜……."

"어쩌라고?"

"다 봤잖아욧?"

"그러니까 이미 본 걸 어떡하냐고, 도로 물러?"

"물러요. 물러. 물러……."

소흔은 길길이 뛰었다.

"자, 그만 열 내고 이리 와라. 너 아직 아파."

강원은 소흔의 어깨를 잡고 이끌었다. 소흔은 어깨를 흔들고 손을 내저어 그의 손을 뿌리치면서도 그가 이끄는 대로 식탁 앞에 와 앉았다.

"붓기도 다행히 많이 가라앉았구나."

소흔의 머리를 들춰 얼굴 옆을 보며 그가 말했지만 그녀는 그 손마저 뿌리쳤다. 그런데도 강원은 '소흔아' 하고 부르며 그녀 옆으로 앉았다.

"우리, 키스 텄다며?"

그의 말에 소흔은 '그게 뭐?' 하는 눈빛으로 쨰려보았다.

"이젠 보는 것도 트는 걸로 하자."

"난 아직 못 봤잖아요."

"보여줄게."

흔쾌한 말과 함께 고개까지 한 번 끄덕여 보이는 강원에, 오
히려 소흔이 당황해 엉겁결에 찻잔을 들어 입에 대다 '앗, 뜨거'
하며 도로 내려놓는다.

"누, 누가 그딴 거 보고 싶댔나……."

이어 그렇게 중얼거리는 소흔이다.

"남자 누드도 그려봤다며?"

소흔의 토라진 얼굴에 눈을 두고 강원은 장난치는 것도 아니
지만 진지한 것도 아닌, 그저 느긋한 표정과 어조로 말을 하고
있었다. 식탁 위에 팔꿈치를 대고, 그 손에 제 머리 옆을 괸 채
였다.

"모델 돼줄까?"

"됐거든요. 가짜 부부가 키스까지는 몰라도 누드 보는 것까
지 트는 게 말이 돼요? 그럼 그게 진짜 부부지 무슨 가짜야?
아아잇, 신경질 나."

소흔은 다시 찻잔을 들어, 이번에는 호오, 불면서 한 모금
마셨다. 생각할수록 분하고, 짜증나고, 창피하면서도 어젯밤

에 자신이 아픈 것도, 그것도 욕조 안에서부터 아프기 시작했다는 것도 알아 딱히 '말빨'이 서지 않았다.

"근데 왜 내 침대에서 잤어요?"

아니, 세울 '말빨'을 찾았다.

"아파서 옮긴 것은 그렇다 쳐도 같이 잘 이유는 전혀 없잖아요?"

"나도 모르게……."

"모르게? 모르게 살인도 할 기세네? 여자가 아프면 지켜주는 게 신사지, 알고 보니 순 응큼……. 나 자는 동안 무슨 짓을 했는지 알 게 뭐야? 아유, 분해. 고소할 수도 없고……."

"나도 모르게 잠들었다고. 자면서 내가 무슨 짓을 해?"

"그러니까 처음부터 왜 내 이불 안으로 들어오냐구요?"

"약 주려 그랬지."

"아앗, 정말……. 누가 그딴 약 달래요?"

소흔의, '빠직, 빠직' 하는 날선 공격을 강원이 능청스럽게 받아내면서 두 사람은 여느 연인들이나 부부들처럼 돌고 도는 '네버엔딩' 말다툼을 벌이고 있었다. 그런데 소흔은 몰라도, 원래의 강원이라면 이런 말다툼을 귀찮아할 법한데도 전혀 그런 기색 없이, 그는 오히려 재미있다는 듯 꼬박꼬박 그녀의 말을 되받아쳤다. 결국 지친 것은 소흔이다.

"몰라, 이제 강원 씨랑 말 안 할 거야……."

소흔은 정말 입을 다물었다. 아랫입술이 앞으로 밀려나온 채였다.

"그래. 말하지 마. 너 아직 정상 아니야. 다시 자자."

강원은 소흔을 일으켜서 번쩍 안아 들었다. 소흔이 어깨를 흔들어 반항했지만 소용없이 그대로 그에게 안겨 2층의 침대로 옮겨졌다.

그녀를 눕힌 후 강원은 외출했다가 한 시간여 만에 다시 돌아왔는데 손에 조그만 쇼핑백을 들고서였다. 그것은 죽이 포장된 것으로, 그는 그것을 조그만 상에 세팅해 2층으로 날랐다. 소흔은 그가 눕혀준 이후 줄곧 잠을 잤던 모양이지만 깊은 잠은 아니었는지, 침실 문이 열리는 소리를 듣고는 깨어났다.

"먹자."

강원은 소흔을 일으켜 앉게 한 후 그녀 앞에 상을 놔주었다. 그녀는, 그가 자리를 비우기 전과 달리 한층 누그러진 얼굴로, 그가 시키는 대로 숟가락을 들어 죽을 입으로 가져갔다. 입 안이 깔깔해 아무 맛도 느껴지지 않았지만 그냥 꿀꺽 삼켰다. 조금 아까, 강원이 다시 침대에 눕혀주었을 때 그녀는 이불 안에서 한참을 뒤척인 후에야 자신이 간밤에 아주 달게 잤다는 것을 깨달았다. 몹시 춥더니 곧 따스해졌고, 포근해졌으며 안락해졌다. 그것이 사람의 품이었구나, 그의 가슴이었구나, 생각하니 기분까지 묘했다. 제 알몸을 다 보였다 생각하면 화도 나고 창피해 죽을 것 같다가도 또 한편으로는 야릇했고, 어떤 의미에서는 설레기도 하다는 것을, 그녀는 제 가슴에서 뛰는 심장으로 증명 받고 있었다. 그것은 또한 그대로 강원의 느낌이었다는 것을 그녀는 아마 꿈에도 몰랐을 것이다. 진을 다 빼는 섹스 후에는 여자를 품에서 재우기는커녕 곁에 와 닿는 것도 귀찮더니, 한 여자를, 그것도 발가벗은 여자를 품고도 그리 오래, 깊은 단잠에 빠져 버릴 줄이야, 강원은 강원대로 신기한 경험이었다.

"회사…… 안 가요?"

출근하기에는 이미 한참 늦어버린 시간이었다.

"오후 일정만 하기로 했어."

"근데…… 강원 씨도 뭐 먹어야 하잖아요……."

"너 먹고 나서."

맞은편에 앉은 강원이 말했다. 소흔은 고개를 떨어뜨린 잠시 동안 숟가락으로 죽을 젓고만 있었다.

"저기……."

입을 열며 고개를 든 그녀의 얼굴은 여전히 머뭇거리는 그것이었다.

"말하지 마. 아무 일도 아니야. 알려고도 하지 마. 오빠한테도 말할 필요 없어."

강원은, 소흔이 무슨 말을 하려는지 아는 사람처럼 말했다. 그는 죽을 사러 나간 길에서 한 상무의 보고를 받았다. 소흔을 납치하려던 자들이 정 회장 측에서 고용한 어느 조직이라는 것은, 사실 굳이 알아보지 않아도 짐작할 수 있는 일이었지만 한 상무는 그것을 재차 확인해 주었으며 더불어 그것이 소흔의 오빠인 사헌을 겨냥한 것이 아닌 것 같다는 정황에 대한 보고도 곁들였다. 그렇다면 답은 하나다. 강원을 노린 것이다.

"네……."

소흔은 먼저 고개를 끄덕여 보인 후 모기 소리만 하게 대답했다.

"씩씩하게 대답해."

강원은 말했다.

"두 번 다시 그런 일 없어. 가짜든 진짜든 네가 내 아내로 있는 한, 그런 일이 두 번은 일어나게 하지 않아."

힘주어 말하는 것도 아니고 마치 지나가는 말처럼 하고 있음에도, 심지어는 소흔 앞의, 상 위에 있는 피클 접시를 그녀 앞으로 좀 더 밀어주는 손길에도 불구하고 그의 목소리에는, 다른 누구도 아닌, 바로 목소리의 주인을 걸고 말하는 무게가 실려 들었다. 그것을 또 부지불식간 소흔도 느낀 것일까, 그녀는 멍한 얼굴을 하고 있었다.

"내 아내를 건드리는 것은 나, 도강원을 건드리는 것보다 훨씬 위험한 일이라는 것을, 곧 모두 알게 될 테니까."

소흔은 죽을 먹고 다시 자, 오후 2시에 눈을 떴는데 강원은 출근한 후였다. 푹 자고 나 몸이 개운해선지 그녀는 한결 나아진 기분으로 그에게 문자를 보낸다.

〈이제 안 아파요. 완전 좋아졌어요. 근데 솔직히 말해봐요. 어디까지 봤어요? -_-^〉

강원의 답문이 오기까지는 두 시간이 걸렸다.

〈걱정 마. 내장탕은 못 봤어.〉

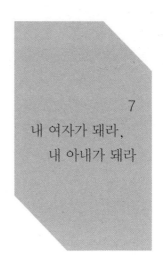

7

내 여자가 돼라,
내 아내가 돼라

　강원은 집무실의 책상 앞에서 결재서류를 훑고 있었다. 책상 건너편에는 임원으로 보이는 40대 초반 정도의 남자가 업무에 관한 짤막한 언급을 하고 있었고 잠시 듣고만 있던 강원이 고개를 끄덕이며 사인한 서류를 케이스 채로 남자에게 건넸다. 강원이 대표로 있는 낙원산업개발은 유한회사 형식으로 이름만 들으면 건설회사 같지만 처음 설립 당시에만 그랬고 지금은 강원이 갖고 있는 사업체 전반을 총괄해 관리하는 지주회사 성격을 띠고 있다.

　소파에는 한 상무가 앉아 있다 임원이 나가는 것과 동시에 자리에서 일어났다. 아마 강원과 이야기 중에 임원이 결재를 받으러 와 잠시 기다리고 있었던 듯했다.

"사모님을 납치해서 대표님과 협상하려고 한 것이야 빤합니다만……."

한 상무는 강원을 향한 모습으로 말했다. 강원은 책상 앞에 그대로 앉아 담배에 불을 붙이고 있었다.

"그것으로 협상이 될 거라고 생각했을까요, 정 회장은……?"

하면서 한 상무는 강원의 눈치를 살폈다.

"대표님과 사모님의 결혼이 정략적이라는 것을 정 회장도 모를 리 없는 데다 혼인신고도 안 돼 있는데……."

한 상무의 말은, '소흔을 납치해 그것을 무기로 강원과 협상할 수 있느냐' 하는 것이었다. 그러려면 소흔이 강원에게 '소중한 사람'이어야 했다. 때문에 두 사람의 결혼이 정략혼이라는 것을 모를 리 없는 정 회장의 무리수를, 한 상무는 이해할 수 없다는 뜻도 포함되었다. 이러한 점들로 미루어 볼 때, '납치'라는 무리한 수단을 쓸 정도로 정 회장이 급했다는 것과 함께 정 회장이 강원에게 어떤 치명적인 약점을 잡혀 있으리라는 것도 추측해 볼 수 있었다. 그렇다면 강원이 틀어쥔 정 회장의 약점이란 무엇일까.

"다 잡아들였어?"

강원은 한 상무의 의견을 묵묵히 듣고만 있다가 불쑥 물었다. 그가 묻고 있는 것은 정 회장과 손잡은 '어떤 조직'을 말하는 것이다.

"행동책까진요. 대가리가 아주 꽁꽁 숨어버렸는데 그래도 이틀 안에 해결될 겁니다."

"간판 내려."

"알겠습니다."

'간판을 내리라'는 의미는 조직을 완전히 해체시켜 버리라는 의미다. 강원은 그것을 매우 쉬운 일인 양 간단히 명령했지만 사실 그것은 생각보다 그리 간단치만은 않다. 보통 '간판'이 쉽게 오르고 내리는 군소조직이라 해도 그 뒤를 봐주는 상위조직이 있어, 그 상위조직과 어떤 식으로 협상하느냐가 또 다른 문제로 떠오르기 때문이다. 그러니 당연히 인력과 돈이 투입되고 때에 따라서는 피바람이 분다. 물론 조용히 처리할수록 좋은 것이며 그것은 전적으로 강원의 몫이었다.

그로부터 5일 후 저녁에 강원은 어느 한정식 요정으로 들어섰다. 한 상무 외에도 두 명의 남자들이 수행해 두 대의 차로 들어선 요정의 주차장에는 이미 즐비한 승용차들 사이로 검은 슈트를 입은 남자들의 모습이 심심찮게 보여 예사롭지 않았다.

강원과 그의 수행원들은 한복을 곱게 차려입은 마담의 안내를 받아 어느 문 앞에 이르렀다. 문을 연 사람은 한 상무였는데 그는 강원이 마담과 함께 안으로 들어간 것만 확인 후 자신은 다른 일행과 함께 밖에 머물렀다.

강원이 들어간 곳은, 상당히 큰 규모의 직사각형으로 된, 그러나 안은 같은 모양으로 공간이 마련돼 그 안으로 연못 모양의 장식물이 있는 테이블로, 강원이 안내된 곳도 그중에 한 자리였다. 테이블은 이미 십 수 명으로 거의 들어차 빈자리는 별로 보이지 않던 중에 그나마 한 자리가 강원의 것인 셈이다. 그는 이미 와 있던 사람들과 악수와 눈인사를 나누며 자리에 앉았다. 테이블을 차지하고 있는 사람들은 모두 남자로 나이는 흰 머리가 성성한 70대에서부터 다양해, 강원은 매우 젊은 축에 속했다. 이들이 바로 전국에서 몰려든 각 조직의, 그것도 원활한 인력 차출과 탄탄한 경제력을 기반으로 한, 규모가 큰 조직의 보스들이었다.

얼마 후 두 명의 보스들이 자리를 채우면서 비로소 테이블이 꽉 차, 한 시간 이상을 저녁식사 하는 것으로 소요했다. 오고 가는 대화는 사업이나 자식 얘기 등의 잡담이었다.

"오늘 밥값은 소집하신 분이 내는 거겠죠?"

강원 옆에 앉은 남자가 싱글싱글 웃으며 말을 걸었다.

"당연합니다."

강원이 대답했다. 그가 모임을 소집한 것이다.

"요즘 도 대표 끗발이 최고야. 한 사람도 안 빼고 다 모인 것 봐요."

남자는 너스레를 떨었다.

식사가 끝나고 차와 커피가 서빙된 후가 돼서야 강원은 자리에서 일어났다. 그는 '모두 참석해 주셔서 감사하다'는 의례적인 인사 후 본론으로 들어간다.

"얼마 전 제 아내가 사고를 당한 것을 아마 아실 분들은 아시리라 봅니다. 다행히 아내는 무사하고 또 김 회장님과도 얘기가 잘됐지요."

강원이 한 50대의 남자를 가리키며 말했다.

"뭐, 나라도 내 와이프가 그런 사고를 당하면 가만있지 않을 테니까."

강원이 가리킨 50대의 남자가 말했다.

"적어도 와이프랑 아이들은 보호돼야 하지 않겠어요? 도 대표와 그런 점에서 공감을 했지요."

모두 고개를 끄덕였다. 강원의 명령으로 '간판'을 내린 작은 조직의, 최고 상위조직 보스가 아마도 50대의 김 회장인 듯했다. 물론 서로 '공감'만 했을 리는 만무했고, 공감 아래로 돈이 거래됐거나 밀약 따위가 오고 갔으리라.

"제가 여러분을 소집한 이유가 바로 그것입니다. 제게 가족이 생겼다는 것을 말씀드리려구요. 여러분도 모두 가족이 있으시죠? 우리는 때에 따라서 서로 싸우고 또 피를 흘리기도 합니다만 그것은 다만 우리들의 싸움일 뿐 거기에 가족이 이용당하거나 공격당하는 것을 원치는 않으실 겁니다."

또다시 모두 고개를 끄덕였다. 사실 그들만의 전쟁에 가족을 끌어들이는 것은 그들 모두 원치 않는 일이었다.

"모두 아시겠지만 제가 천애고아로, 아무것도 무서운 것이 없었습니다만 이제 가족이 생겨 무서움을 알았습니다. 가족을 지켜야 하니까요. 지키는 동안엔 난 계속 무서워할 것입니다. 그러니 만약 내 가족, 바로 내 아내가 위험에 처한다면 난 단순히 예전으로 돌아가는 것이 아니라 그보다 더한……."

강원이 말하는 동안 주변에서는 옆 사람과 작은 소리로 잡담을 나누기도 하던 중, 강원의 말이 잠깐 끊기는 사이 오히려 조용해졌다. 모두의 눈은 강원을 향했다.

"악마가 될 것임을 말씀드립니다."

강원은 모두를 한 번 훑어보고 난 뒤, 나머지 말을 뱉어냈다. 그것으로써 어디서 어떤 형식으로든 '소흔을 건드리는 일'에는 나서지 마라, 하는 그의 뜻은 전달되었으며 또한 승인되었다.

소흔은 학교에 있었다. 겨울방학 중인데도 캠퍼스에는 학생들의 모습이 심심찮게 눈에 띄었다. 소흔은 동아리 실에 들러 '조소과 킹카 오빠'와 만나 얘기를 나누다 뒤늦게 합류한 정은, 아영과 —두 친구는 같은 동아리는 아니었지만 학교에서 만나자, 사전에 약속을 했던 터였다— 모두 휴게실로 옮겨 다시 수다를 떨었다. '킹카 오빠'는 정은, 아영이 합류한 것에 못내 아쉬운 눈치를 보였으나 소흔과 헤어지기 싫어선지 내내 붙어 여자들의 수다에 끼어들었다. 네 사람은 휴게실을 나와 정문을 향했다. '킹카 오빠'가 쏜다고 해 다시 자리를 옮기는 중이었는데 정문 근처에 있는 두 개의 커피전문점 중에서 어느 쪽으로 갈지, 별로 대수롭지 않은 일로 소흔과 친구들은 갑론을박하며 깔깔거렸다.

"응······?"

그때 정은의 눈길이 다소 멀리 가며 멈칫했다.

"저 아저씨 멋지다."

정은의 말에 나머지 두 친구들과 '킹카 오빠'의 눈길도 같은 곳을 향했다. 순간 소흔은 깜짝 놀랐다. 모두의 눈길이 향한 곳은 정문으로 이르는 차도의 한편에, 임시 정차해 놓은 검은색 승용차 주변이었는데 바로 그 승용차 옆에 서 있는 날렵한 체격의 남자로, 선글라스를 낀 얼굴에, 두 손을 진한 감색 슈트의 바지 주머니에 가볍게 찌르고 있는, 다름 아닌 강원이었다.

"포스 쩐다."

아영이 중얼거렸다. 강원의 외양은 잘생기고 못생기고를 떠나서 사람들의 눈길을 끄는 것만은 분명했다. 강원은 손을 들어 살짝 흔들어 보였다.

"어, 손 흔들었어. 우리한테 그러는 거잖아. 너 알어? 정은아?"

"남친 있는 내가 외간남자를 어떻게 아냐? 혹시······."

두 친구의 눈길은 소흔에게 옮겨간다.

"이쪽으로 오는데……?"

그렇게 말한 사람은 '킹카 오빠'였다. 모두의 눈길은 다시 강원을 향했다. 그는 정말 천천히 걸어오고 있었다.

"아는 사람이야?"

'킹카 오빠'가 소흔의 등에 무심히 손을 대며 물었다.

"그, 그게……."

소흔이 애매한 표정으로 머뭇거리는 사이 '소흔아' 하며 강원이 가까이 와 섰다. 아영과 정은은 계속, 그의 얼굴에서 눈도 떼지 않고 있었다.

"이리 와."

강원이 이어서 말하자 아영과 정은의 멍한 눈길은 대번에 소흔에게 옮겨 갔다. 어리둥절해 있는 '킹카 오빠' 역시 마찬가지였다.

"우, 우리 사촌 아저씨야."

소흔은 손뼉을 한 번 '짝' 치며 말했다. 거의 동시에 강원이 '킹카 오빠'를 향해 손을 뻗어 손가락으로 가리키며 뭐라 말하려는 순간, 소흔은 또 몸을 던져 그의 그 팔을 확 움켜잡았다.

"오늘 가족, 친척 모임이 있거든. 근데 뭘 여기까지 오셨어요? 사촌 아저씨. 아, 지나는 길이셨구나? 그죠? 어서 가요. 빨랑, 빨랑. 아직 4시니까 하나도 안 늦었다……."

강원의 팔을 품에 안고 소흔은 횡설수설했다.

"안 늦었으니까 빨랑 가요. 빨랑, 빨랑, 빨랑······."

소흔에게 끌려 강원은 마지못해 가는 식으로 두 사람의 모습이 멀어져 갈 즈음에야 아영은 '사촌도 아저씨가 있어?' 한다.

"남친이라고 소개를 해야지."

차 안에서 강원이 말했다. 선글라스를 확 벗어젖힌 후였다.

"남친?"

소흔은 도리어 황당하다는 얼굴이다.

"그래. 아저씨가 뭐야? 아저씨가. 게다가 뭐? 사촌 아저씨? 더구나 아까 그놈, 그 뭐냐, 동아리 오빠? 그 오빠 놈이 맞지? 그놈 앞에서 분명히 밝혔어야지. 그래야 유부녀한테 밤늦게 전화를 안 하지."

소흔은 '하' 하는 소리로 강원의 말 중간에 추임새를 넣었다. 어처구니없다는 표현이다.

"남편이라고 하면 물론 더 좋지만 그건 네가 곤란할 거고."

"남친도 곤란하거든요. 부녀지간으로 보일지도 모르는데 어떻게 남친이라고 해요?"

"부녀?"

강원은 신경질적으로 사이드 브레이크를 '꽉' 풀었다. 마침 일정이 취소돼 연락도 하지 않고 와서 놀래 주려고 했건만, 더구나 학교에 도착하자마자 전화도 하기 전에 때맞춰 그녀가 눈앞에 보여 내심 콧노래까지 불렀건만 그 결과가 '부녀지간'일 줄이야, 그의 운전은 거칠었다. 부앙!

"그렇다구 뭘 삐치냐……."

소흔은 강원의 관자놀이 부근이 툭 불거져 나온 것을 힐끔 보며 혼잣말로 중얼거렸다.

"강원 씨……."

약간의 시간이 흐른 후 소흔은 마치 그를 어르듯 나긋나긋한 목소리로 불렀다. 강원은 짐짓 들은 척도 안 했지만 한때는 나이 어린 소흔이 '강원 씨'라고 부르는 것이 그리 이상하게 들리더니 지금은 이처럼 듣기 좋을 줄이야, 하며 내심 만족해하고 있었다.

"나랑 말 안 해요? 대답해 봐요. 강원 씨. 네? 진짜 화났어요?"

"그래. 화났다."

강원은 짐짓 '삐친' 표정으로 대답했다.

"그럼 옷 사러 가요."

"옷?"

"강원 씨 옷 말예요. 청바지랑 그런 거 많이, 많이 사야지."

두 사람은 파라다이스로 가서 옷 쇼핑을 했다. 소흔의 말대로 강원의 옷을 골랐으며 그것도 그녀의 취향대로 골라 그에게 입혔다.

"봐요. 10년은 젊어 보이네."

피팅룸에서 나온 강원을 보며 소흔은 손뼉을 쳤다. 강원은 슬림핏 청바지에 체크 무늬 셔츠를 입은 제 모습을 거울에 비

취보고 있었다.

"괜찮죠?"

"응? 뭐……."

강원의 캐주얼 차림은 소흔의 말대로 10년이나 젊어 보이는 것까지는 무리였으나 썩 잘 어울린다는 점은 부인할 수 없었다.

"강원 씨 캐주얼 은근 잘 어울린다니까. 첨에 딱 알아봤어. 슈트는 많이 있으니까 캐주얼 왕창 사요. 네? 그럼 틀림없이 남친으로 보일 거야."

소흔의 말에 강원은 언제 삐쳤냐는 듯 금세 '헬레레' 해져서 그녀가 골라준 옷들을 다 샀다. 물론 '나는 빈대' 해가며 소흔의 옷도 꽤 많이 샀다.

"내가요, 옷을 좀 볼 줄 알아요. 울 과에서 내가 그래도 옷 제법 잘 입는다고 소문났걸랑요. 비싼 옷 아니구요, 정말 옷 잘 입는 사람들은 돈이 아니라 감각으로 입는 거거든. 특히 난요, 컬러 코디네이션에 남다른 재주가 있어요. 서양화를 전공해서 가 아니라……. 솔직히 미대 다니면서도 옷 엄청 구리게 입는 애들 많아요. 내 감각은 타고난 거야. 그죠? 강원 씨."

입 터진 소흔의 재잘거리는 소리를 들으며 강원은 차를 운전해 둘만의 '낙원'으로 돌아왔다. 쇼핑에 시간을 꽤 소비해, 쇼핑몰 내에서 식사까지 하고 집에 도착하니 9시가 넘어 있었다. 10개도 넘는 쇼핑백은 경비 아저씨까지 나서서 승강기로 실어 날랐다. 예전에 소흔과 말다툼을 벌인 바도 있던 그 경비였는데 이제 두 사람은 아주 친해져서, 소흔이 가끔은 1층으로 내려가 경비 데스크에서 그와 수다를 떨기도 한다.

"자, 그럼 이제 씻고……."

쇼핑한 옷들 중에서 강원의 옷을 먼저 그의 드레스 룸에 대충 정리한 소흔이 손을 탁탁 털었다.

"따끈한 차 한 잔 마시고 자면 되겠다. 강원 씨도 얼렁 씻어요. 참, 난 좀 시간 걸려요."

"왜? 목욕하려고?"

문으로 가는 소흔 뒤에 대고 강원이 물었다.

"아뇨. 샤워만 할 건데 얼굴에 팩 하려구요. 학교에서 찬바람 오래 쐬었더니 피부가 늙어버렸어."

"그럼 난?"

얼마 후 2층의 침실에서 소흔은 강원의 머리를 제 무릎 위에 받쳐 놓고 그의 얼굴에 팩을 해주고 있었다. 한 손에 적당한 크기의 사기그릇을, 다른 손에는 미니 주걱을 들고서 사기그릇 안에 있는 걸쭉한 회색의 내용물을 주걱에 묻혀 강원의 얼굴에 바르는 식이었다. 팩 서비스를 받는 강원은, 이미 씻고 올라온 간편한 옷차림에, 침대 위에 비스듬히 가로로 누워, 깍지 낀 두 손을 자신의 배 위에 얌전히 올려놓은 모습이었다.

"이거 하면 이뻐져?"

이마서부터 코까지 회색으로 뒤덮인 얼굴의 강원이 물었다. 눈을 감고 있는 편안한 얼굴이었다.

"당근이죠. 피부가 완전 뽀송뽀송해져요. 이거 하고 내가 사
준 옷 입음 진짜 우와~, 누군지 못 알아볼지도 몰라…….."

소흔의 과장에도 강원은 히죽 웃었다.

두 사람은 잠시 후, 똑같은 회색의 얼굴로 침대에 나란히 누
워 있었다. 강원이 한 손에 소흔의 손을 꼭 잡고서였다. 말이
없는 중에도 두 사람 다 그 손을 통해 서로의 온기를 느끼고 있
는 것이 틀림없었다. 그 온기는 또한 마음에까지 닿아, 만약 그
것이 '연애의 온기'라면 두 사람은 그 많은 나이 차에도 불구하
고 처음의 경험이었다. 특히 강원에게는 그랬다. 그나마 소흔
은 고등학교 때 선생님도 좋아해 보고, 1학년 때는 같은 학교
에 다니는 연예인을 향해 가슴 설레는 짝사랑이라도 해보았지
만 강원에게는 그마저도 없었다. 온기와는 거리가 먼 삭막한
세계에서 가족도 약점이 될 것 같아 만들지 않아 오롯이 홀로
성공의 길을 달려온 그에게 여자는 욕정을 풀어주는 섹스 파트
너, 그 이상이 될 수 없었다. 여자에게 투자할 시간도 아깝거니
와 여자란 오래 데리고 있으면 '변질'된다 생각해 곁에 오래 두
지도 않고 일정기간 안에 체인지했다. 거기에 그가 만났던 여
자들 대부분이 화류계 출신이거나 설사 아니어도 그에게서 무
엇인가를 얻어낼 목적을 굳이 숨기지 않았던 것도 한몫했으리
라. 아니, 어쩌면 그를 사랑했던 여자도 분명 있었을지 모른다.
다만 그것을 하찮게 여기는 남자에게 절망하고 포기했을 것이
다.

강원은 제 손안에 들어와 있는 소흔의 손을, 좀 더 지그시 힘을 줘 쥐어본다. 손만 잡았는데, 겨우 손만 잡고 있을 뿐인데 이 풍요로움은 대체 어디서 오는 것일까, 격렬한 섹스 뒤끝의 그 허무함에 비한다면 상상도 못할 충만함이, 겨우 손을 통해 전해져 오다니. 비록 소흔을 안고 싶다, 욕정을 느끼지 않은 것은 아니지만 만약 그것으로 이 충만함이 깨질 것이라면 차라리 욕정 없는 낙원도 견딜 수 있을 것 같았다.

"뭐 하나 물어봐도 돼요?"

얼굴에 얹은 팩 때문인지 다소 정확치 못한 발음으로 소흔이 물었다. 강원은 '응' 하고 대답했는데 나른한 목소리였다.

"울 오빠랑 동업요, 언제 끝나요?"

소흔이 이어서 물었지만 강원의 대답은 바로 이어지지 않았다.

"자요?"

"아니. 그건 왜?"

그의 발음 역시 정확치는 않았으나 나른함은 사라지고 대신 미묘한 긴장이 묻어나는 것을 숨기지 못하는 어조였다. 그런데 이번에는 소흔이 대답하지 않는다.

"빨리 집에 가고 싶어?"

"솔직히…… 대답해도 돼요?"

강원의 '그래' 하는 대답은 좀 머뭇거림 끝에 나왔다.

"네……. 가고 싶어요. 방학 끝나면 학교는 집에서 다니고 싶어. 여기가 싫어서는 아니구……. 나, 집에 가도 우린 만날 수 있는 거니까요. 근데……."

"근데 뭐?"

소흔이 말을 멈춘 사이로 강원이 재촉했다.

"애매하잖아요……. 이런 가짜의 관계는……. 강원 씬 안 그래요?"

강원은 대답하지 않았다. 때가 되면 소흔은 떠난다, 그 당연한 사실이 전혀 낯선 현실이 돼 갑작스레 그를 엄습했던 탓이다. 지금은 이처럼 제 곁에 가까이 있는 소흔이지만 꿈에서 깨어나면 사라지는 가상의 현실처럼 그렇게 증발해 버릴 수 있다. 소흔의 말대로 '가짜의 관계', 서로의 역할만이 존재하는 '놀이'이기 때문이다. 그것을 '진짜'로, '진실'로 바꾸기 위해서는 무엇이 필요한 것인가.

소흔은 그 답을, 현재의 모든 것을 원래대로 되돌려 놓거나 혹은 해결한 뒤에 처음부터 다시 시작하는 것에서 찾으려 하는지도 몰랐다. 그러나 그런 여자의 '답'이, 남자가 내놓는 그것과 일치하기란 낙타가 바늘구멍을 통과하는 것만큼이나 어렵거나 혹은 불가능하다. 남자와 여자의 답은 늘 그렇듯 서로 전혀 딴 길이거나 최소한 엇박자가 나기 마련이다. 소흔의 '답'은 강원의 입장에서는 너무나 불확실하고 막연한 그것이었다. 원래의 위치로 가버린 그녀가 다시 그의 품으로 돌아오리라는 보장은 어디에도 없었다. 강원은, 즉 남자는 보다 확실하고 구체적인, 손에 꽉 잡히는 '답'을 추구하며 때에 따라서는 그것을 위해 무모한 일도 서슴지 않는다.

※

사헌은 자리에서 일어났다. 이카루스 레스토랑의 4인실로, 안으로 들어온 사람은 강원이었다. 두 사람은 악수를 하고 테이블에 마주앉았다. 테이블에는 이미 식사를 위한 기본적인 것이 세팅돼 있었다. 오찬 만남이었으며 강원이 원해서 이루어진 것이었다. 전채요리부터 들어오는 중에 강원은 얼마 전에 있었던, 소흔이 당한 사고에 대해 간략하게 언급했다. 물론 정 회장 측에서 저지른 납치 미수라는 것도 사실대로 털어놓았으나 정 회장이 그런 짓을 저지른 이유에 대해서는 강원 자신이 아닌, 바로 사헌을 협박하려고 한 것 같다고 설명했다.

"왜 그걸 이제야……."

사헌은 매우 놀랐다. 동생이 납치될 뻔했던 사고였으니 무리도 아니었으리라.

"이제야 얘기하는 건 정 회장이 쥐죽은 듯 조용히 있는 것을 설명해야 하니까."

강원은 별일 아니라는 투로 대답했다.

"곧 다시 움직일 테지만."

"설마 소흔일 또 노릴까요?"

"그래서 하는 말인데⋯⋯."

강원은 그 나른한 눈빛을, 신중한 얼굴의 사헌에 향했다.

"혼인신고합시다."

불쑥 내뱉은 강원의 말에, 사헌은 놀라기보다는 곤혹스러운 표정으로 '으음' 하는 애매한 신음을 먼저 흘렸다.

"신고 안 돼 있는 거, 그쪽에서 모를 리 없잖소? 그러니 신고라도 해서 동생 건드리면 내가 가만 안 있겠다, 보여주는 수밖에."

강원은 여전히 대수롭지 않다는 투였다.

"나중에 혼인무효 진행하면 되니까."

"동생의 의견을 무시하고 할 순 없어요. 일단 물어보긴 할 테지만."

"물어보지만 말고 설득해요. 동생의 안전을 원한다면."

"일은 계획대로 되고 있는 겁니까?"

사헌은 확답 대신 그렇게 물었다.

"물론. 사전 작업만 끝나면 한 방에 보낼 거니까."

강원의 말에 사헌은 묘하게도 눈동자를 이리저리 굴리는 것이 불안해 보일 뿐더러 딴 생각을 하는 것처럼도 보였다.

"다만 동생의 안전이 확보되는 것이 먼저."

소흔의 안전이 확보되는 혼인신고를 먼저 해야만 자신의 계획을 실행하겠다는 의미였다. 그것은 또한 전혀 이의를 달 수 없는 명분이었다.

같은 시간, 소흔은 '낙원'의 실내 정원에서 소요를 하고 있던 중에 뜻밖의 전화를 받는다.

"엄마……."

그렇게 소리친 소흔은 눈시울까지 붉혔다.

[요샌 안부 문자도 뜸하더라. 망할 것.]

"답장도 생전 안 주면서……."

소흔은 훌쩍댔다.

[엄마 지금 집이다.]

"정말? 진짜지? 완전 돌아온 거야?"

소흔은 뛸 듯이 기뻤다. '볼모 생활'도 강원이 잘해줘 생각보다 어렵지 않던 중에, 유일하게 엄마의 가출만이 마음 한편을 무겁게 하고 있었으니 말이다. 소흔은 '낙원'을 나와 쏜살같이 오빠의 집으로 향했다. 집에는 엄마뿐 아니라 지후도 돌아와 있었다.

"지후야, 이게 얼마만이야? 고모 보니까 너도 반갑지? 그치?"

지후를 안고 소흔을 맞은 엄마에게서 조카를 넘겨받은 소흔은 조카에게 뽀뽀를 하고 뺨을 비비며 반가움을 표현했다. 그 사이로 가사 도우미 아줌마는 소흔 엄마에게 '사장님이 7시쯤 들어오신다'는 연락을 받았다며 그 시간에 맞춰 저녁 준비할지를 묻고 허락을 받는다. 사헌도 아마 소흔 엄마의 귀가 소식을 듣고 일찍 퇴근하려는 모양이었다.

"우와, 오랜만에 우리 식구 다 같이 밥 먹겠다."

"좋으냐? 도 서방도 부를까?"

엄마는 비꼬듯 물었다. 그리고는 딸의 아랫입술이 삐죽이 나오는 것을 보며 몸을 돌렸다.

"너 보고 싶어 온 거 아냐. 지후 걱정돼 온 거지."

엄마는 또 그렇게 말했다. 소흔이 엄마의 뒤를 따라 리빙 룸소파에 앉고 나서였다.

"진짜 강원 씨 불러도 돼?"

소흔은 엄마의 눈치를 슬쩍 보며 물었다.

"뭐야?"

엄마의 발끈한 소리에 소흔은 결국 움찔한다.

"이런 모자란 것. 강원 씨? 어이구, 네 언니라도 있어야 내가 하소연을 하지, 에혀, 며느리는 한 번도 내 속을 썩인 일이 없었구만은, 딸년 하나 있는 건 어찌 이리 맹한지, 불쌍한 지후에미 생각이 더 나네. 더 나."

엄마는, 장난감을 갖고 앉아서 놀고 있는 지후에게 눈길을 보내며 혀를 찼다.

"조상의 묘를 잘못 썼는지 네 아빠도 그렇고, 지후 에미도 모두 사고로 잘못되고 너까지 팔자 이상하게 꼬여 엄마가 정말 살맛이 안 난다, 살맛이."

"내 걱정은 하지 마……."

아버지와 올케가 거론되자 더불어 마음이 울적해진 소흔은 기어들어가는 소리를 내면서도 엄마의 얼굴을 바로 보았다.

"난 후회 안 해."

이어진 소흔의 말에 다시 엄마의 불호령이 떨어질 줄 알았는데 엄마는 의외로 담담한 얼굴로 딸의 얼굴만 물끄러미 바라보았다.

"왜……?"

오히려 불안해진 소흔이 물었다.

"네가 어떻게 있는진 오빠한테 들었다."

엄마는 입을 열었다.

"깡패랑 살면서 별 사고 없다니 일단 안심이지만……."

"깡패 아니야. 생각보다 훨씬 좋은 사람이라니까……."

"시끄러. 꼴에 남편이라고 역성 드냐?"

"진짠데……."

"너 설마……."

"아니야. 그건……."

소흔은 펄쩍 뛰었다. 엄마의 '설마'가 무엇을 의미하는지 금세 눈치챈 것이다.

"오빠하고 지내는 거랑 똑같다구……."

"근데 왜 얼굴이 빨개져?"

"그, 그거야 엄마가 불순한 의심을 하니까……."

소흔은 양손을 제 뺨에 대며 볼멘소리를 냈다. 사실은 강원에게 제 벌거벗은 몸을 보였던 일이 떠올라서 얼굴이 달아올랐던 것이다.

"됐고, 듣자 하니 네 오빠 일, 이제 길어야 한 달이겠더라. 도 대표와 손잡은 건 마음에 안 들지만……. 그래도 솔직히 한 가진 마음에 든다. 정 회장 혼쭐나는 거 말이야. 사람이 욕심을 적당히 부려야지, 어딜 네 아빠 것을 넘봐? 그건 네 오빠와 네 몫이지."

"다 찾을 수 있는 거야?"

"어딜, 도 대표가 괜히 끼어들었겠어? 레저, 특히 골프 쪽 지분을 도 대표에게 다 넘기는 조건인 것 같아. 그쪽은 정 회장이 잡고 있지만 네 오빠 지분도 있잖니. 그거 넘기는 거야."

"에게, 그럼 정 회장님은 손해 본 거 하나도 없네?"

"어이구, 이 세상물정 모르는……. 도 대표가 그 지분을 왜 가져가는데? 그 지분을 바탕으로 작업 들어가서 서서히 정 회장을 말려 죽이려는 거야. 어디 그 혈귀한테 피 같은 돈 쪽쪽 다 빨려봐라. 망할 영감탱이."

"혈귀?"

"아냐, 아냐……."

엄마는 놀란 눈빛을 하고 있는 딸의 얼굴에 대고 손을 흔들었다.

"암튼 회사 분리하고 그 지분 넘기면 다 끝나는 거야. 넌 그 때까지만 정신 똑바로 챙기고 있으면 돼. 알았지?"

소흔은 고개를 끄덕였지만 엄마의 말을 다 알아들은 것은 아니었다. 다만 집으로 돌아올 날이 머지않았다는 것만은 분명히 인지했으며 또한 그것에 매우 안도했을 뿐이다. 앞으로 길어야 한 달이면 3학년 1학기 개강과 거의 맞물려, 석 달의 겨울방학 기간이 고스란히 결혼생활이 되는 셈이었다. 그 후 어쩌면 강원과 새로운 시작을 할 수도 있으리라, 소흔은 홀가분했다. 그리고 그 기분은 그대로, 저녁에 사헌이 퇴근하고 다 함께 식사를 할 때의 화기애애한 분위기로까지 이어졌다. ―소흔은 그런 분위기가 무척 좋았다. 아빠와 올케를 잃는 슬픔을 2년 차로 겪었지만 그래도 남은 가족이 있어 버티고 또 서로에게 의지가 된다 생각하니 가슴도 뭉클해졌다― 뿐만 아니라 식사 후, 시간 맞춰 데리러 온다는 강원의 문자를 받을 때만 해도 이어지던 소흔의 편안한 기분은 오빠와 단둘이 서재에서 만나는 것으로 그만 역전되고 만다. 새롭고, 당혹스러운 고민이 그녀 앞에 떨어진 것이다. 바로 강원과의 혼인신고였다. 사헌은 혼인무효 소송에 대해서도 부연설명을 했지만 그것으로 그녀의 고민은 조금도 경감되지 못했다.

"강원 씨가 그렇게 하재?"

소흔은 먼저 그렇게 물었다.

"아니. 오빠 생각이야. 네 안전 문제니까."

"강원 씨가 지켜준다고 했단 말이야. 이젠 안전하다고도 했어. 더구나 동업도 한 달 정도면 끝난다며? 엄만 보나마나 펄쩍 뛸 텐데……."

"어머니께는 비밀로 하자. 소흔아. 또한 일이 빨리 끝나려면도 대표 운신의 폭이 넓어야 하는데 네 안전만 걱정해서는 지체될 수도 있지 않겠니?"

"아이, 몰라. 오빠 바보 같아."

소흔은 울상인 얼굴로도 신경질을 부리며 서재를 나왔다. 그 신경질은, 한 시간 후 그녀를 데리러 온 강원에게 고스란히 이어진다.

"너무 덥잖아욧."

차에 타자마자 소흔은 으르렁댔다.

"히터를 이렇게 팍팍 트는 것은 에너지 낭비야. 에너지 소비를 줄이자는 것은 전 지역과 나라와 인종을 넘어서는 중요한 안건? 아니다. 암튼 중요 문제라구요. 글고 약간 춥게 사는 것이 건강에도 좋아요. 그래야 머리도 맑아지구요, 몸도 적당히 긴장해서 내장도 건강해진대요. 내장탕 아녜요. 그냥 내장이에요. 응큼한 상상하지 마요. 근데 이게 뭐야? 넘 더워, 더워. 더워……."

손바닥을 팔랑이며 부채질하는 소흔 옆에서 묵묵히 운전만 하는 강원은, 비록 그녀가 추울까 봐 히터의 온도를 좀 높게 틀었다가 '쿠사리'를 먹고 있기는 하지만 이제 입 터진 소흔에게는 익숙해, '넌 떠들어라, 난 내 갈 길을 간다'의 얼굴만을 하고 있었다. 그녀가 집에서 제 오빠에게 어떤 말을 들었을지도 짐작하기에 더욱 그러했다.

소흔은 실컷 떠들고 나서 갑자기 조용해지며 창밖에 눈을 두었다. 자신이 결국 오빠의 요구를 들어주리라는 것을 아는 것 같았다. 그러자 왠지 수렁에 빠져드는 것 같은 기분도 들었다.

"어린 녀석이 한숨은……."

불현듯 들려온 강원의 목소리에 소흔은 정신이 들었다.

"무슨 생각해?"

강원은 이어서 물었다.

"우리…… 관계에 대해서요……."

소흔이 대답했다.

"결혼식도 하고 같이 살고 있는데 거기에 혼인신고까지 하면, 우리 가짜 맞아요? 딱 하나만 빼고는 진짜랑 똑같잖아……."

소흔은 마치 원래 가짜이던 것이 진짜가 되려는 것에 불만인 듯 말하다 입을 다물었다. 무심코 말한 그 '딱 하나'에 생각이 미쳤기 때문이다. 얼굴이 살짝 달아오르고 심장도 약하게나마 고동쳤다. 그것이 무슨 의미인지 당연히 알아들었을 강원은 입을 다물고 있었다. 그래서일까, 서먹한 분위기가 차 안을 지배했다.

"가짜가, 진짜가 되려면 뭐가 필요하지?"

순간, 강원이 불쑥 물었다.

"네?"

"가짜도 키스 정도는 튼다고 했지?"

"네에……."

"우린 알몸도 텄는데……."

"그, 그건 강원 씨 혼자 튼 거죠, 난 못 봤다니까……."

"언제든 보여준다고 했으니 튼 걸로 하자."

그러자 소흔은 '킥' 소리를 낸다.

"대답해 봐. 소흔아."

"뭘요……?"

"진짜가 되려면 내가 뭘 해야 하는지."

순간, 킥 하는 소리와 함께 소흔의 눈빛에 담겼던 쑥스러운 웃음은 서서히 사라져갔다. 대신 더욱 반짝이는, 흔들리는 빛이 그 자리를 대신했다. 소흔은 갑작스럽고 아득하면서도 달콤하고 또 약간은 불안한 기대에 사로잡혔다. 이 사람은 진짜가, 진짜의 관계가 되고 싶은 거구나. 그렇다면 그녀 자신은 어떤가, 그 생각을 하니 다시 가슴이 고동쳤다. 이번에는 미친 것 같은 기세로, 심장에 통증이 느껴질 정도로 날뛰었다.

"딱 하나 남은 그거……?"

강원이 물었으나 소흔은 고개를 흔들었다.

"그럼……?"

속삭이듯 묻는 목소리는 다그치고도 있었다. 말하라, 그것이 뭐가 됐든 들어줄 것이다, 단 하나, '낙원'을 떠나는 것만 아니라면.

소흔은, 그러나 대답할 수 없었다. 그가 묻고 있는 것은 그녀도 알지 못하기 때문이다. 알고 있는 것은 다만 가짜를 진짜로 만드는 것보다 처음으로 되돌아가 진짜로 시작하는 것이 더 쉬울 것 같다는 것, 그것뿐이었다. 그렇다고 그것이 옳다, 확신도 없어, 그 고민은 오롯이 소흔이 잠자리에 들어서까지 계속되었다. 그녀는 긴 시간을 뒤척였다. 잠이 오지를 않았다. 강원과 함께 '낙원'에 들어와 함께 실내 정원에서 커피를 마시고, 수다를 떨고, 그의 뺨에 입을 맞추고 2층으로 올라왔는데도 그 모든 것이 꿈결처럼 아득했다.

소흔은 어느 순간 강원의 침실 문을 열고 있었다. 몽유병 환자처럼, 그녀는 안으로 들어서서야 정신이 번쩍 들었다. 다시 나가려 했을 때는 이미 늦었다. 그녀는 제 뒤로부터 '왜?' 하는 강원의 목소리를 듣고는 숨을 삼켰다. '그도 잠을 못 이루고 있었나' 하며 소흔은 다시 천천히 돌아섰다.

강원은 침대에서 상체만 반쯤 들어 팔꿈치에 의지한 모습으로 소흔을 보고 있었다. 아주 흐릿한 조명만 비추는 침실은 어두워, 그의 눈에 소흔은 헐렁한 남자용 파자마를 입고 서 있는 하나의 실루엣으로만 보일 뿐이다. 그 실루엣은 느닷없이 눈앞으로 돌진해 왔다. 와락, 강원의 목을 끌어안아 덮친다. 강원이 그런 그녀의 허리를 감아 대번에 눕힌다. 누가 먼저랄 것도 없이 둘의 입술은 포개졌다. 겨우 입술이 포개졌을 뿐인 두 사람의 온몸은 물결처럼 파동 치며 점점 달아올랐다.

강원의 입맞춤은 전과 같은 부드러움보다는 정복자의 기세처럼 시작되었다. 그녀의 입술을 먹어버릴 듯 압박하며 밀고 들어와 빨고, 핥고, 훑어내는 격정은, 그러나 그것으로도 전부가 아니라는 것을 그녀의 머리맡에서 시트를 움켜쥔 그의 손이 증명하고 있었다. 주먹 쥔 그것은 시트를 움켜잡다 못해 비틀어 종국에는 파르르 경련까지 이는 것이, 제 속에서 꿈틀대는 사나운 욕정을 참아내려 필사적이라는 것을 대신 보여주고 있었기 때문이다. 소흔은 숨이 턱 차올랐다.

"더 이상 가짜는 싫구나."

입술이 떨어졌을 때 강원이 속삭였다. 소흔의 거칠고 뜨거운 숨결을 뚫고서였다.

"내 여자가 돼라, 내 아내가 돼라."

그는 소흔의 머리를 움켜잡았다.

"응······."

그녀의 대답을 들으며 강원은 그녀의 목덜미에 얼굴을 묻었다. '드득' 하는 소리가 난 것도 그때였다. 강원이 소흔의 파자마 앞부분을 한 번에 뜯어낸 것이다. 단추가 튀어 날아가며 열린 파자마 사이로 소흔의 젖가슴이 드러나고 그중 하나는 그의 손안으로 들어온다.

"히잉······."

소흔은, 그녀 특유의 옹알이 같은 소리를 내며 몸을 짧게 떨었다. 난생 처음 남자의 손에 신체의 민감한 부분을 잡힌 데서 오는 짜릿함과 부끄러움의 표현이었다. 강원은 소흔의 귀 뒤와 귓불을 혀로 핥고, 또 이로 물었다. 그녀의 뺨에 입맞춤을 이으며 턱 선을 따라 앞으로 와, 그녀의 벌어진 입에서 나오는 뜨거운 숨결에 제 것을 섞는다.

"으읍……."

그에게 입술을 빼앗긴 소흔은 미간을 좁히며 묘한 신음을 흘렸다. 입 안을 헤집는 그의 입술과 혀, 그 타액의 느낌과 체취도 이미 익숙했지만 제 입술을 잘근잘근 깨무는 그의 이만은 생소했기 때문이다. '어쩌지, 내 입술을 먹나 봐' 하는 사이 그는 어느새 그녀의 젖가슴을 모아 쥐고는, 이번에는 젖무덤으로 입술을 가져가 금세 젖꼭지를 콕 물었다.

"앗……."

소흔은 다시 미간을 찌푸리며 몸을 비틀었다. 젖꼭지가 빨려드는 감각이 너무도 생생하게 느껴졌다. 때문에 그의 손이 전하는 감각은 나중으로, 제 파자마 바지도 거의 다 벗겨진 후에야 깨달았을 정도였다. 소흔은 얼른 다리를 꽉 오므렸다. 그럼에도 그의 손은 그녀의 엉덩이 쪽으로부터 팬티를 잡아 내린다.

"앙……."

소흔이 강원의 어깨를 손바닥으로 찰싹, 찰싹 때렸지만 —처음부터 그의 상체는 벗은 몸이었다— 곧 그 손으로 자신의 얼굴을 가렸다. 완전히 발가벗겨진 것이다. 이미 그에게 보인 몸이라 해도 그때는 아파 정신이 혼미했을 때였다. 맨 정신으로 다시 겪자니 처음이나 한 가지여서, 그녀는 뭐라 표현도 할 수 없는 강렬한 부끄러움에 사로잡혔다.

강원은 소흔의 '부끄러움'에 입을 맞췄다. 그녀의 나신을 입술로 기억하려는 사람처럼 그는 긴 시간을 두고 그녀의 가슴과 배, 등과 엉덩이, 이어서 팔과 다리는 물론 발가락까지 모두 입을 맞추고 혀로 핥았다. 소흔은 눈을 감고, 처음에는 부끄러움으로, 나중에는 간질이는 것 같은 애무에 편안함을 느끼며 가만히 있었다. 그런 그녀가 몸을 부르르 떤 것은 사타구니 안으로 뱀처럼 파고드는 무엇인가를 느꼈을 때였다. 그의 손이었다.

강원은 조심스럽게 소흔의 체모 아래로 미끄러지듯 손을 넣었다. 소흔은 슬쩍 허리를 틀었으나 그의 손길은 부드럽게 그녀의 살 깊은 곳으로 좀 더 파고들었다. 얼마나 신중한지, 그가 제 격정을 꾹꾹 눌러가며 그녀를 소중히 다루고 있다는 것을, 그녀의 소중한 부위로 시나브로 접근하는 그 손끝이 대신 전한다고 해도 과언이 아니었다. 그 소중하고 은밀한 부위는 먼저 까실한 체모와 함께 푹신한 둔덕의 모습으로, 침입자로부터 제 안의 꽃을 보호하고 또한 감추듯 닫혀 있었다. 처녀지였다. 그의 손끝은 그 처녀지의 틈새를 조심스럽게 파고든다. 동시에 소흔의 허벅지에 힘이 들어갔다. 그러자 그는 더욱 세심히, 연약하면서도 아직은 말라 있는 그 꽃잎을 오직 손끝으로만 만나고, 더듬고, 쓰다듬었다. 마음으로는 그녀의 문을 활짝 열고, 그녀의 입술을 탐하듯 그것 역시도 한 입에 물고 제 열정을 다할 때까지 '먹어버리고' 싶었지만 동시에 지금의 이 순간을 —팔팔 뛰는 격정을 오직 손끝으로만 조금씩 내보내는 순간을— 그는 또한 즐기고 있었다. 그녀를 위해 조각 케이크를 사서 들고 가는 그 '유치한' 일상을 즐기듯 말이다. 그는 그것에 너무 몰두해 있던 나머지 그녀의 반응을 느낀 것은 나중이었다. 소흔은 떨고 있었다. 전에, 아파서 오한 들었을 때처럼 그렇게 오들오들 떨었다.

"무서워……."

소흔의 목소리도 떨리고 있었다.

"괜찮아."

강원이 그녀의 얼굴에 입을 맞춰주자 그녀는 그의 품으로 파고들었다. 그러자 그가 이불자락을 잡아당겨 그녀의 몸을 덮어주었다.

"다음에…… 하면 안 돼요?"

떨리는 것에 더해 울먹임도 느껴지는 소흔의 목소리에 강원은 픽, 웃음이 나오려는 것을 참았다. 어차피 달래가면서 '하나'가 될 일이었다. 굳이 서둘 마음은 없었다.

"여잔 첨엔 아프다던데. 너무 아파서 죽을 것 같았다는 말도 들었어요. 불공평하잖아. 남잔 하나도 안 아프다던데 왜 여자만 아픈 거야? 물론 나중에는 괜찮아지겠지만……. 처음부터 좋기만 하면 더 좋잖아요? 안 그래요? 사랑해서 하는 건데 사랑하다 아야, 그런 것도 사실 넘 웃기잖아. 개그야. 개그. 난 아픈 거 정말 싫어. 하긴 뭐, 세상에 아픈 거 좋아하는 사람이

어딨겠어요? 안 그래요?"

그 와중에도 입 터진 소흔에, 강원은 다시 웃을 뻔했다.

"안 아프게 해줄게."

"정말? 응……? 아이……."

소흔은 얼굴을 붉힌다.

"대신 조건이 있어."

"조건? 뭔데요?"

"내장탕 한 번만 보여줘."

다음 날 오후, 소흔은 이카루스 레스토랑의 오빠 사무실에
들러 강원과의 혼인신고에 동의했다.

"어디 아프니?"

사헌이 물었다. 그의 집무실 소파에 소흔과 마주앉아서였는
데 홍차 잔을 두 손에 들고 있는 동생의 얼굴이 붉게 달아올라
있었던 것이다. 사헌의 말대로, 어떻게 보면 열에 들떠 아픈 사
람처럼도 보였다.

"응……?"

소흔은 당황해, 얼굴이 더욱 빨개진다.

"얼굴이 왜 그렇게 빨개? 열이 높은 거 아냐?"

사헌은 걱정스럽게 물었다.

"아, 아냐. 안 아파……."

아픈 것이 아니라 '야한 생각'을 하고 있었기 때문이다. 사실은 지하철을 이용해 이곳으로 오는 동안에도 그녀의 얼굴은 종종 빨갛게 달아올라, 거리에서, 전동차 안에서, 승강기 안에서 불시에 빨개지고는 했는데 결국 오빠 앞에서까지 같은 일이 벌어지고 말았다. 강원과의 혼인신고에 동의하고 잠시 홍차를 마시며 이야기를 나누던 중이었다.

소흔은 그 야한 생각을 떨쳐내려는 듯 의식적으로 고개를 몇 번 흔들었다. 바로 어젯밤에 벌어진 일이었는데, '내장탕도 트자'는 강원의 꼬임에 속아 ─그것이 절차대로 가는 거라나, 뭐라나─ 끝내 자신의 '내장탕'을 그에게 보이고 말았기 때문이다. 소흔은 너무 창피해 이불을 몇 겹으로 해서 얼굴 위로 덮어쓰고는 그가 제 다리를 벌리는 것을 꾹 참아냈다. 잠깐만 본다고 해놓고 꽤 오래 다리도 놔주지 않았다. 그나마 위안이 되는 것이 침실의 조명이 매우 어두웠다는 것, 그러니 자세히는 못 봤을 거야, 해보지만 그것도 '셀프 쪽팔림'을 별로 완화시켜주지는 못했다.

"소흔아."

소흔이 홍차를 다 마셨을 즈음 사헌이 입을 열었다. 신중한 어조라서 중요한 말을, 그것도 하기 어려운 말을 꺼내려는 것 같아 소흔은 가만히 오빠의 얼굴에 눈을 고정했다.

"앞으로 말이다, 아니……, 곧 네가 오빠를 도와야 할 때가 있을 것 같구나."

"응? 그게 뭔데?"

"먼저 대답해 다오. 오빠 도와줄 수 있겠니?"

"당연하지."

소흔은 흔쾌하게 대답했다.

"그게……."

사헌은 무거운 눈빛을 동생에게 보냈다.

"도 대표의 물건 하나를 가져오는 일이어도…… 할 수 있겠어?"

오빠의 말에 소흔은 입을 헤 벌렸다. 마치 머리를 한 대 얻어맞은 것 같은 표정이었다.

8
숨바꼭질

강원은 오찬을 포함한 하나의 외부 일정을 소화하고 차로 이동 중에 있었다. 그는 '낙원'의 집무실에서보다 외부 일정이 더 많은 편으로, 집무실에 앉아 있는 시간이 오히려 적었다. 운전대는 젊은 남자가 잡고 한 상무는 조수석을 차지하고 있었는데 한 상무의 눈길이 자주 룸미러를 향했다. 그런 후에는 꼭 갸웃한 고갯짓도 이어진다. 그의 판단으로 오늘 강원의 모습은 결코 정상이 아니었기 때문이다. 물론 최근, 자신의 보스가 때로 '띨띨한' 모습을 보인 적도 있었지만 그것도 오늘에 비하면 차라리 정상이었다. 오늘 그의 보스는 정신이 아예 가출한 것 같지 않은가.

뒷좌석에 앉은 강원은 겉보기에는 멀쩡했다. 가볍게 다리를 포개고 앉아 재킷 안으로 손을 스윽 넣어 담배 한 개비를 꺼내는 모습도 평소와 조금도 다름이 없었다. 그 담배를 입에 물다 히죽 웃는 것에서 약간 '맛이 간' 증세가 드러났지만 뒤이어 담배에 불붙이는 모습에서는 다시 평소의 그, 날카로운 발톱을 숨긴 나른한 눈빛으로 돌아와 있었다. 그러나 그것도 잠시, 그는 다시 '히죽' 웃었는데 처음보다 더 바보 같았다. 그가 그렇게 웃는 이유는 소흔이 '야한 생각'을 한 것과 동일했다. 한 사람은 그것으로 인해 얼굴이 빨개진 반면 다른 한 사람에게는 히죽 웃는 증상으로 나타났을 뿐이다.

강원의 웃음에는 심지어 음흉함까지 드러나 있었다. 그도 그럴 것이 소흔이 창피하다며 이불을 돌돌 뭉쳐 제 얼굴을 풍덩 가린 사이로 강원은 재빨리 침대에 붙어 있는 조명등을 켰기 때문이다. 소흔은 침실 안이 어두웠다 믿고, 그나마 그것으로 위안 받았지만 실은 아주 환한 상태에서 그는 그녀의 '내장탕'을 감상했던 것이다. 물론 그보다 더 좋았던 것은 그녀와 함께 발가벗고 잠든 것이었지만.

강원은 제 심장의 박동을 느끼며 눈길을 창밖으로 옮겼다. 사춘기 소년도 아니고, 여자의 몸에 가슴까지 설레다니, 그런 제 모습이 강원, 자신이라고 생소하지 않을 리 없다. 그러니 그것이 다는 아닐 것이다. 여자의 몸이라서 설레겠는가, 소흔이라 설렌 것이고, 다만 발가벗은 몸 때문이 아닌, 그녀의 얼굴에 기분이 좋고, 그녀와의 일상이 즐겁고, 그렇게 확장된 판타지 속에서 그녀와의 미래를 꿈꾸고 있는 '현실' 때문이 아니겠는가. 증명하듯 그는 핸드폰을 꺼내 오른손 검지를 액정에 콕, 콕, 찍는 그 특유의 모습으로 문자를 써 내려간다.

〈소흔아. 오늘 일찍 들어간다. 네가 완전 애정하는 생크림 사갈까?〉

강원은, 그러나 이어서 보낸 '골라. 블루베리? 딸기?'하는 문자에도 끝내 소흔의 답문을 받지 못한 채 퇴근해 '낙원'으로 들어섰다. 손에 조각 케이크 상자를 든 채였다. 소흔은 2층에 있다가 그의 귀가를 알고는 계단을 내려왔는데 평소의 그녀답게 쪼르르 내려오는 것이 아닌, '터벅터벅'이었다.

"어디 아파?"

오히려 강원이 먼저 계단 아래에까지 다가가 소흔의 어깨를 잡고는 이어 그녀의 이마에 손을 댔다.

"아뇨. 나갔다가 오래 걸었더니 피곤해서요."

"추운데 찬바람 맞으며 왜 걸어?"

강원은 그녀를 품에 안고 등과 엉덩이를 토닥여 주었다. 소흔은 가만히 그의 손길을 느끼고만 있었다. 오빠로부터 '이상한' 부탁을 받은 이후 내내 기분이 좋지를 못했다. 무엇보다 그 자리에서 바로 거절하지 못한 것에 화가 났다. 오빠의 집무실을 나와서는 몇 번이고 전화를 해서 '그런 짓 못 한다' 소리치고 싶은 것을, 그런 말은 만나서 해야지 하면서 또 참았다. 강원과 오빠, 두 사람의 동업에, 둘 중 누구도 배신하지 못하도록 소흔 자신이 필요하다 한 것도 오빠면서 왜 그런 말도 안 되는 부탁을 하는가.

"자, 답문이 없어서 블루베리, 딸기, 두 개 다 샀다."

강원은 소흔을 품에서 부드럽게 떼고는, 내내 손끝에 걸고 있던 조각 케이크 상자를 내밀었다.

"아, 깜박했다. 고마워요. 그치만 밥부터 먹구요. 좀 전에 아줌마가 와서 다 해놓고 가서 차리기만 하면 되니 씻고 와요."

소흔은 주방으로 먼저 움직였다. 그녀는 평소처럼 행동하려 노력했다. 그러다 보니 식사를 하고 리빙 룸에서 강원과 함께 커피를 마시며 TV를 보는 동안 그녀의 기분도 한결 나아져 갔다.

두 사람은 영화를 보고 있었다. 외화였는데, 스크린에서 한창 베드신이 진행되는 동안 소흔은 매우 집중해서 보고 있는 반면 강원은 그런 소흔의 모습에 집중했다.

"재밌어?"

베드신 장면이 넘어가자 강원이 물었다.

"네?"

"보는 것보다 하는 게 더 재밌지 않을까?"

"아잇, 정말, 창피하게……."

소파 위에 두 다리를 세워 앉아 있던 소흔은 두 팔을 가랑이 사이로 슬며시 내려, 마치 가리듯 한다. 어젯밤에 '내장탕' 보여준 것이 떠올라 다시 얼굴이 화끈거렸다.

"영화는 재밌게 보면서 뭐가 창피해? 같은 건데."

그러자 소흔은 잠시 머뭇머뭇한다.

"영화는 진짜 아름다운데……."

하며 그녀는 강원을 쳐다봤다.

"정말 기분이 좋아요?"

"뭐?"

소흔의 질문을 이해하지 못한 강원이 의아한 얼굴을 해보였다.

"그거…… 말예요……, 그렇게 기분이 좋아져요?"

그제야 알겠다는 듯 강원부터 고개를 끄덕였다.

"낙원이지."

"낙원?"

소흔은 대번에 킥킥댄다.

"나 첨에 여기 왔을 때 낙원이라고 써진 거 보고 엄청 촌발이라고 생각했거든요."

"낙원이 어때서?"

"그냥요. 근데 왜 낙원이라고 했어요?"

소흔의 질문에 강원은 바로 대답을 못 했다. 소흔은 갸웃한 고개로, 잠시 과거를 회상하는 것 같은 강원의 눈빛을 마주했다.

그러한 잠시 후, 그의 입에서 나온 설명은 간단했다. 오래전, 어린 나이로 보육원을 뛰쳐나와 세상과 맨몸으로 싸울 당시, 아마도 열일곱 즈음이라고 했다. 궂은 일로 목돈을 마련했는데 그 돈을 빼앗으려는 일당과 싸우다 죽을 지경이 돼서 버려진 것을 어느 노인이 데려갔다고 한다. 노인은 피투성이가 된 소년, 강원을 대충 씻기고 죽을 쒀 먹였다. 따로 상처를 치료해주거나 혹은 병원으로 데려가지는 않았는데 그도 그럴 것이 노인이 사는 곳은 폐지가 가득한, 판자로 대충 바람만 막아 놓은, 집이라고 하기에도 거시기한 곳이었으니 병원 갈 돈이 있을리도 없었다. 강원이 몸을 추슬렀을 때 노인은 한곳에 쪼그려 앉아 있었는데 그 모습 그대로 죽어 있었다. 여든은 돼 보이는 노인이었을까, 세파에 찌들어 시커멓고 쪼글쪼글한 피부에 삐쩍 마른 몸을 더러운 옷에 감추고 있었지만 이승과 작별한 그 순간에는 아주 평안한 얼굴을 하고 있었다. 그런데 강원이 노인의 죽음을 확인하기 직전, 누워 잠들어 있었을 때 꿈인지, 환영인지, 주변이 환해지며 형형색색의 꽃들이 흐드러진 세상을 보게 된다. 폐지와 쓰레기와 악취가 가득한 그곳에 낙원이 내려앉은 것이다. 그것이 꿈이든 환영이든, 얼마나 강렬했는지 깨고 나서도 소년은 한동안 눈에서 그 인상을 지우지 못했다. 그런 후 노인의 죽음을 확인한 소년은, 노인이 아마도 그 낙원으로 갔거나 자신에게 준 선물이라 여겼다. 그 기적으로 자신이 살아났다고. 그것은 또한 평생을 통해서, 소년이 인간에게

서 받은 거의 유일한 온기였다.

"그 할아버지 착하시다……."

소흔은 눈가에 고인 눈물을 손가락으로 꾹 찍었다.

"그게 강원 씨의 낙원이구나……."

이어진 소흔의 말에 강원은 말없이 그녀를 한 팔로 끌어안아 그녀의 정수리에 입을 맞췄다. 그 깊고 나른한 눈빛에 많은 생각을 담고서였다. 낙원은 저 밖에 있으며, 만족할 만한 성공을 이루기까지 늘 '아직'이었는데, 어쩌면 아주 가까운 곳에 있는 것은 아닐까. 강원은 문득 그 노인의 마지막 얼굴, 그 평온한 얼굴을 떠올렸다. 한 번도 잊은 적 없고 아마 절대 잊을 수 없으리라. 일면식도 없는 소년 강원을 데려다 폐지 위에 눕힌 노인은 신음하는 소년 곁에서 끊임없이 중얼중얼 말을 했었다. 뭐라고 했는지 당시도, 지금도 전혀 기억에 없을 뿐만 아니라 오히려 당시에는 '제발 입 좀 닥쳐주었으면' 했었다. 그러고 보니 노인은 어쩌면 그것으로 제 외로움을 나누었나 보구나, 그래서 소년 덕에 외롭지 않게 세상과 작별하며 그리 평온한 얼굴을 할 수 있었나 보구나, 행색을 봐서는 평생 혼자 살아왔을 것이 분명한 노인이 죽는 순간만큼은 소년을 가족으로, 가족의 배웅을 받으며 간다 생각했을까, 강원은 그 갑작스러운 상념에 놀라 퍼뜩 정신이 들었다. 노인의 그 평온한 얼굴의 정체를 갑자기 깨달은 것만 같았다. 죽어서 낙원으로 간 줄 알았더니, 노인은 바로 제 곁에 있는 낙원과 함께, 하나가 된 것이구나, 강원은 무심결에, 품안에 있는 소흔을 더욱 힘주어 껴안았다.

"켁……."

소흔이 소리를 내며 혀를 길게 빼물었다.

"수, 숨도 못 쉬……."

강원은 바로 힘을 뺐지만 대신 그녀의 얼굴에 정신없이 입맞춤을 퍼부었다. 그러자 소흔이 이번에는 간지럽다는 듯 '쿠쿠쿡' 하며 웃음소리를 냈다.

"소흔아."

그녀를 부르는 강원의 목소리는 낮고 뜨거운 숨결에 실렸다.

"응……?"

"네겐 그런 마음 없어?"

"어떤……."

"날 갖고 싶은 마음."

왜 없겠는가, 소흔은 제 몸을, 그가 만질 때마다 점점 기분이 좋아지고 있었다. '내장탕'을 보여줘 쪽팔려 죽을 것 같으면서도 다른 한편으로는 그 야릇한 상상에 몸의 어딘가가 저릿저릿하기도 한 것을 말이다.

"난 널 먹어버리고 싶다."

강원은 다시 뜨거운 숨결에 제 목소리를 실었다.

"네 입술도, 젖가슴도, 내장탕도……."

소흔은 눈을 감고, 싱긋 웃으면서도 가슴을 들썩였다. 이유를 알 수 없게 숨이 살짝 가빠왔다. 강원은 제 가슴에 기댄 소흔을 그대로 두고 그녀의 옷을 벗겼다. 집안이 따뜻해 실내에서 쫄쫄이 같은 면바지와 헐렁하고 긴 얇은 니트를 입고 있던 소흔의 몸에서 가장 먼저 니트와 브래지어가 사라졌다. 그는 소흔의 목덜미에서 팔에 이르기까지 충분히 그의 체온을 전하고는 복부로부터 다시 올라 젖가슴의 가장자리를 애무하며 천천히 그것을 모아 쥐었다. 소흔의 입에서 거의 소리가 나지 않는, 깊은 숨결 같은 신음이 새어 나왔다. 그녀는, 그가 옷을 벗길 때부터 그에게 몸을 맡기고 그의 손길이 주는 따뜻한 체온에는 마음까지 맡겼다. 그러자 그의 손길이 보다 생생하게 전해져 왔다. 젖무덤을 애무하는 손가락과 젖꼭지를 꼬집듯 잡는 손끝의 감각, 또한 젖꼭지에 손바닥의 중앙을 가져다 대 지그시 눌러 살살 돌리는 것으로부터 전해지는 모든 것에 그녀는 짜릿함을 느꼈다.

"후우……."

소흔은 깊은 숨을 내쉬었다. 마치 달아오른 몸을 식히듯. 강원은 손을 천천히 내려 그녀의 바지 안으로 밀어 넣었다. 팬티 안으로도 파고든다. 소흔은 본능처럼 다리로 오므렸다. 강원의 손이 그녀의 은밀한 '내장탕'을 오롯이 손안에 넣은 후였다. 그는 손바닥을 그녀의 그곳에 밀착시킨 후 천천히 돌리듯 애무했다. 약간의 시간이 지나자 소흔의 다리에서 힘이 풀렸다. 그의 손가락이 움직인 것도 그때였다. 손가락은 어제와 달리 과감하게 꽃잎 사이를 헤집었다.

"아……."

소흔은 고개를 돌려 강원의 팔에 얼굴을 묻었다. 그러는 동안에도 그녀의 팬티 안에 들어가 있는 손은 거침없이 애무를 이어간다. 꽃잎을 갈라 그 깊은 곳을 문지르고 위로 올라 가장 예민한 곳을 건드렸다. 소흔의 골반이 움찔거렸다. 드디어 꽃은 물도 아낌없이 내놓았다. 그 물에 젖은 손가락은 더욱 부드럽게, 그리고 활발히 움직였다.

"아아……."

소흔은 소리를 내지 않으려 했으나 참아지지 않았다. 사타구니 안으로 저릿저릿한 감각이 등줄기를 타고 올라 심장까지 조이는 것 같았다. 소흔의 허리가 들썩이자 강원은 제 품에 폭 파묻혀 있는 그녀의 몸을 손으로 받쳐 빠져나온 후 그곳에 쿠션을 대신 넣어주고, 자신은 바닥에 무릎을 대고 앉아 먼저 그녀의 하의를 단번에 벗겨 내렸다. 소흔의 수줍음은 몸을 모로 세워 소파의 등받이에 찰싹, 매미처럼 붙는 것으로 나타난다. 강원은 그것도 좋았다. 엉덩이를 삐죽이 보이고 있는 그녀의 나신은 완전한 여인의 몸에서 2퍼센트 부족해 보이는, 아직은 풋풋하니 설익은 그것임에도 이미 그의 눈에는, 한순간에 남자를 거역할 수 없는 유혹에 빠뜨릴 정도로 관능적이고 농염한 여인의 그것보다 더 매력적이었다. 이상한 일이지만 그녀의 그 풋풋함을 범하지 않고 참아내는 것이, 관능적인 여자의 그것을 참아내는 것보다 더 힘들게 느껴졌다. 그는 공격적으로 그녀의 엉덩이를 콱 움켜잡고 벌려 그곳에 얼굴을 묻고는 맹렬히 깨물고 핥았다. 순간 '까르르' 하며, 소흔이 어린아이 같은 웃음소리를 냈다. 간지럽다는 의미다. 그러다 보니 그녀의 몸은 절로 소파의 등받이에서 떨어져, 그가 그녀의 다리를 잡아 벌리는 데도 온전히 순응했다.

강원은 소흔의 허벅지 아래쪽으로부터 그녀의 다리를 벌려, 그렇게 드러난 은밀한 곳을 눈 아래에 둔다. 머리색처럼 약간 갈색 빛을 띤 체모는 그 안으로 유난히 붉은 꽃봉오리를 호위하듯 감싼 모양새였다. 꽃봉오리는 또한 이미 젖은 채였다. 그는 그것에 양손을 가져가 활짝 벌렸다. 봉오리 안쪽 깊숙한 곳으로 더욱 빨간 속살이 보일 때까지 벌린 후 그 깊은 곳으로 역시나 제 붉은 혀를 깊숙이 밀어 넣었다.

"으흑……."

소흔은 쿠션에서 등이 한 뼘이나 떨어질 정도로 들썩였다. 생전 처음 느껴보는 전율이었다. 쾌감뿐 아니라 약간의 불편함, 혹은 불쾌감을 동반한 기묘한 자극이었다. 또한 그것은 때때로 부드러운 감각으로 이어지고는 했다. 강원이 꽃 전체를 혀로 부드럽게 애무했을 때였다. 그렇게 핥고, 혀끝으로 간질이고, 깊숙이 파고들면서 그는 한 가지만을 생각하고 있었다. 아프지 않게 하겠다, 약속했으니 그것을 지켜야 한다고 말이다. 사실 강원은 숫처녀와의 경험이 없어, 첫 관계 시 여자가 느끼는 고통이 어느 정도인지에 대한 간접적인 경험도 당연히 없었다. 다만 그의 진한 애무에도 소흔의 꽃은, 안으로 빗장 정도만 풀었을 뿐, 열릴 준비조차 미처 완전치 않다는 것을 어렴풋 눈치챌 뿐이었다.

그때 소흔의 손이 내려와 그의 머리를 건드렸다. 그가 고개를 드니 그녀는 고개를 끄덕여 보였다. 마치 그의 고민을 안다는 듯 말이다.

"아픈 거……, 참아볼게요."

이어진 소흔의 말에 강원은 그녀를 번쩍 안아 쏜살같이 1층의 침실로 뛰어들었다.

두 사람은 침대의 이불 안에 푹 파묻혀 있었다. 강원도 옷을 모두 벗어던진 후라 둘 다 발가벗은 몸이었다. 그런데 소흔의 얼굴이 빨개진다.

"어때?"

강원이 속삭이듯 물었다. 이불 속에서 그가 소흔의 손을 잡아 제 남성에 갖다 댄 것이다.

"아, 아, 아, 아……."

소흔은 숨을 헐떡였다.

"아프긴…… 하겠다……."

그런 소흔의 얼굴을 보며 강원은 소리 없이, 그러나 하얀 이를 드러내며 웃었다. 그리고 그것이 이번에는 소흔의 눈길을 끈다. 그가 그렇게 환하게 웃는 모습을 처음 본 것 같았다. 그래서일까, 용기를 내서 그의 그것을 손 안 가득, 약간 힘을 줘서 쥐어본다. 아, 이것이 이렇게 부드럽구나, 그 끝을 손끝으로 쓸어보고는 수줍게 웃음도 지었다. 더 아래로 손을 내려, 솔직한 감각으로는 약간 징그럽다 느껴지는 것에도 그녀는 서서히 마음을 열었다. 그러자 전율은 소흔이 아닌 강원에게 찾아왔다. 어찌해 그 수줍고 어설픈 애무에, 마치 감전된 듯 등줄기를 따라 짜릿함이 밀려오는가, 섹스에서 낙원은 오르가즘과 함께 시작돼 눈 깜짝할 사이에 끝나는 줄 알았더니, 그 전후에는 오직 한 곳으로만 집중되는 욕정과 더 지독한 허탈과 권태만 남는 줄 알았더니, 그 얄팍한 지혜를 비웃듯 그녀의 작은 손길 하나에서 시작된 충일(充溢)은 벌써 그를 낙원으로 인도하고 있었다.

"어, 안 해요?"

꽤 시간이 흐른 후 소흔은 제 몸을 쓰다듬고만 있는 그에게 속삭이듯 물었다.

"오늘까지 널 좀 더 푹 과서 익히고."

"과?"

소흔은 '고다'라는 말을, 엄마가 아버지나 오빠에게 해 먹인다며 소뼈를 사다 잔불에 오래, 몇 시간이고 끓일 때마다 들었던 것을 기억해내며 킥킥거렸다. 이럴 때 세대차 느낀다니까, 하는 사이 강원은 이불 안으로 완전히 숨어, 꼬물락 꼬물락 아래로 내려갔다. 소흔은 간지럽다며 다시 웃음을 터뜨렸지만 그 웃음이 신음으로 바뀌는 데에 그리 오래 걸리지 않았다. 그렇게 그가 그녀의 몸을 '고아 익히며' 때로는 장난치고 또 웃다가,

두 사람은 꼭 끌어안고 잠이 들었다. 둘만의 낙원에서 말이다.

이튿날 아침, 소흔은 강원을 출근시킨 후 뜻밖의 문자를 받는다. 다른 누구도 아닌, 10분 전에 출근한 강원에게서다.

〈소흔아. 법적으로 '진짜' 되는 것은 싫어?〉

그 문자를 본 소흔은 고개를 갸웃했다. 어제 오빠에게 '혼인 신고해도 좋다' 했는데 오빠가 강원에게 전하는 것을 깜박 잊은 모양이구나 싶었다. 그녀는 당장 오빠에게 전화를 걸려고 했으나 곧 그만두었다. 어차피 오빠를 만나러 갈 것이기 때문이다. 가서, 어제의 일을 따지고 '그런 부탁은 절대 들어줄 수 없다'고 분명하게 못 박아야지, 하며 소흔은 일단 강원에게만 답문을 보낸다.

〈싫을 리 있어요? 당연히 좋죠. *(^^)*〉
〈오늘밤은 각오해. -_-V〉

"아싸~ 이제 이모티콘까지? 오, 우리 강원 씨 날로 발전하네?"
환호를 지르면서도 소흔은, 어제까지 그녀의 몸을 '푹 고아서 익히기만' 했으니 오늘은 '먹을 거'라고 단단히 벼르며 출근한 그의 모습을 떠올리면서 제 가슴에 간직한 묘한 설렘을 즐겼다. 물론 그것은 이내 빨갛게 변한 제 얼굴에 대고 손을 부채처럼 팔랑거리는 모습으로도 나타났지만 곧 그에게 '먹힐 기대감'에 비한다면 차라리 애교였으리라. 정말 낙원일까?

오후에 이카루스 레스토랑 건물 앞에 도착한 소흔은 혹시나 하고 먼저 오빠의 핸드폰으로 전화를 했다. 오빠는 회의 중이라며 끝나려면 3, 40분 정도 걸린다고 해, 소흔은 올라가서 기다릴 요량으로 승강기를 향해 걸어갔다. 그런데 승강기 앞에 채 서기도 전에 뒤로부터 '어머' 하는 여자의 감탄사가 들려왔다.

"소흔 씨죠?"

이어지는 소리에 소흔이 돌아보니 화려한 차림의 여자가 다가오고 있었다. 서주은이었다.

"여기서 또 이렇게 보다니, 반가워요. 우리 인연도 보통은 아닌가 봐."

주은은 소흔과 잘 아는 사이인 양 반갑게 말을 건넸지만 소흔은 반대로, 제 이름을 알고 있는 주은에 어리둥절해 애매한 미소만을 지어 보였다. 하긴 주은과 처음 대면했던 날 오빠를 통해서 알 수도 있었겠다 싶지만 이렇게 반가워하는 것에도 의아스럽기는 매한가지였다.

"요 근처에 촬영이 있었는데 갑자기 지연됐지 뭐예요? 매니저도 급한 일로 어디 가고 혼자 남아 커피라도 마실까 해서 온 거예요. 근데 참, 소흔 씨 미대라면서요?"

주은은 시키지도 않은 말을 줄줄이 한 끝에 그렇게 물었다.

"네……."

"잘됐다, 잘됐어. 세상에나, 내가 요번에 맡은 역이 미대 강사거든요. 근데 미대나 그림에 대해 뭐 아는 게 있어야죠. 지금 바빠요? 어디 가는 길이에요? 사장님 만나러? 잠깐만 시간 안 될까요?"

그렇게 해서 소흔은 주은과 함께 이카루스 레스토랑으로 들어섰다. 마침 식사 시간대도 아니어서 쉽게 4인실의 테이블 룸을 차지할 수 있었다.

주은의 주문으로 커피가 서빙되었다. 그리고 이어진 대화는, 주은이 미대에 대해 알고 싶어 했던 만큼 주로 서양화과의 커리큘럼에 대한 것이었지만 소흔의 정성 어린 설명에도 불구하고 누군가 관찰력이 뛰어난 사람이 보았다면, 주은이 소흔의 설명에 별다른 주의를 기울이지 않고 있음을 어렵지 않게 눈치챌 수 있었을 것이다.

"임 사장님 너무 좋은 분이세요."

그렇게 화제를 바꾼 것은 주은으로, 시간이 제법 지나 커피도 리필이 된 후였다.

"규모가 큰 기획사로는 처음 계약한 건데 이카루스랑 하길 정말 잘했단 생각이 들더라구요. 대표님도 좋으시지만 임 사장님이 최고예요."

"네에. 오빠가 원래 인정도 많고 신사예요."

소흔은 이제 처음보다는 주은과 편하게 대화를 하고 있었다. 소흔이 낯가림이 심한 편은 아니었으나 주은의 친근한 언행은 과잉이라 느껴져 처음에는 좀 불편했던 것도 사실이었다.

"만나 뵈니 정말 그런 것 같더라구요. 인상도 깔끔하시고. 개인적으로 불행한 일을 당하셨을 때도 소속 가수들을 더 챙기셨다고⋯⋯."

주은이 말끝을 흐리는 사이로 소흔은 커피 잔을 들었다. 딱히 할 말이 없어서였다.

"미안해요. 정말 끔찍한 사고였는데⋯⋯. 그래선지 아직까지도 말들이 많아서요. 좀 이상한 사고였는데 수사를 좀 더 했어야 했다고⋯⋯."

"네? 수사요?"

"아, 모르시나⋯⋯?"

주은은 실수라는 듯 얼른 손끝을 제 입으로 가져갔다. 소흔은 어리둥절했다. 올케 언니와 버터플라이의 멤버 두 명이 사망한 사고는 빗길에 차가 미끄러져 발생한 것으로, 경찰수사결과도 그렇고 그것이 단순 사고라는 데에 별다른 의문점이 없는 것으로 소흔은 알고 있었다.

"무슨 말이에요? 이상한 사고라니⋯⋯."

"아뇨. 그냥 그런 말들이 좀 있었다구요. 원래 그 바닥이 말들이 많아요. 말들이."

주은은 짐짓 '호호' 소리를 내며 손사래를 쳤다.

"어떤 말들이 있는데요?"

소흔은 재차 물었다.

"그냥 뭐……, 사고로 위장한…… 그런 거다, 그런 말이죠. 조심스러워서 말하기가 뭐하네……. 들은 대로만 말할게요. 밴에 미리 손을 댄 거 아니냐, 그런 말이 있거든요."

"누가요? 누가 밴에 손을 대요?"

"그날, 원래 회사에 나오기로 돼 있는 사람은 임 사장님의 사모님이 아니라 바로 사장님이었대요. 그러니까 원래 사장님을 노린 거다……."

"그러니까 누가요?"

묻고는 있지만 빤하지 않은가, 하며 소흔은 자문했다. 정 회장 측이겠지, 정말 정 회장이 그런 짓을 했단 말인가.

"당연히 조폭이 개입됐죠. 임 사장님이랑 동업이신 다른 회장님이 계신데, 그 회장님이 고용한 조폭이래요."

조심스럽다면서도 주은은, 마지막 말만은 대사를 외듯 술술 뱉어냈다. 자신의 말끄트머리에서 소흔의 안색이 급작스러울 만큼 확 바뀐 것을, 또한 놓치지 않고 눈에 담아내면서였다.

소흔의 머리는 강렬한 이명으로 시끄러웠다. '다른 회장이 조폭을 끌어들여 오빠를 죽이려다 올케 언니를 죽였다?' 주은은 그렇게 말하고 있는 것인가, '다른 회장'이면 바로 정 회장이고, 그 시점에서 정 회장을 도운 조폭이면 '개발새발', 바로 도 강원이었다. 아니야, 그럴 리 없어, 소흔은 좀 더 물어보려 했지만 입도 달싹여지지 않았다.

"그 조폭, 별명도 무서워. 혈귀라나……."

콰당, 소흔은 힘을 잃고 무너져 의자와 함께 옆으로 쓰러졌다.

얼마 후, 이카루스 레스토랑의 지하주차장에 모습을 보인 주은은 마치 쫓기듯 곧장 걸어, 한 은색 승용차의 운전석에 급히 올라탔다. 그렇게 서둘러 올라타서는 바로 출발한 것이 아니라 오히려 열쇠를 차에 꽂기도 전에, 그 손을 먼저 가슴에 얹고는 심호흡부터 몇 번 해보였다. 보통 그것은 몹시 긴장된 상황에 놓인 사람이 거기서 벗어났을 때 보일 수 있는 모습이었다.

주은은 소흔과 룸에서 만나 자신이 한 말과 행동을 하나, 하나 돌아보며 실수는 없었는지를 되짚었다. 의자에서 떨어진 소흔을 부축해 앉힌 후 따뜻한 물을 주문해 안정시키고, 걱정하는 말을 하며 토닥인 것까지 모두 기억을 더듬었다. 그런 후 '집까지 바래다주겠다' 하며 같이 일어나려 했으나 소흔이, 자신은 룸에 더 있다 가겠다고 해서 주은 혼자 주차장으로 온 것이었는데 그 마지막에 '그저 그 바닥에 떠도는 소문일 뿐인데 괜히 옮긴 것 같다. 입이 싼 사람이 되고 싶지 않으니 나한테 들었단 말은 절대 하지 말아 달라' 당부하는 것을 잊지 않았다. 사실 그 소문은 '그 바닥'에 떠돌고 있지 않았다. 주은도 이번에 처음 듣는 내용이었으니까. 그녀는 핸드폰을 들어 몇 번 터치 후 이내 통화 버튼으로 손끝을 옮겼다.

"저예요……."

핸드폰을 귀에 댄 잠시 후 주은이 입을 열었다.

"임 사장 동생에게 전했어요."

[고마워요. 내, 서 양의 은혜는 잊지 않겠소. 다시 연락할 테니 조만간 또 봅시다.]

핸드폰에서 들려온 목소리는 정 회장의 그것이었다. 주은은 천천히 핸드폰을 귀에서 내렸다. 얼마 전 갑자기 정 회장으로부터 연락을 받고 그녀는 회장을 만나 —물론 초면이었다— 지금과 같은 제안을 받았다. 매니저인 준식도 모르는 일이었다. 정 회장의 제안을 주은은 별다른 고민 없이 받아들였다. 그 대가로 적지 않은 사례금과 함께, 앞으로 어려운 일이 있으면 도와주겠다는 약속이 뒤따랐지만 주은에게 그것들은 두 번째였다. 정 회장의 제안을 받아들인 가장 큰 이유는 바로 질투였다. 때문에 강원과 소흔을 갈라놓는 것이 목적이었다. 그래야 그 다음을 모색해 볼 수도 있을 테니까.

소흔은 주은과 만났던 테이블 룸에 그대로 앉아 있었다. 거의 움직임 없이 꼼짝도 않고 있었으나 머릿속은 엉킨 실타래 같은 생각을 푸느라 쉬지 않고 있었다. 며칠 전 만난 엄마의 입에서 나온 '혈귀'는 분명 강원을 지칭한 것이었다. 그렇다면 주은이 말한 조폭이란 꼼짝없이 강원이지 않은가. 아니야, 그럴 리 없어. 헛소문일 거다, 경찰수사가 그렇게 허술할 리 있나, 올케를 포함 세 명이나 죽은 사고인데. 오빠는 알고 있을까. 아니다, 알고 있다면 강원과 손을 잡을 리 없지, 만약 알고도 손을 잡았다면 정말 용서 못 할 사람은 강원 이전에 오빠인 것이다. 아니, 그런 의혹을 갖는 것조차 끔찍했다.

"허억……."

소흔은 갑자기 소스라쳤다. 어떤 소리 때문이었는데 바로 자신의 핸드폰 벨소리였다.

[온다더니 왜 안 와?]

오빠였다. 회의가 끝나고 20분을 더 기다렸다고도 했다.

"오빠. 뭐 하나 물어봐도 돼?"

소흔은 조심스레 입을 열었다.

"언니 사고 난 날……, 혹시 언니가 오빠 대신 나간 거였어?"

[뭐? 그걸 네가 어떻게 아니?]

"응? 아, 언니한테 들었던 것 같아서……."

[그래? 그날 새벽에 부탁했던 건데 언제 말할 새가 있었지?]

잠깐의 침묵이 뒤따랐다.

[하긴 경찰 수사 때 진술했던 부분이니 어떤 경로로든 들을 수도 있었겠다.]

"왜 언니가 대신 나간거야?"

[원래 언니가 해야 하는 일이야. 근데 새벽에 일정이 잡히는 바람에 내가 하려고 했다가 다시 언니가 나간 거였어. 전날 밤

까지 내가 처리해야 할 서류를 다 못 해서 거의 밤새다시피 한 것을 네 언니가 알고 자기가 나가겠다고 한 거야.]

당시 소흔의 올케가 이카루스 엔터테인먼트의 임시대표로 있었으니 오빠가 말한 것에는 아무 이상도 없었다.

[그냥 내가 나갔어야 했는데…….]

"미안해. 오빠. 생각나게 해서…….'

[아니다. 근데 갑자기 그건 왜 물어? 그것 때문에 온다고 한 거니?]

"아, 아니……. 혼인신고했어?"

소흔은 갑자기 그렇게 물었다.

[아, 깜박했구나. 도 대표한테 말한다는 것을…….]

"하지 마."

[뭐?]

소흔은 '다시 생각해 본다'며 전화를 끊고, 그 길로 그녀의 엄마가 사는 집으로 향했다.

"무슨 일 있어?"

엄마는 커피를 가져와 책상 위에 놓으며 물었다. 소흔은 침대 위에 아무렇게나 누워 있는 모습으로 '아니'라고 대답했는데 '낙원'으로 가기 전까지 살았던 그녀의 방에서였다.

"얘가 연락도 없이 갑자기 와서는……. 바른대로 말해."

"뭘?"

"내 딸을 내가 몰라? 얼굴에 다 써 있구먼. '나 무슨 일 있어요'라고. 도 대표 놈이 수작 부려?"

"나 참, 내가 말을 말아야지."

"커피나 마셔. 이것아."

그렇게 말하고 일어서는 엄마를, 소흔이 불러 세우며 몸을 일으켰다.

"언니 사고 말이야……, 사고 맞겠지?"

"뜬금없이 그건 무슨 소리야?"

"아니……. 그냥. 혹시 정 회장님이 무슨 수작 부린 건 아니었나…… 갑자기 그런 생각이 불쑥 들어서……."

"사실 나도 그 생각 안 해본 건 아니다. 근데 차가 그 지경으로 구겨졌으니 차에 미리 손을 댔다고 해도 뭐가 나와야 말이지. 경찰 조사에 별다른 문제점이 발견된 것도 아니고, 하늘만 아시겠지."

소흔은 밤 9시에 집에서 나왔다. 오빠는 퇴근 전이라 얼굴을 못 보고, 집 앞까지 소흔을 데리러, 강원이 자가 운전해서 온 그의 차에 올라탔다.

"엄마랑 언니 얘기하다가…… 기분이 그래서요."

차에 오른 소흔의 안색을 살핀 강원이 '엄마와 싸웠냐' 묻고 난 후 그녀의 대답이었다. 강원은 별다른 대꾸 없이 차를 출발시켰다.

"그러고 보니 언니 장례식 때요……."

소흔은 말을 이었다.

"강원 씨가 나랑 만나는 거 없던 일로 하자 그랬다는데…….
왜 그런 거예요?"

"그럴 필요 없을 것 같아서."

"왜요? 처음부터 메리트가 있어서 오빠랑 거래한 거 아니었
어요?"

"그래. 그게 필요 없어졌단 뜻이야."

"왜요?"

"너야말로 왜? 갑자기 그게 왜 궁금해? 그런 데에 관심이 없
는 줄 알았는데."

"그냥요."

소흔은 아무렇지도 않은 척을 하려 몹시 애를 썼다.

"엄마랑 싸운 거 맞거든요……."

입을 다문 소흔은 차창으로 고개를 돌렸다. 강원도 말을 시
키지 않아 두 사람은 조용히 '낙원'으로 돌아왔다.

그날은 그렇게 지났다. 소흔은 2층으로 올라간 후 내려오지
않았고, 정말 엄마와 싸웠나 보다, 생각한 강원은 그런 그녀를
내버려두었다. 그녀와 '하나'가 될 기회를, 그래서 놓친 것은 사
실 그에게 별문제도 되지 못했다. '갖고 싶어 미치겠다'도 소흔
을 통해 얻는 풍요로움의 전부지, 그중 하나에 불과한 섹스뿐은
아니었으니까. 강원은, 그럼에도 1층의 홀을 지날 때마다 걸음
을 멈추고 서서 망연히 위를 쳐다보고는 했다. 제 주변에 널리
고 널린 '섹스 가능한 여자들'을 놔두고, 갖고 싶은 그녀를 2층

에 두고 겪는 적적함이 도리어 더 가슴 설레, '참 이상하다' 하면서 말이다.

다음 날 오전, 소흔은 오빠의 전화를 받았다. 정오쯤에 이카루스로 오라는 것이다. 표면적으로는 점심을 같이 하자는 이유를 붙이기도 했다. 그래서 점심 때 소흔은 이카루스 레스토랑의 4인실 룸에서 오빠와 함께 식사를 했다.

"안색이 정말 안 좋구나."

사헌이 말했다.

"별로 먹지도 않고 말이야."

식사를 끝낸 후 커피를 마실 때였다. 소흔은 아무 대답도 하지 않고 커피 잔 위로 고개를 숙였다. 그녀는 정말 하루 만에 얼굴이 해쓱해져 버렸다. 어젯밤에 잠을 거의 이루지 못한 데다 얼마나 마음고생을 했는지도 얼굴에 고스란히 드러나 있었다.

"그런 너를 붙들고 이런 부탁을 해서 마음이 안 좋다만……."

순간 소흔은 제 가슴에서 '쿵' 하는 소리를 들었다.

"엊그제…… 말했던 거 기억하니? 오빠를 도와달라 했던 거."

"강원 씨의…… 물건 하나를 가져오라 한 거?"

"그래. 서류봉투 같은 거야. 추측컨대 분명 집에다 두었을 거다. 아니, 추측이 아니야. 알아본 거야."

"그걸 집에서 어떻게 찾아내라고? 그 집이 얼마나 넓은 줄 알아?"

"서류봉투를 어디에 두었겠어? 보나마나 서재 아니면 침실 어딘가겠지."

"서류봉투라는 것도 막연해. 어떤 서류봉투?"

"아마 밀봉돼 있을 거야. 느낌이 오는 것을 발견하면 먼저 전화를 다오."

"그런 짓을 왜 하는데? 같은 편이잖아."

소흔은 소리쳤다. 그것도 울먹이는 목소리였다.

"사업에는 영원한 적도, 친구도 없어."

사헌은 무표정하게 말했다.

"더구나 그것만 갖고 오면 넌 더 이상 거기 있을 필요 없어. 곧장 집으로 와도 된다. 혼인신고도 할 필요 없는 거야."

"혼인신고도 오빠가 일부러 강원 씨한테 말 안 한 거지? 왜? 하라고 한 건 오빠잖아."

"그건 사실 도 대표가 먼저 꺼낸 얘기야."

"뭐……?"

"네 안전을 이유로 대니 반대할 명분도 없었어. 그런데 서두르면 그럴 필요 없을 것 같아 너한테 무리한 부탁까지 하는 거다. 그 일만 성공하면 모든 게 끝나. 소흔아."

소흔은 고개부터 흔들었다.

"무슨 말인지 모르겠어. 오빠 말…… 하나도 못 알아듣겠어."

"어제……, 네 언니에 대해 물었지?"

그 말에 소흔의 심장은 다시 철렁했다.

"혹시…… 뭘 알고 있는 거니?"

소흔은 대답하지 않았다.

"그것에 관계 되었다고 한다면……. 해줄 수 있어?"

"뭐……? 그……, 그게 무슨 의미야?"

소흔의 얼굴은 창백하게 질려 있었다.

"더는 묻지 말고……. 오빠를 믿어라. 소흔아."

'오빠를 믿으라'는 사현의 말은 소흔을 더욱 궁지로 몰았다. 오빠가 시킨 일이 올케 언니의 죽음과 관계 있다니, 그렇다면 강원을 향한 소흔의 의심은 당연히 더욱 커질 수밖에 없는 일이었다. 어젯밤만 해도 설마 하던 것이, 서주은이 전한 것은 헛소문이라고 믿고 싶었던 마음이 와르르, 무너져 내리고 말았다.

'낙원'으로 돌아온 소흔은 곧장 강원의 서재로 향했다. 그의 서재는 소흔이 거의 들어온 적도, 들어올 필요도 없는 곳이었다. 가사 도우미 아줌마가 와 청소할 때나 들여다볼까, 평소에는 발길도 하지 않았다.

서재는 커다란 서가를 뒤로 한 책상과 창가에 있는 소파를 제외하면 장식장과 장식용 테이블, 그리고 강원이 사다 놓았을 것이라고, 이제는 소흔도 단박에 눈치챌 수 있는 몰취미한 장식품 몇 개 정도로 채워져 있었다. 그녀는 먼저 책상으로 가 서랍들을 열어 보았다. 마지막 서랍에서 서류봉투가 나왔지만 밀봉된 것은 아니었다. 열어 보니 그녀로서는 알 수 없는 서류들이 들어 있어 다시 집어넣었다. 소흔은 오빠가 말한 순서를 되새겼다. 먼저 서재의 서랍들을 살펴보고 그 다음으로 서가를 살피라 했다. 서가에서는 특히 비밀스러운 입구가 있는지도 함께 보라고 했다. 혹시 열쇠로 잠겨 있으면 연락을 하라고도 했으나 아무리 살펴도 그런 것은 없었다. 마지막으로 서재 내 장식장도 살펴보았지만 역시나 그 서류봉투라고 추정되는 것은 발견되지 않았다.

소흔은 서재를 나와 강원의 침실로 들어갔다. 먼저 안을 눈으로 훑고는 드레스 룸을 열었다. 오빠가 드레스 룸을 유심히 살피라고도 했기에 그녀는 정말 세심히 뒤졌다. 그러느라 시간 가는 줄도 몰랐다. 소리가 들렸을 때는 그것이 침실의 문소리라는 것을 알고 놀라 그 자리에 주저앉아 버렸다.

"거기 있었나?"

드레스 룸으로 막 들어선 강원이 말했다. 슈트들이 걸린 코너에 서 있는 소흔을 향해서였다.

"언제 들어왔어요? 소리도 못 들었네."

소흔은 떨리는 손을 뒤로 감추며 말했다.

"내일 아줌마 오는 날이라 세탁물 있으면 미리 빼놓으려구요."

"어디 나갔다 왔어?"

소흔을 위아래로 훑은 그가 물었다. 그녀는 당연히 외출복 차림으로 외투까지도 그대로 입고 있었다. 가방만 홀에 있는 의자에 던져두었으니까.

"응. 친구 만나러 나갔다가……."

"뭐가 급해서 옷도 안 갈아입어?"

"금방 들어왔는데요, 뭐. 근데 일찍 퇴근했네요?"

강원을 지나 먼저 드레스 룸을 나가며 소흔은 말했다.

"9시야."

뒤에서 들린 그의 목소리에 소흔은 제 아랫입술을 꽉 깨물었다.

"자기가 9시면 빠른 거지, 뭐. 씻고 내려올게요."

소흔은 돌아보지도 않고 나와 홀에서 가방을 낚아채 2층으로 뛰어올라갔다. 자신의 목소리가 떨리고 있었다는 것을 스스로도 의식했다.

2층의 침실로 들어온 소흔은 바로 고꾸라졌다. 숨이 턱까지 차올랐다. 미친 짓이다, 그녀의 머릿속에 가장 먼저 떠오른 것은 그것이었다. 한 집에서, 그것도 어제까지만 해도 함께 낙원을 꿈꾸던 남자를 의심하고 그의 물건을 뒤지는 이런 일이 미친 짓이 아니고 뭔가, 더구나 어설픈 자신을 그에게 들키는 것은 시간문제라 생각하니 차라리 악몽이었다. 아니, 지옥이었다.

얼마의 시간이 흐른 후, 씻고 옷을 갈아입은 모습으로 소흔이 내려왔을 때 강원은 주방에 있었다. 그는 '커피?' 하고 물었는데 이미 커피머신에서 커피를 내린 후로, 그것을 잔에 따르고 있었다. 두 사람은 커피를 들고 실내 정원으로 자리를 옮겼다. 소흔의 뜻이었다.

"할 말 있어?"

강원이 물었다. 조그만 티 테이블 앞에 앉은 소흔은 말없이 커피 잔부터 입에 댔다. 강원은 맞은편에 서 있었는데 커피에는 손도 대지 않은 채 담배에 불을 붙였다.

"나…… 엄마 곁에 있으면 안 돼요?"

소흔이 물었다. 집으로 보내 달라는 의미였다.

"오빠랑 동업 일, 아직 안 끝난 건 아는데……. 엄마 말 들으니 그래도 얼마 안 남은 것 같다고……."

"가고 싶은 이유는?"

"진짜…… 가 뭔지 알고 싶어서요……."

소흔은 숨을 들이켰다. 떨리는 마음을 억누르기 위해서다.

"우리, 가짜잖아요. 가짜로 시작했잖아요. 생각해 봤는데 혼인신고한다고, 깊은 관계 된다고 진짜 되는 거 아닌 거 같아요. 시작이 가짜니까요."

"그래서 떠난다?"

"떨어져서 처음부터 다시……, 진짜의 모습으로 다시 시작하면……."

"다시 시작하면 진짜가 된다는 보장 있어? 아니, 다시 묻지.

다시 시작해도 넌 돌아올 건가?"

"진실이 먼저죠."

"난 네가 먼저야."

순간 두 사람의 눈이 맞부딪쳤다.

"무슨 일이 있었는지 말해."

이어 강원은 나직이 말을 이었다. 하루 만에 변해 버린 소흔에게 그렇게 묻는 것은 자연스러웠다. 어제부터였다. 그녀는 그의 문자에 답조차 보내지 않을 정도로 변해 버렸다.

"엄마가…… 강원 씨 싫어해요. 그러니 나중에라도 난 자신 없다구요."

소흔은 머뭇거리지 않고 말했다. 준비하고 있던 핑계였고, 그 이상 가는 것도 사실 없었다. 또한 그것은 사실이었으며, '엄마의 반대 때문에 강원과 헤어지겠다' 우겨도 하등 이상할 것이 없었다. 더구나 어제 그녀가 엄마를 만난 것을 강원도 알고 있으니 핑계로는 더할 나위도 없다. 강원은 말없이 몸을 돌려 실내 정원 안을 천천히 걸었다. 손가락 사이에 낀 담배를 입으로 가져가, 그 입으로 뿌연 연기를 제 고뇌의 흔적인 양 허공에 남기며 그는 저만치 갔다가 되돌아왔다.

"일단 알았다. 방법을 생각해 보자."

시간을 두고 생각한 끝에 그는 겨우 그렇게 말했다. 다른 것도 아닌 소흔의 엄마에 관해서니 그도 딱히 뾰족한 수가 없었으리라.

"그럼…… 엄마한테 가 있어도 돼요?"

"안 돼."

"그럼 일주일만이라도……."

"안 돼."

"하루도……."

"안 돼."

"보내줘요……. 네?"

소흔은 애원하고 있었다.

"안 돼."

"여기 싫어요."

소흔은 고개를 흔들었다.

"낙원이 아니라 지옥이야."

"지옥?"

소흔의 애원은 어느새 저주로 바뀌어 있었다. 강원은 담배를 껐다. 그리고 그녀의 얼굴을, 물기 어린 갈색 눈동자를 사납게 빛내며 입을 일자로 꾹 다물고 있는 얼굴을 잠시 보다가 몸을 돌렸다. 그는 그대로 정원을 나갔다. 얼마 후, 밖으로부터 '와 장창' 하는 파열음이 뒤를 이었지만 소흔은 놀라지 않았다. 그 것이 제 입으로 뱉어놓고 도리어 제 가슴을 후벼판 말보다 더할 것도 없었으니까.

소흔의 결심은 갑작스러웠다. 강원에게 '보내달라' 애원한 이튿날 오후, 그녀는 2층의 침실, 드레스 룸에서 길이 35센티 정도의 보스턴 스타일 백에 옷과 간단한 소지품을 마구 쑤셔 넣고 있었다. 그녀는 마치 쫓기는 사람 같았다.

"어디 가세요?"

빌딩 뒷문에서 맞닥뜨린 경비가 물었다. 소흔이 이용하는 승강기는 빌딩의 뒷문 가까이에 있고, 경비는 대체로 로비의 데스크에 있어, 뒷문으로 빠져나가면 마주칠 일이 없다 했건만 하필 순찰 중이었나 보다.

"날이 꽤 추워요."

경비가 이어서 하는 말을 미소로 받으며 소흔은 별다른 대꾸 없이 그곳을 빠져나왔다.

강원은 외부 일정을 소화하고 '낙원'의 집무실로 향하는 차 안에 있었다. 운전은 한 상무가 아닌 다른 남자가 하고 있었다. 강원은 등받이 쪽으로 고개를 뒤로 젖힌 모습으로 있었는데 그런 그의 얼굴에, 평소에는 잘 볼 수 없는 짙은 피로가 내려앉아 있었다. 그러던 중 그의 미간이 꿈틀, 짙은 주름을 만들어낸다. 어떤 생각의 끄트머리에서 또한 어떤 감정에 휩싸인 듯했다. 그 감정이 분노에 가깝다는 것을 추측하는 것 역시 어렵지 않았다. 강원은 그 감정에서 벗어나려는 듯 고개를 들어 차창 밖으로 눈을 돌렸다. 바깥 풍경은 '낙원'이 가까워졌음을 보이

고 있었다. 또 그 낯익은 풍경 속으로 뛰어든, 더욱 낯익은 여
자도 눈에 띄었다. 소흔이었다.

"차 세워."

강원이 급히 말하자 운전석의 남자는 당황해 '네?' 한다. 소
흔은 이미 사라졌다. 아마도 택시를 탔으리라 싶지만 정말 눈
깜짝할 사이에 일어난 일이라 강원은 자신이 잘못 본 것인가 했
을 정도였다.

"네. 대표님. 사모님은 조금 전에 나가셨는데…… 한 10분?
15분? 그 정도 됐습니다."

'낙원'의 1층에서 경비는 강원을 향해 그렇게 말했다. 강원이
먼저 묻고 그것에 답하는 것으로 보였다.

"좀 큰 가방을 들고 가시던데요."

경비의 이어진 대답을 듣고 위로 올라온 강원은 곧장 2층의
계단을 밟았다. 소흔의 침실은 당연히 텅 비어 있는 가운데 옷
가지 몇 개가 드레스 룸 근처에 떨어져 있었다. 강원은 소흔의
핸드폰으로 전화를 걸었다. 신호는 가지만 통화음은 떨어지지
않았다. 몇 번 다시 걸자 마지막에는 '전원이 연결되지 않았다'
는 멘트가 흘러나왔다. 콱, 핸드폰을 손에 움켜쥔 강원은 제
얼굴에 다시금 짙은 주름을 만들어냈다.

"지금 당장 추적 라인 모두 풀어."

강원은 핸드폰에 대고 말했다.

[네. 타깃은요?]

목소리는 한 상무였다.

"내 아내."

9
연인이여

소흔은 가만히 누워 있었다. 얼굴과 팔과 다리에는 땀이 성
글성글 맺혀 있었다. 그녀가 입은 연한 회색의 반팔 티와 반바
지는 찜질방용 옷이었다. 한참 동안 거리를 헤매고 커피전문점
에 들어가 커피 한 잔을 앞에 놓고 또 한참의 시간을 보낸 뒤
마지막으로 온 곳이 찜질방이었다. 혼자 호텔이나 모텔 등의 숙
박업소에 들어가기는 겁이 나, 그마나 만만한 곳이라 생각돼
들어온 곳이기도 했다. 꽤 늦은 시간인지 소흔이 누워 있는 곳
에는 여자 세 명 정도가 더 있을 뿐이고 그들 역시 소흔처럼 누
운 모습으로 조용했다. 저 여자들은 무슨 사연으로 깊은 밤을
이곳에서 보내는 것일까, 문득 그런 생각을 하다 소흔은 절로

긴 한숨을 토해냈다. 특별한 목적이 있어서, 갈 곳이 있어서 나온 것은 아니었다. 그저 단 하나, 강원의 얼굴을 더 이상 볼 자신이 없어서 무작정 뛰쳐나온 것이다. 보고 있으면 괴로운 것을, 화가 나는 것을, 혼란스러운 것을 어떻게 견디란 말인가.

"도망은 가지 말라고 했었는데……."

'낙원'에 들어간 첫 날, 다른 것은 다해도 그것만은 하지 말라 했었지, 소흔은 다시금 긴 한숨을 내쉰다. 사실 현재 그녀 앞에 놓인 상황은 그녀의 나이로는 감당하기 힘든 것들이었다. 먼저 강원을, 무서운 범죄의 대상으로 본다는 것이, 그녀는 끔찍했다. 그것도 올케 언니의 죽음과 관련 있으니 더했다. 그렇다고 대놓고 물어볼 수도 없지 않은가. 그가 진실을 말할 리가 없다는 걱정은 오히려 나중이었다. 오히려 그것이 '진실'일까 봐 두려운 것이다. 거기에 더해 오빠인 사헌의 부탁은 그녀를 더욱 옥죄었다. 아무리 강원을 의심하고 있는 상황이라 해도 그를 속이는 짓을 할 수는 없었다. 차라리 도망가자, 도망가서 모든 것이 끝날 때까지 숨어 있자. 그런데 그 '끝'은 과연 있을까.

소흔은, 그때 등 뒤로부터 들려오는 음악 소리에 깜짝 놀랐다. 같은 방에 있던 한 여자의 핸드폰에서 나온 소리로, 소흔이 놀란 것은 소리의 크기 때문이 아닌 노래 때문이었다. 강원이 즐겨 듣는 노래라 전주만 듣고도 바로 안 것이, '트로트를 듣는다' 소흔에게 놀림을 받으면서도 발라드라며 꿋꿋하게 들어 그녀의 귀에도 이미 익숙한 까닭이기도 했다. 또한 일본 노래였다. 강원은 일어를 매우 잘했는데 그것은 그만큼 일본을 자주 왕래했다는 것이고, 실제로 소흔과 함께 지내는 중에도 일본을 몇 번 다녀와, 그녀에게 줄 선물을 사오기도 했었다.

전주에 이어 가사 말이 흘러나왔다. 그 가사 말이 궁금해 물었을 적에 그는, 떠나는 연인에게 남아 달라 애원하는 내용을 담고 있다고 했었다. '역시 트로트 가사들은 하나 같이 청승맞아' 하며 소흔은 또 비웃었다. 그런데 그 비웃은 노래를 이런 자리에서 듣고 있자니 기분이 묘했다. 무어라 정확히는 형언도 안 되는 감정이었지만 굳이 찾자면 '그리움'에 가까울까, 마치 기억 속에 오래 머물고 있던 것이 불쑥 깨어나 강렬한 환상을 일으키는 것만 같은 향수(鄕愁). ―맞다, 그리움이 맞구나, '낙원'으로 돌아가고 싶은가, 나온 지 얼마나 되었다고.

"그거…… 한 번만 더 틀어줄래요?"

노래가 끝나자 소흔이 돌아보며 청했다. 음악은 곧 다시 흘러나왔다. 전주만은 참 인상적이라고, 소흔은 생각했다. 바이올린 소리 때문인가.

낙엽이 구르는 해질녘은 추위를 예고하고
빗물에 젖은 벤치는 더 이상 사랑을 속삭이지도 않네.
연인이여, 홀로 떨고 있는 내게
부디 한마디만 해주세요.
이별의 말은 농담이었다고.

그리고 웃어주세요.

소흔은 짧게 몸을 떨며 눈을 떴다. 그렇게 눈을 뜨고서야 깜박 잠이 들었다는 것도 알았다. 의식이 있는 동안까지 익숙한 멜로디에 실려 아득한 어둠 속을 헤매는 것 같았는데 어느새 잠이 들었던 것일까. 소흔은 정신을 차리느라 잠시 지체한 뒤에 방을 나왔다.

홀에 사람들의 모습은 많지 않았고 벽시계는 5시 40분을 가리키고 있었다. 벌써 이른 아침이구나, 하며 소흔은 라커룸으로 가서 가방을 꺼내 핸드폰을 찾았다. 전원을 꺼서 넣어 두었던 것을 켜서 확인하니, 오빠의 전화가 두 번 와 있고, 친구들의 문자 외에 스팸으로 추정되는 기록도 보였지만 이상하게 강원으로부터의 연락은 전원을 끄기 전 받았던 수신기록 외에는 없었다. 말없이 외박을 했으니 가출인 줄 알았을 테고, 그 당연한 결과로 굉장한 양의 수신기록이 남아 있을 줄 알았더니 전혀 의외여서 소흔은 도리어 불안했다. 혹시 오빠랑 무슨 말이 오고간 것은 아닐까, 그녀는 7시 반까지 기다려 오빠에게 전화를 걸었다. 그 시간이면 보통 아침식사 전으로, 오빠가 서재에 있기 십상이라는 것을 아는 까닭이다.

[소흔아. 이 시간에 웬일이야?]

오빠의 목소리는 평상시와 다름이 없었다.

[무슨 일 있니?]

그렇게 묻는 것을 보니 사헌은 동생의 '가출'에 대해 모르는 것이 분명했다.

"아니. 어제 오빠의 전화가 와 있던 걸 지금 확인해서······."

[아, 걱정돼서. 혹시······ 찾아봤니?]

"응. 없어."

소흔은 맥없는 표정으로, 그러나 딱 잘라 말하고는 사헌이 뭐라 더 말을 하는데도 전화를 끊어버렸다. 사업에는 영원한 친구도, 적도 없다고 했던가. 그래, '사업하는' 사람들끼리 잘들 해보라고, 거기에 올케 언니가 희생되고 소흔 자신마저 수렁에 빠져 버렸다 생각하니 화가 치밀어 올랐다.

9시 가까이 돼 소흔은 찜질방의 입구를 나섰다. 어제와 같은 보스턴백을 손에 들고 어깨에는 핸드백을 멘 모습이었다. 찜질 방은 지하층의 상가에서 복도 끝 쪽에 위치해 있는데 입구를 나가면 바로 보이는 적당한 공간에 플라스틱 의자 세 개가 나란히 붙어 있었다. 바로 그 의자에 남자 한 명이 앉아 신문을 읽고 있는 것을 소흔은 무심히 지나쳤다. 소흔이 지나치자 남자는 신문을 접고 일어나 그녀의 뒤를 따라 승강기에 올랐다. 승강기는 바로 1층에서 멈춰 소흔과 남자가 내렸다. 밖에는 또한 명의 남자가 있어 소흔 곁으로 다가서고, 1층의 홀을 지나 입구를 지나니 입구 밖에 있던 또 한 명의 남자가 소흔에게로 접근했다. 그녀는 그제야 제 주위를 둘러싼 세 명의 남자를 의식했다. 불과 일 미터 가까이 접근해 에워쌌으니 눈치를 채지 않으려야 않을 수도 없었다. 소흔은 주눅이 들어서 가만히 있었다. 그러한 잠시 후 남자들은 다시 뒤로 물러섰다. 거의 동시에 소흔은 소스라치며 눈을 부릅떴다. 남자들 사이로 약 10여 미터를 두고 걸어오는 남자가 있었으니 바로 강원이었다. 도대체 어떻게 된 거지, 어떻게 그가 이곳에 나타날 수 있는 거야, 제 머리로는 도저히 짐작도 할 수 없어 그저 멍하게 있던 소흔은, 그가 코앞으로 다가서서야 그를 외면했다. 강원은 입을 열기 전, 그녀의 손에서 보스턴백부터 가져갔다. 그것도 그녀가 놓지 않으려 하는 바람에 빼앗다시피 했다.

"가자."

말과 동시에 강원은 소흔의 어깨를 팔로 감았다. 그녀가 저항할 것을 예상했는지 아주 단단히 감아, 결국 그녀는 옴짝달싹도 못한 채로 끌려 갓길에 정차해 있는 그의 검은색 승용차 뒷좌석에 올랐다. 운전석에는 한 상무가 있었다. 그는 강원의 신호로 차를 출발시켰다.

차 안은 전쟁이었다. 소흔과 나란히 앉은 강원이 그녀의 손을 잡고 있었는데 그녀가 그것을 빼려 안간힘을 쓰고 있었던 것이다. 그의 손에 잡힌 소흔의 손은, 제 손의 주인인 그녀의 온갖 저항에도 불구하고 나올 생각을 안 했다. 처음에는 운전석의 한 상무를 의식해 팔만 꿈틀대며 소극적인 저항을 하던 그녀는 안 되겠다 싶었는지 곧 다른 손으로 강원의 몸을 밀다가 그것도 여의치 않자 급기야 그 손으로 그를 때리기 시작했다.

'놓으라' 말도 하지 않은 채 그녀는 그저 씩씩대며 주먹 쥔 손으로 그를 마구 쳤다. 강원은 그것을 다 맞으면서도 꼼짝을 않고 있을 뿐더러 흐트러짐조차 없었다. 콱, 소흔이 이번에는 그의 팔을 물었다. 그녀의 손을 잡고 있던 팔의 손목 윗부분이었다. 물론 옷 위로 문 것이라 맨살을 문 것에 비교하면 둔탁한 통증이겠으나 있는 힘을 다해 문 그녀의 발악도 만만치 않아 꽤 아플 텐데도 그는 잠깐 움찔했을 뿐 그녀를 제지하지도, 손을 놓지도 않았다. 그러는 사이로 앞에 앉은 한 상무는 뒷좌석의 전쟁을 전혀 모르는 양 운전만 하고 있었으나 그런 그의 얼굴에도 조마조마해하는 긴장의 빛은 역력했다.

틱, 소흔의 보스턴백은 바닥을 아무렇게나 뒹굴었다. 소흔의 손을 잡고 '낙원'으로 들어선 강원이 가방부터 던져놓은 것이다.

"놔요……."

소흔은 소리치며 힘껏 팔을 뿌리치다 균형을 잃고 바닥에 풀썩, 주저앉았다. 그녀가 뿌리치는 찰나에 강원이 손을 놓아 제풀에 쓰러진 것이다.

"도망가면 혼날 거라 했을 텐데?"

넘어진 채 일어나지 않는 소흔을 내려다보며 강원은 입을 열었다. 언뜻 아무 감정도 싣지 않은 것 같은 조용한 목소리였다. 소흔은 고개를 확 들어 그를 쏘아보았다.

"맘대로 해요. 그래도 난 도망갈 거야."

야멸치게 뱉어내는 말로 감정을 보인 쪽은 소흔이었다.

"왜?"

"여기 싫다고 했잖아요. 도강원은 더 싫어!"

그녀는 부르짖었다. 강원은 즉시 반응하지 않았지만 그녀의 마지막 말에 할 말을 잃은 얼굴이었다.

"그러니 나갈 거예요. 여길 떠난다구……."

짧은 침묵 후 소흔은 말을 이었다. 소리는 다소 누그러졌으나 감정은 여전했다.

"우리 오빠랑 동업을 계속 하든지 말든지 맘대로 해요. 난 이제 아무 상관 안 할 거야. 여길 떠날 거니까."

소흔은 벌떡 일어났는데, 떠날 거라면서도 그녀가 향한 곳은 현관이 아닌 주방이었다. 그녀는 곧장 정수기 앞으로 가 찬물을 받아 단숨에 쭉 들이켰다. 뒤따라 온 강원은 그녀의 뒷모습을 보고 있었다.

"그건 거짓이었나?"

소흔의 뒤를 보며 강원은 물었다.

"내 여자, 내 아내가 된다 하더니, 마음이 변했어?"

소흔은 움찔했으나 돌아보지 않았다. 다만 아랫입술을 꾹 깨물고, 붉게 물든 눈시울 아래로 제 감정이 눈물로 변해 떨어지지 않도록 눈에 힘을 주었다.

"그럼 이유라도 알자."

"말했잖아요……."

"엄마의 반대? 고작 그거?"

순간 소흔이 몸을 확, 돌려 그를 마주했다.

"나한텐 고작 아니에요. 강원 씬 가족이 없으니까 엄마가 어떤 존잰지 모르는 거지……."

"그래서 바로 포기야? 방법을 찾아보지도 않고?"

"방법 없다구요. 세상에 어떤 엄마가 깡패한테 딸을 보내려고 하겠어요?"

소흔이 소리치는 순간 강원이 한 발 다가섰다. 그 자신도 의식 못 한 그 움직임은 사뭇 위협적으로 보여 소흔은 움찔, 뒤로 물러섰다.

"보, 보내줘요. 여기 있으면서 강원 씨를 미워하고 싶지 않아요……."

"그래. 보내주지."

그는 한 발 더 다가섰다. 이번에는 분명 의식적이었다.

"거래 기간만 채워. 더도 덜도 아닌 딱 그 기간만 채우면 보내주마. 그래야 네 오빠도 살지 않겠어?"

"가, 가까이 오지 마요……."

그의 접근에 위협을 느낀 소흔이 제 뒤의 정수기에 등을 바짝 붙이고 소리쳤다. 그럼에도 그는 다가섰고 그녀를 향해 손까지 뻗었다. 그러자 소흔이 손에 들고 있던 컵을 냅다 던졌다. 가까운 거리라 빗맞을 확률이 거의 없어, 그것은 강원의 이마 옆을 맞혔다. '퍽' 소리에 이어 쨍그랑 하는 소리는, 컵이 바닥에서 산산조각이 난 것과 함께였다. 다행이라고 한다면 둘 사이의 거리가 아주 가까워, 그가 입었을 타격이 그리 크지 않았으리라는 점이다. 그런데 그것이 소흔에게는 도리어 불행이었을까, 강원은 눈 하나 꿈쩍 않고 다가와 대번에 그녀를 낚아챘다.

"아악……."

소흔은 비명을 지르며 주먹을 마구 휘둘렀지만 간단히 그에게 제압돼 그의 팔에 갇힌다.

"그래봐야 소용없어. 소흔아."

소흔을 뒤돌려 안고는 그가 말했다. 그런 그의 목소리는 신음처럼도 들렸다.

"넌 처음부터 오빠를 위해, 가족을 위해 이곳으로 온 거 아니었나? 그래. 가족이란 그런 거야. 아주 성가신 존재요, 핸디캡이지."

강원은 자신의 뺨을 소흔의 뺨에 댄 채로 말을 이었다.

"그래서 네가 나를 떠나려는 거겠지? 그런 핸디캡을 나한테 주지 않으려고, 맞지? 소흔아. 난 그렇게 이해하마."

그의 입술 끝에 냉소가 잠시 머물렀다.

"다만 도망치려고 한 벌만 받아. 거래 기간 동안 받아. 그마저도 못 하겠다면 나 역시 네 오빠와의 약속을 지킬 수 없어. 아니. 쓸어버릴 거야."

그는 그 말을 마치 사랑을 속삭이듯 했다.

"깡패한테 그 정도는 일도 아니거든."

그 말을 마지막으로 강원은 움직였다. 소흔의 발아래로 먼저 그녀의 외투가 떨어진다. 뒤따라 그녀의 비명이 들리고 이어서 니트 스웨터가 바닥으로 떨어졌다. 강원의 움직임은 바로 소흔의 옷을 강제로 벗기는 것이었다.

"왜, 왜 이래요? 놔, 이러지 마……."

소흔은 그에게서 달아나려 발버둥을 쳤다.

"아악……."

소흔의 비명은 얼마 안 가 울음으로 바뀌고 바닥에는 그녀의 브래지어가 떨어졌다. 그렇게 먼저 위만 모두 벗겨낸 소흔을 강원이 안아 주저 없이 식탁 위에 눕혔다. 그녀의 바지를 벗기기 위해서다.

"놔, 놔. 나쁜 놈……."

식탁에 눕혀지자마자 소흔은 곧장 발길질을 해댔지만 그것 역시 그에게 간단히 제압돼, 곧 그녀의 바지 버튼과 지퍼가 차례로 열렸다.

"아앙……."

소흔은 더욱 크게 울음을 터뜨렸다. 그러나 허리 아래를 그에게 단단히 잡힌 채로, 딱딱한 식탁 위에 등을 대고 누워서 할 수 있는 일이란 그리 많지 않았다. 강원은 그녀의 바지를 팬티와 함께, 엉덩이 쪽에서부터 단번에 잡아 내렸다. 바지와 팬티는 허벅지 중간에 걸려, 하얀 피부 중앙에 있는 검은 체모를,

식탁 위에서 바로 내리 쬐는 강렬한 빛 아래에 적나라하게 드러냈다. 그는 별로 서둘지도 않으면서 거침없이 그녀의 남은 옷을 발목으로부터 완전히 분리했다. 그것들은 바닥으로 힘없이 툭, 떨어진다.

소흔의 발가벗은 몸은 식탁 위에 올린 거대한 요리 같았다. 그 '요리'는 울며불며 강원을 향해 발길질을 해댔지만 그 다리 하나를 간단히 팔에 끼워 잡은 그는 다른 손으로 제 허리벨트를 풀었다. 그런 후 바지 안으로부터 남성을 끄집어내는 것과 동시에 소흔의 다리를 끼운 팔을 제 앞으로 바짝 당겼다. 그 남성의 끝은 풍성한 숲 한가운데에 위치한 붉은 꽃송이에 가 닿는다. 열릴 준비는커녕 안으로 빗장까지 걸어 놓은 꽃이었다.

"아아악……."

날카로운 비명은 식탁 바로 위에 달린 강렬한 불빛마저 갈라 버릴 듯 처절했다. 단번에 끝난 것도 아닌, 긴 꼬리를 달고서였다. 비명은 이내 그것보다 더욱 고통스럽게 들리는 비틀린 신음으로 이어졌기 때문이다. 강원의 그것은 마치 흉기처럼 소흔의 아랫도리를 곧장 뚫어, 그렇게 밀착한 상태로 멈춰 있었다. 열려본 적이 없는 문은 두려움에 빗장까지 걸어, 만약 그것을 연다면 그것은 여는 것이 아닌, 부수는 행위일 것이다.

소흔의 입에서는 이제 기침 소리 비슷한 것이 나오고 있었다. 뭍에 나와 메말라 가는 물고기처럼, 아랫도리만 강원에게 잡힌 채인 그녀의 몸은 식탁 위에서 불규칙한 경련으로 팔딱댔다. 그런 소흔을 내려다보는 강원의 얼굴은 가면처럼 무덤덤했다. '아프지 않게 하겠다', 그녀에게 했던 약속이 제 의지와 관계없이 불현듯 떠올랐으나 바로 지웠다. 반대로 가장 고통스러운 방법을 택한 것도 꼭 그의 의지라고 할 수는 없었으니까. 어쩌면 그것은 절망의 표현이었을까, 사랑에 절망한 남자들이 때로 믿을 수 없게 잔인해지는 것이 바로 이런 것일까. 증명하듯, 고통에 신음하는 소흔을 빤히 내려다보면서도 그는 제 허리 아래를 움직이기 시작했다.

"아악……."

처음보다는 약했지만 소흔은 다시 비명을 질렀다. 울음이 섞인 것이 또한 차이라면 차이였다. 그 고통의 소리들은 몸부림까지 동반하며 그의 움직임과 함께했다. 소흔은 '그만 하라' 애원하고 싶었지만 말이 나오지 않았다. 아랫도리가 깨지는 것 같은 통증에 말을 잊었다. 억지로 말을 하려 해도 비명이나 신음으로만 토해졌다. 그녀의 하얀 엉덩이를 타고 흐른 피가 한군데에 잠시 머물러 있다, 아래로 뚝, 떨어진다.

털썩, 소흔의 몸은 마치 시체처럼 침대 위로 떨어졌다. 2층의 침실이었고, 거기까지 그녀를 데려와 침대 위에 던진 사람은 당연히 강원이었다. 그는 바로 몸을 돌리지 않고, 눈물범벅으로 울긋불긋한 소흔의 얼굴을 잠시 내려다보았다.

"지금부터 그 방에서 날짜를 세."

강원은 말했다.

"네가 떠날 수 있는 날짜."

그 말을 마지막으로 그가 나간 후 소흔은 '콜록' 하며 기침을 했다. 그렇게 시작된 기침이 몇 번 계속되면서 아랫도리에 경련도 일었다. 소흔은 꿈틀거리며 이불 속으로 파고들었다. 몹시 추웠다. 더구나 아무 생각도 할 수 없었다. '날짜를 세'라고 했던 강원의 말이 머릿속을 맴돌았으나 잠시뿐으로, 얼마 안 가그녀는 공황상태로 빠져들었다.

그날 밤, 강원은 다시 2층의 계단을 밟았다. 아침부터 그 난리를 치른 뒤 강원도 자신의 침실에서 쓰러졌었다. 소흔이 사라진 전날 밤부터 한숨도 자지 못했던 탓이다. 그 후, 오후 늦게 일어나 아래층 회사로 내려갔다 다시 돌아온 것인데 2층으로 오르기까지는 또 한 시간 이상을 소요한 뒤였다.

소흔의 침실은 불빛 하나 없이 깜깜했다. 강원이 불을 켜니 소흔은 바로 보였다. 침대에서 이불 위로 얼굴만 내놓고, 그녀는 마치 백 년 전부터 그렇게 있었던 사람 모양, 환하게 밝혀진 불빛에조차 아무 반응도 하지 않았다. 강원이 가까이 가서 보니 그녀는 눈을 감고 있었다. 어제만 해도 울어서 울긋불긋했던 얼굴은 이제 백짓장처럼 하얗게 변해, 입술마저도 붉은 기가 없어 보였다.

"소흔아."

소흔의 얼굴을 잠시 내려다보던 중 그가 나직이 소리를 냈다. 그녀는 자고 있지 않았나 보다. 바로 눈을 떴다. 정확히는 눈꺼풀만 올렸다. 고개도 까닥 않고 그를 보는 것도 아니었다. 강원은 천천히 그녀의 곁에 앉아, 그렇게 소리도 없이, 조심스럽게 앉은 것과 대비되게도 그녀의 얼굴을 한 손에 잡아 그의 눈을 향하도록 우악스럽게 돌렸다.

"내려가서 밥 먹자."

그는 소흔의 눈을 억지로 제 눈과 맞히며 말했다. 그렇게 강제로 맞혀진 그녀의 눈은 그제야 감정을 보였다. 증오였다.

"내가 미워?"

그가 물었다. 그러나 답을 원하는 질문은 아니었다. 답은 그녀의 눈빛이 이미 전하고 있으니까.

"나도 네가 밉다."

여자를 미워해 본 적이 없었다. 여자를 이렇게 미워할 수도 있다는 것이 신기했다.

"그래도 밥은 먹어. 소흔아. 먹고 기운 차려. 시체와 섹스하고 싶진 않거든."

순간 '퉤' 하며 소흔이 침을 뱉었다. 별로 많지도 않은 양의 타액은 강원의 얼굴에 분산돼 뿌려졌다. 사실 그 말은, 그의 진심이 아니었다. 진심은 밥을 굶고 있는 그녀에 대한 걱정이었으며, 그렇게 걱정되는 제 마음이 또한 역겨워 그렇게 부정하고 싶었던 것인지도 몰랐다. 사랑을 제대로 해본 적이 없으니 실연을 겪어본 적도 당연히 없어, 그는 아직 혼란 상태였다.

"무슨 의미야?"

제 얼굴에 묻은 침에도 눈썹 하나 까닥 않은 무표정으로 강원은 물었다.

"경멸?"

"그것도 아까워……."

소흔의 말소리는 속삭이듯 낮게, 떨림에 실려 나갔으며 숨길 수 없도록 선명한 증오와 경멸도 함께였다. 동시에 강원의 절망과 상실도 깊어짐을 의미했으리라.

"그래. 그런 것 같구나……."

읊조리듯 하는 말과 함께 확, 강원의 손에서 이불이 딸려 위로 들리는가 싶더니 이내 침대 아래, 바닥으로 내동댕이쳐졌다. 소흔의 몸을 감싸고 있던 이불이었다.

"아아악……."

강원의 손길이 싫다는 소흔의 의지는 날카로운 비명으로 먼저 표현되었다.

"그래. 비명 질러. 반항해. 시체보다는 차라리 그게 낫지."

"놔아……."

소흔은 미친 듯 몸부림을 쳤다.

"내 몸에 손대지 마아……."

"소용없어. 너 혼자서는 안 돼. 소흔아. 너 혼자서는 날 말릴 수 없어. 도움을 청해. 오빠를 부르든가, 경찰을 부르든가, 아니면 귀신이라도 불러. 아무거나 불러. 불러서 나를 멈추게 해

다오……."

그는 더욱 잔인하게 속삭이며 소흔의 젖가슴 하나를 터질 듯 움켜쥐었다. 그리고 그녀의 비명 소리를 들으며 그 젖꼭지를 잘근잘근 씹어댔다. 그녀의 허벅지를 물어뜯고, 아무 준비도 되지 않은 그녀의 몸으로 다시 침입자처럼 들어왔다.

"아아아악……."

'낙원'은 다시 비명으로 꽉 차는 지옥으로 변해갔다.

얼마의 시간이 지난 후, 1층의 침실에 딸린 욕실로 강원이 들어선다. 발가벗은 몸으로, 아마도 샤워를 하러 들어왔을 그는 곧장 샤워부스로 향하던 중 발길을 멈췄다. 그는 뒤로 한 발 물러나며 고개를 옆으로 돌렸다. 그곳에는 거울이 있었다. 강원은 거울 앞으로 다가섰다. 거울을 통해 비친 그의 몸에는 목 아래와 가슴 등에 붉은 손톱자국이 선명했다. 소흔이 낸 것이었다. 여자들이 그의 몸에 손톱자국을 내는 일은 과거에도 가끔 있어 왔지만 그것들은 섹스 중 절정에 이를 때에 낸 것으로 소흔의 그것과는 달랐다. 소흔의 것은 고통의 흔적이다.

강원은 손을 들어 쇄골 아래 즈음에 있는 하나의 상처에 손끝을 가져가 본다. 따끔한 느낌이 있어야 할 텐데 이상하게 아무런 감각도 느껴지지 않았다. 그것은 곧 소흔과의 방금 전 섹스를 떠올리게 했다. 아무것도 느낄 수 없었으니까. 아니다, 그것을 섹스라고 불러야 하나, 대체 방금 소흔과 무엇을 한 것일까. 겨우 그녀의 입술에, 그 하얀 피부에, 그 몸을 보듬고 잠드

는 것만으로도 이루 형언할 수 없는 짜릿함과 풍요로움에 젖어
들었다는 것이 거짓으로 기억될 정도였다. 왜 이렇게 됐는가,
낙원이 기다리고 있을 그녀와의 사랑이 어찌해 이토록 무참히
짓밟혔는가.

"빌어먹을……."

'쩡' 하는 소리가 난 것은 그때였다. 강원의 주먹이 거울과 맞
닿은 후였다. 거울은 그의 주먹을 중심으로 거미줄처럼 갈라져
있었다. 쩌쩍, 소리가 이어지며 거미줄은 그 세력을 넓혔다. 가
는 핏줄기 몇 개가 주먹 아래로, 거울을 따라 흐르기 시작한
것은 잠시 후였다.

✖

그로부터 이틀 후였다.

"엄마……."

핸드폰을 귀에 댄 소흔은 힘없이 엄마를 불렀다. 2층의 침실
에서 파자마 차림으로 침대에 걸터앉은 모습이었다.

[꿈자리가 뒤숭숭해서 한 번 해봤다. 아무 일 없지?]

"응……."

엄마의 목소리만 듣고도 눈물이 핑 돈 소흔은 그것을 억지로
참으며 대답했다.

[목소리가 왜 그래?]

"감기 기운이 좀……."

[조심하지. 설날엔 올 거지?]

"응……."

그러고 보니 다음 주가 설이구나, 하며 전화를 끊고 나서도 소흔은 꾸역꾸역 눈물을 삼킨다. 그렇잖아도 너무 울어 힘을 빼고 싶지 않았다. 그런데 설이라고 집에 보내줄까, 지금 강원의 상태로 봐서는 어림없는 일이었다. '오빠를 부르든 경찰을 부르라' 했던 그의 목소리를 떠올리며 소흔은 몸서리를 쳤다. 얼마나 무서운 말인가, 정말 소흔이 오빠에게 도움을 청한다면 그 결과는 '쓸어버리겠다'던 강원의 의지로 실현되겠지, 그러니 도움을 청하라는 그의 말은, 소흔이 그렇게 하지 못하리라 하는 데서 오는 자신감이기보다는 도리어 '그렇게 하라' 하는, 그리하여 모든 것을 파국으로 이끌려는 그의 어둡고 심술 맞은 광기였다. 그가 그렇게 무서운 사람이었다니, 그렇게 잔인한 사람이었다니, 그녀는 새삼 무섭고 두려워 자신이 실연을 당했다는, 그러니 당연히 아픔도 겪어야 한다는 심리적 여유조차 갖지 못했다.

문 밖에서 기척이 났다. 그 기척에 이어 문이 열리고 50대 초반 정도로 보이는 아주머니가 조그만 상을 들고 들어왔다.

"이번엔 좀 드셔야 할 텐데……."

아주머니는 걱정의 말을 하면서 상을 침대 위에 놓아주었다.

"꼭 드시게 하라고 대표님이 신신당부를 하셨어요."

"네. 먹을게요."

소흔은 담담히 말했다.

"오늘은 어제보다 좀 괜찮으세요? 얼굴은 여전한데……. 차라리 병원에 한번 가보는 게 낫지 않겠어요? 독감이 아니라 어디 다른 데 아픈 건 아닌지 검진도 해볼 겸."

"괜찮아요. 나가보세요."

아주머니가 나간 후 소흔은 수저를 든 것이 아니라 걸터앉아 있던 침대에서 일어났다. 그리고 비틀거리며 창가로 가 문을 조금 열었다. 어제까지만 해도 몸이 너무 아파 거의 꼼짝을 못했는데 ―특히 '아래'가 너무 아파 걷기가 힘들었다― 이제는 좀 참을 만해지자 그녀는 바깥바람이 먼저 그리웠다. 바깥바람은 다소 찼다. 때문에 소흔의 창백하고 해쓱한 얼굴은 더 파리해지고 말았다.

"날짜를 세라고……?"

찬바람에 파랗게 변한 입술을 움직여 소흔은 중얼거렸다.

"그래. 처음이 있었으니 끝도 있겠지……."

그날 밤, 강원이 소흔의 침실을 찾았을 때 소흔은 이불을 덮고 침대에 누워 있었다. 어제는 그가 오지 않아 두 연인은 하루 만에 만나는 셈이었다. 강원은 진한 청회색의 슈트 차림으로 재킷의 단추를 풀며 다가왔는데 그런 그의 오른손에는 살색 붕대가 감겨 있었다. 소흔은 또렷한 눈빛으로 그를 맞아 그가 제 옆에 앉는 것을 담담히 지켜보았다.

"밥은 먹는 거야?"

그가 물었다. 소흔은 고개만 살짝 끄덕여 보였다.

"착해졌군."

강원은 손을 뻗어 소흔의 얼굴에 대었다. 그녀는 그의 손이 다가와도 움찔하지 않았다.

"날짜를 세는 건가……?"

소흔의 얼굴을 쓰다듬으며 그는 또 물었지만 이번에 그녀는 반응하지 않는다.

"집으로 돌아가고 싶어?"

그는 계속 묻고 있었지만 대답을 기다리는 것도 아니었다.

"그래. 그럴 테지. 네 오빠와의 일도 거의 끝나간다. 곧 돌아갈 수 있어."

소흔은 아무 반응 없이 눈도 깜박이지 않고 그의 얼굴을 빤히 바라봤다. 그래서일까, 갑자기 그가 이불을 확 들추었다. 소흔은 나신이었다. 마치 그가 올 것을 알고 미리 준비하고 있었던 듯, 그러나 그 나신은 또한 상처 많은 그것이기도 했다. 그렇기에 연민이 느껴지기도 하련만 강원은 그런 그녀의 몸을 부둥켜안고 목덜미와 젖가슴에 입술을 비볐다.

"소흔아……."

그녀의 가슴에 얼굴을 묻은 그가 속삭이듯 불렀다.

"내가 안 보내면, 못 보낸다 하면 어떡할래?"

그러자 그의 귀에 그녀의 심장박동이 빨라지는 소리가 들려왔다.

"못 보내. 안 보내……."

박동은 더욱 빨라진다.

"그냥 있어. 여기 그냥 있기만 하면 돼. 소흔아. 손대지 말라면 그렇게 할 테니. 네가 원하는 거, 해달라는 거 다 해주마. 응?"

그때 그의 머리를 소흔이 잡았다. 머리칼 깊숙이 손가락을 넣어 그 손끝으로 그의 머리를 더듬듯 애무했다. 그가 고개를 든다.

"보내……."

그의 눈을 보며 소흔은 입을 열었다.

"주세요……. 나, 실컷 갖고……, 그리고…… 보내주세요……."

"안 돼. 못 해. 못 보내……."

강원은 거칠게 자신의 재킷을 벗어 던지고는 소흔의 다리를 벌리고 그 안으로 들어와 주섬주섬 바지의 벨트를 풀었다. 이어 그 다음을 시도하려는 그의 몸짓은 소흔과 눈을 마주하는 순간 멈추고 만다. 그를 응시하는, 영롱함을 잃은 그녀의 갈색 눈동자는 붉게 물든 눈시울 위에서 미묘하게 흔들리고 있었다. 그것이 그의 가슴을, 서늘할 정도의 시린 칼날로 찰나에 베어 버렸다. 그 타격이 너무도 극심해 그는 숨통이 턱 막혀오기까지 했다. 물론 그것도 찰나였다. 그럼에도 그는 처음으로 '두려움'이라는 것을 느꼈다. 자신의 밑에서 떨고 있는, 한줌도 안 되는 어린 계집에게 난생처음 패배감을 맛보았다. 강원은 무력하게 소흔 위로 풀썩, 쓰러지고 만다.

"처음부터……."

그는 깊은 숨결과 함께 토해냈다.

"내 앞에 나타나지를 말지……."

중얼거림은 자조적이었다. 동시에 절박해 보이기도 했다. 그녀를 보낼 때가 다가왔음을 실감하는 것일까, 그것이 이별이라는 것도 아는 것일까, 이미 돌이킬 수 없는 길로 접어든 두 사람의 엇갈린 운명도 함께 깨달은 것일까.

이튿날 오후 4시쯤, 소흔은 한 상무가 운전하는 차에 올랐다. 한 상무는 소흔의 가방으로 보이는 여행용 가방 하나를 그녀가 앉은 뒷좌석에 같이 실었다. 차는 낙원빌딩을 출발해 차도로 진입해 들었다.

그것을 빌딩 4층의 어느 창에서 강원이 내려다보고 있었다. 자신의 집무실 창가에 서 있는 그는 소흔을 태운 차가 시야에서 완전히 사라질 때까지 지켜보았다. 그의 손가락 사이에서 홀로 타고 있는 담배는 제 시체의 일부분을 바닥으로 뚝 떨어뜨렸다. 한참 후에야 강원은 돌아섰다. 그렇게 돌아서서 채 한 발자국도 내딛기 전에 그는 멈춰 섰다. 어젯밤 소흔의 눈을 마주했을 때 느꼈던 가슴을 에는 통증이 번개처럼 스쳐 지났기 때문이다. 짧지만 깊고 날카로워, 그는 그 자리에서 한동안 움직이지를 못했다.

사랑을 잃은 뒤, '진짜'라고 말할 수 있는 아픔은 그렇게 뒤늦게 오는 법이다. 어쩌면 그것은, 사랑을 깨달은 다음이기에 더욱 그럴지도 몰랐다. 가져봤기에 잃은 것을 알며, 갖고 싶은 단 하나였다면 그 상실감은 때로 죽음과도 맞먹는다. 그것이, 불행하게도 강원에게는 이제 시작이었다.

소흔을 태운 차는 그녀의 엄마가 사는 집 앞에서 멈췄다. 한 상무가 먼저 내려 뒷문을 열고 가방부터 꺼낸 뒤 소흔이 내릴 때까지 기다렸다.

"태워다 주셔서 감사합니다. 한 상무님."

가방을 건네받으며 소흔이 말했다.

"별말씀을요. 사모님."

"이제 사모님 아니에요."

소흔은 고개를 흔든다.

"안녕히 가세요."

소흔은 허리를 굽혀 인사 후 대문 앞으로 움직였다. 한 상무는 바로 차에 타지 않고, 소흔이 대문 안으로 모습을 감출 때까지 착잡한 얼굴로 지켜보았다.

"얼굴이 왜 그래?"

집으로 들어온 소흔을 맞은 엄마는 정말 놀란 얼굴을 해보였다.

"좀 아팠다고 했잖아. 그래서 강원 씨가 날 더 빨리 보내준 거라고."

집으로 돌아온다고 엄마에게 사전에 연락을 해놓은 터였다.

"요즘 독감이 유행이긴 하다만 그래도 그렇지, 병원은 가봤니?"

"당연히 가봤지. 독감 맞고요, 푹 쉬면 낫는대."

"어서 올라가자. 올라가서 얼른 누워. 네 방에 난방은 미리 틀어놨어."

엄마는 소흔의 가방을 집어 들고, 가사 도우미 아줌마에게 따뜻한 생강차를 준비해라, 전복죽을 준비해라, 정신없이 몇 마디 하고는 딸과 함께 2층으로 올랐다.

"와아, 내 방."

자신의 방으로 들어온 소흔은 반갑다는 듯 의식적인 탄성을 내질렀다.

"드디어 완전히 돌아왔다."

그녀는 침대에 털썩, 몸을 던졌다.

"다음 주는 설이고 그 다음 주면 수강 신청해야 하고, 딱 알맞게 돌아왔지? 엄마."

"그래. 이것아. 엄마도 이제야 한시름 놓는다."

"그러고 보니 나 개선장군 같지 않아?"

소흔은 짐짓 히죽, 웃었다.

"개선장군 좋아하네, 희멀건 한 얼굴을 해 갖구. 아니, 그 도 대표 놈은 돈도 그렇게 많대면서 너 굶겼대냐? 여자애가 먹으면 얼마나 먹는다구, 천하에 치사빤스한 악당 놈."

소흔이 다시 의식적으로 킥킥 웃는 모습을 보이는 사이 엄마는 주방에 내려가 봐야겠다며 일어섰다.

"네 오빠 오늘 무슨 야근한다며 새벽에나 들어온대. 정 회장이랑 회사 분리하는 거, 그게 막바지라 바쁜가 보더라. 악당이니 뭐니 해도 도 대표 덕이긴 하다. 사실 정 회장도 악당인데 더 악질한테 걸리니 꼼짝을 못하네. 이런 게 바로 이열치열인가 보다."

엄마는 픽 웃었다.

"오빠한테 전화나 한 번 넣어보든지."

엄마는 그 말을 마지막으로 방을 나갔다. 오빠와의 통화는 찜질방에서를 마지막으로, 그 후로는 소흔이 부러 피했다. 지옥으로 변한 '낙원'을 견디느라 그럴 정신도, 의욕도 없었지만 오빠의 목소리를 듣는 것도 싫어 그저 '잘 있다' 정도의 안부 문자만 보냈더니 오빠의 답은 '미안하다'였다. 미안한 줄 알면 그런 부탁을 하지나 말지, 소흔은 침대에 걸터앉은 상태에서 툭 하니 몸을 쓰러뜨렸다. 이제 다 끝난 거지, '낙원'을 떠나온 거 맞지, 하며 새삼 안도를 하면서도 그것에 더한 여러 복잡한 감정을 아직은 덮어두려 했다. 안도감을 충분히 만끽하기도 전에 무엇인가 끼어드는 것을 원치 않았다. 특히 아직도 불편한 아랫도리가 의식될 때면 더욱 그랬다. 소흔은 두려웠다. 심리적인 고통까지 감당하기에 아직 너무 이르지 않은가, 너무 잔인하지 않은가.

소흔이 생각한 그 잔인한 시간은, 또한 너무 이르게도 바로 그날 밤에 그녀를 엄습했다. 이제는 안전한 집, 그녀의 방으로 돌아왔건만 그래서 더욱이 제 참담한 심정을 드러내지 못하고 감춰야 했던 것이, 아무에게도 방해받지 않는 깊은 밤이 되면서 일시에 터져 버린 것이다. 왜 아니겠는가, 처음으로 사랑한 남자였는데, 사랑한 만큼 행복한 기억으로도 모자랐을 것을, 끔찍한 그것으로 채워 넣고 이별을 맞이했으니, 사랑에 미움이 더해 한데 얽히며 가슴을 갈가리 찢어놓았다. 소리도 마음껏 지를 수 없는 오열은 오랜 시간동안을 신음으로 토해놓았다. 슬픔이기보다는 차라리 통증이었다.

어둠이 깊어갈수록 야경 또한 그 깊고 아름다운 빛을 더해가는 낙원빌딩의 주변은 겨울의 끝자락을 잡고 떨어지는 눈발 속에서도 여전한 모습이었다. 다만 여주인을 잃은 '낙원'만이 빛을 잃은 담담함으로 강원을 맞을 뿐이다. 그것이 본래 '낙원'의 모습이었다. 2층의 계단으로부터, 혹은 주방으로부터, 강아지처럼 쪼르르 달려 나와 갈색머리를 나풀거리며 환하게 웃던 여자가 '낙원'을 지배하기 전까지, 이곳은 지금처럼 무덤덤하고 적요했다. 최근 며칠, 무거운 발길로 들어서고는 했던, 지옥으로 변한 '낙원'조차도 사실은 여주인의 지배하에 있었다는 것을, 이제 와 더 지독한 무덤으로 변해 버린 '낙원'의 적요 속에서 깨닫게 되는 것이야말로 얼마나 참담한 일인가. 불행한 일이라도 일어나는 것이 아무 일도 일어나지 않는 것보다 낫다고 했던가. 강원은 천천히 2층의 계단을 밟았다.

소흔의 침실은 차갑고 건조한 어둠으로 강원을 맞았다. 밝은 온기로 가득 찼던 방은 주인을 잃자마자 언제 그랬냐는 듯 차갑게 식어, 단지 난방을 하지 않아서라는 이유만으로는 너무도 궁색하게 느껴졌다. 강원은 불을 켜지 않은 채, 열어 놓은 문밖의 빛에 의지해 천천히 걸음을 옮겨, 침대 발치에 놓여 있는 등받이 없는 장의자에 걸터앉았다.

"차라리……"

그는 뇌까리듯 웅얼거렸다.

"처음부터 나타나지를 말지……"

그랬다면 '낙원'은 스스로를 무덤으로 만들지 않았을 것이다. 무덤덤하고 적요한 지금의 모습을, 영원히 낙원으로 알고 살아갈 테지. 도대체 그녀는 이곳을 무엇으로 채워놓았었기에, 그것이 사라진 '낙원'은 어찌하여 지옥만도 못하다는 말인가. 얼마 전만 해도 '그 무엇'이 채워진 '낙원'으로 가슴 설레며 들어섰다는 것이, 흡사 오래전 꿈을 꾸고 깨어난 듯 아득하기만 했다.

강원은 손 하나를 천천히 들어 재킷의 품 안으로 넣었다. 그렇게 들어간 손은 평소처럼 담배 한 개비와 함께 다시 나온 것이 아니라 그대로 머물러 있더니 갑작스레 제 가슴팍을 움켜잡았다. 바로 어젯밤, 소흔의 눈을 마주하며 느꼈던 서늘한 통증에 또다시 엄습당하고 만 것이다. 낮의 그것보다 더 강렬해져, 심장이 서걱서걱 베이는 것 같았다. 그는 그대로 몸을 앞으로 푹 숙였다. 아니, 절로 수그러졌다는 것이 맞을 정도로 힘없이 고꾸라졌다. 내장이 다 녹아내리듯 온몸이 무기력해졌다.

연인이여, 잘 있어요.
계절이 바뀌듯
그날 밤 우리 둘의 사랑도
밤하늘의 유성처럼 사라졌군요.
무정한 꿈이여……

10
네가 나의
낙원이다

소흔은 집에 온 다음 날 정오쯤에 1층 서재에서 그녀의 오빠, 사헌과 마주앉아 있었다. 새벽에 들어온 사헌은 바로 잠을 청해 11시 넘어 일어나, 점심 식사 후 출근하기 위해 준비하고 있던 차, 소흔과 자리를 함께한 것이었다. 아직 두 사람 다 점심 전이었다.

"일이 아직 채 마무리도 되기 전인데 도 대표가 널 보내줘 좀 의외긴 하다만……."

커피 잔을 입에 댄 후 사헌은 말했다.

"그만큼 더 의심할 구석도 없단 뜻이겠지. 암튼 잘됐다. 소흔이 너한테 고맙고, 또 미안하고. 지금 네 안색 보니 더욱 더."

"내가 좀 고생을 하긴 했지."

소흔은 부러 밝게 헤헤 웃었지만 어젯밤 홀로 겪은 마음고생까지 더해진 그녀의 안색은 더욱 까칠했다.

"솔직히 오빠가 좀 밉기도 했는데……."

그러자 사헌은 정색한 얼굴을 해보였다. 무슨 뜻인지 아는 까닭이다.

"이젠 말해줄 수 있어? 오빠가 가져오라던 강원 씨의 서류봉투에 뭐가 들었는지 말이야. 그때 오빠가 언니 사고에 관계된 거라고만 했었는데……."

소흔은 떨리는 마음을 들키지 않게 애쓰며 물었다. 이 질문을 할까 말까 아침 내내 고민했었다. 그 서류봉투 안에 올케의 죽음과 관련된 무엇인가 들어 있고 그것이 강원의 손에 있다면 서주은의 말이 진실일 가능성이 높아, 당시에도 소흔을 혼란에 빠뜨렸었기 때문이다. 비록 지금 강원에게 깊은 원망을 포함해 여러 복잡한 감정을 지닌 소흔이지만 그렇다 해도 한꺼번에 세 사람을 죽게 만든, 그런 무서운 범죄의 피의자로 그를 기억하고 싶지는 않았다.

"네 언니 사고……."

사헌은 무거운 얼굴로 입을 열었다.

"단순 사고 아니야. 고의 살인이다."

오빠의 말에 소흔은 저도 모르게 손을 가슴에 얹었다. 심장이 팔딱팔딱 뛰었다.

"나도 나중에야 안 사실이지만……. 회사 소유의 밴에 누군 가가 미리 손을 댔어."

"누, 누가……?"

"현재로선 정 회장 측의 소행이란 것만 알아."

"호, 혹시 강원 씨도 관련……."

"아니."

사헌은 고개를 저었다.

"도 대표는 당시 이미 정 회장과 거리를 둔 지 꽤 된 데다 또 나와 협상 중일 때였으니 그런 일을 할 이유가 없지. 더구나 도 대표가 그리 무모할 리도 없고."

아, 그렇구나, 다행이다, 이 얼마나 다행인가. 소흔은 티 나 지 않게 조용히 안도의 한숨을 내쉬었다.

"도 대표는 오히려 정 회장 쪽에 제 사람을 심어두고, 뭐랄 까, 그 주변에 감시망을 쳐두었다고 해야 하나, 그런 거 보면 참 치밀한 사람이다. 암튼 바로 그 감시망에, 어떤 놈이 그 사고 난 밴에 미리 손을 댔다는 증거가 걸려든 거야."

사헌은 이어, 밴이 사고 났을 당시에는 몰랐지만 나중에 유 추한 사실에 의하면 아내의 장례식 중에 강원으로부터 '동생 관련 거래는 없던 일로 하자'는 연락을 받은 것이, 바로 강원이 그 증거를 확보하고 단독으로 정 회장을 상대할 의도였기 때문 인 것 같다고도 했다. 사실 강원 입장에서는 정 회장을 협박할 '무기'를 수중에 쥐고 굳이 사헌과 동업할 필요가 없는 것이었다. ─소흔도 그것에 대해 강원에게 물었던 것을 떠올리며 그때 그의 대답인 '그럴 필요가 없어서'를 그제야 이해한다─ 그러니 무기를 확보하고도 사헌과 동업을 하기로 다시 마음을 바꾸고 소흔과 결혼식을 올린 것이 이제 와서는 오히려 이상한 일이 되고 말았다. 다른 사람도 아닌, 이재(理財)와 계산에 그리 밝은 도강원이 말이다.

"그, 그럼 오빠가 말한 서류봉투에 바로 그 증거가 있는 거?"

"그래. 도 대표의 손에 그것이 있다는 것을 어느 순간 정 회장도 알고, 나도 안 거지."

소흔은 순간, 자신이 납치당할 뻔했던 일을 떠올리며 정 회장이 소흔을 잡아 강원이 갖고 있는 그 증거와 맞바꾸려 했구나, 하고 짐작했다. 그녀의 짐작은 정확했다. 바로 그것이 강원이 손에 쥔 정 회장의 '치명적인 약점'인 것이다.

"그럼 그것만 있으면 정 회장을 감옥에 보낼 수 있는 거네?"

소흔이 물었다.

"응. 그래서 너한테 무리한 부탁까지 했던 거야."

소흔은 고개를 끄덕였다. 모든 상황이 이해가 되었다.

"도 대표한테 그것은 그저 무기일 뿐이야. 정 회장을 위협하는 무기. 또 그것으로 많은 것을 얻어내겠지. 물론 나한테도 어느 정도는 그렇지만……. 무엇보다 난 정 회장을 꼭 처벌받게 하고 싶었다. 그래야 네 언니의 억울한 죽음은 물론, 피어보지도 못하고 간 어린 친구들의 한도 풀어줄 수 있지 않겠니?"

사헌이 말한 '어린 친구들'이란 버터플라이의 멤버였던 두 명의 가수를 가리키는 것이다.

"그, 그럼 어떡해……? 내가 못 찾아내서……."

소흔은 눈물을 글썽였다.

"부탁은 했지만 실은 그리 기대하지 않았다. 너 때문이 아니라, 도 대표가 허술할 리 없기 때문이지. 그래도 지푸라기 잡는 심정으로 혹시나 했던 건데 오히려 마음고생만 시킨 것 같아 오빠가 미안하다."

"강원 씨한테 부탁해 보면 안 돼? 그거 달라고, 정 회장 처벌받게 해달라고……."

사헌은 고개부터 먼저 저었다.

"씨알도 안 먹히는 소리다. 도 대표가 그것으로 정 회장과 딜을 할 게 빤한데 그걸 포기할 것 같니? 어림없다. 아참, 넌 네 언니 사고가 의심스럽다는 것을 어떻게 알았니? 도 대표한테 들었을 리도 없고……."

순간 소흔의 얼굴은 사납게 굳었다.

"혹시 언니 사고에 대해…… 혈귀…… 라는 조폭이 관련되었다, 그런 소문이 연예계 바닥에 돌아?"

"뭐?"

사헌은 황당하다는 표정을 해보였다. 그 표정만으로도 소흔은 더 들어볼 것도 없다고 판단한다.

"서주은 씨 이카루스랑 계약했지? 그 여자 폰 번호 좀 알려

줘. 오빠."

강원은 차로 움직이는 중에 핸드폰 벨소리를 듣는다. 운전은
한 상무가 하고 있었다. 한 상무는 슬쩍 룸미러를 통해 강원이
벨소리가 나는 핸드폰의 액정을 쳐다만 볼 뿐 받지 않는 것을
보며 의아해했다.

강원의 핸드폰에는 서주은의 번호가 떠 있었다. 강원은 어처
구니없다는 표정만 잠깐 보이고 말았다. 벨소리가 그친 핸드폰
은 몇 초 되지도 않아 다시 울렸다. 그런데 이번에 강원은 바로
받았다.

[통화 괜찮으십니까?]

"네. 말해요. 임 사장."

[사실은 이틀 전에 소흔이한테 이상한 말을 들어서요, 고민
을 좀 하다 연락드린 건데…….]

"뭡니까?"

소흔의 이름이 나온 것만으로도 강원은 집중했다.

[도 대표가 소개해서 계약한 서주은 말입니다. 그 여자가 소
흔일 만난 모양인데 묘한 얘길 전해서 예감이 좀…….]

사헌과의 통화 후 강원은 3분 정도 생각에 잠겨 있더니 이내
핸드폰의 통화 버튼을 터치했다. 주은의 번호였다.

강원이 주은을 만난 것은 저녁 8시경 낙원빌딩 4층에 위치한 그의 집무실에서였다. 비서진들과 야근을 하는 사원들을 빼면 대부분 퇴근한 후라 빌딩은 조용한 편이었다.

주은이 비서의 안내로 집무실에 들어섰을 때 강원은 소파 상석에 앉아 있었다.

"앉아."

강원 앞으로 와 허리를 숙여 인사하는 주은을 향한 그의 첫마디였다.

"여기 처음 와봐요. 어떤 데서 일하시나 무척 궁금했었는데, 와, 너무 좋아요."

주은은 소파에 앉고 나서 짐짓 들뜬 얼굴을 해보였다.

"바빠서 여기로 오라고 한 거야. 다시 일 봐야 해."

"대표님 바쁘신 거야 너무 잘 알죠. 전화 연결이 안 돼 실망하고 있었는데 확인하고 걸어주셔서 얼마나 기뻤는지 몰라요."

"왜? 볼일이 뭐야?"

"아이, 커피도 안 줘요? 아무리 바빠도 커피 한 잔은 할 거죠?"

잠시 후 여비서가 가져 온 커피가 테이블 위에 놓인다.

"화나신 거 아니죠?"

여비서가 나간 후 커피를 한 모금 마신 주은은 강원의 눈치를 살폈다.

"죄송해요. 하지만 너무 보고 싶어서……."

"실컷 봐."

강원은 퉁명스럽게 말했다.

"아이 참, 내 맘 잘 알면서……."

강원의 퉁명스러운 반응을 주은은 전혀 개의치 않았다. 그것이 원래 그의 모습이라는 것을 잘 알기에 그녀는 오히려 더욱 애교 어린 웃음을 머금을 뿐이었다. 그가 전화를 해주고 만나준 것이야 말로 그녀에게는 진짜 좋은 신호였으니까.

"이카루스랑 계약한 것도 다 대표님 덕분인데 인사도 제대로 못 드렸잖아요. 제 탓 아녜요. 대표님이 절 안 만나주셔서 그렇지. 제 마음은 변함없는 거 아시죠?"

"잘됐군. 마침 이혼도 해서 마음이 허했는데."

강원은 품 안에서 담배를 꺼내 물었다.

"전혀 이혼한 분 같지 않은데?"

"울어야 하나?"

그러자 주은은 재미있다는 듯 손뼉까지 치며 웃었다.

"그럼…… 오늘 오실 거예요?"

웃음 끝에 주은은 물었다. 자신이 사는 곳으로 오겠느냐 묻는 것이다.

"아까도 말했지만 바빠. 거의 여기서 살아. 지금처럼 네가 움직여야 해."

"좋아요. 분부대로 해요, 전 무조건."

"오늘은 그냥 가. 다음에 부르지."

주은은 아쉬워하면서 물러갔다.

"미행 붙여."

주은이 나가고 난 후 강원이 핸드폰에 대고 말했다.

주은은 빌딩의 주차장에서 핸드폰을 확인한다. 그녀의 핸드폰에는 소흔의 번호가 찍혀 있었다. 이틀 전 한 번 통화를 했었는데 '만나자'는 소흔의 제의를 일언지하에 거절한 후 받지 않고 있었다. 이어 문자를 확인 후 주은은 깜짝 놀란다.

〈서주은 씨. 계속 그렇게 피한다면 도강원 대표를 만나 그쪽이 나한 테 전한 것을 다 말할 거예요.〉

이튿날, 소흔과 주은은 어느 커피전문점에서 만났다. 두 사람은 커피를 주문해 가져오기까지는 별다른 말을 하지 않았다.

"단도직입적으로 물을게요."

소흔이 먼저 입을 열었다. 커피를 두 모금 마시고 난 다음이었다.

"서주은 씨 목적이 뭐예요?"

"무슨 말씀이신지……."

소흔의 날선 어조에, 주은은 반대로 매우 교양 있는 목소리로 받았다.

"발연기 하세요? 시침 뚝 떼려면 좀 더 우아한 척을 하시든지요."

"어린 아가씨가 말을 좀 싸가지 없게 하네? 아무리 소속사 사장님의 동생이라지만 이러면 곤란한데……. 나 꽤 친한 기자들 많아요."

소흔은 어이가 없어 '하' 하는 소리를 뱉어냈다. 소흔이 보기에 주은의 나이도 스물예닐곱 정도라 자신더러 '어린 아가씨' 운운할 정도도 못 되거니와 '친한 기자' 얘기는 또 뭔가.

"도강원 씨와 무슨 관계예요?"

소흔은 다시 물었다. 오빠를 통해 주은이 강원의 소개로 이카루스와 계약했다는 사실을 들어서 어림짐작은 물론 하고 있었다.

"무슨 관계면?"

"혹시 원한 관계는 아니죠?"

그러자 주은은 '오호호호호' 하며 간드러진 웃음을 흘렸다. 물론 비웃음의 뜻을 강하게 담은 것이었다.

"어떤 사고의 범인으로 도강원 씨를 지칭했으니 묻는 건데요?"

주은의 태도를 무시한 채 소흔은 말을 이었다.

"난 도강원 씨라고 말한 적 없는데?"

주은이 반문했다. 맞는 말이었다. 그녀는 다만 '혈귀'라고 했을 뿐이었으니까.

"그렇다 치고, 그 말을 내게 한 목적이 뭐죠? 아니. 내가 말할까? 도강원 씨와 날 갈라놓으려고? 왜?"

"갈라놓고 자시고 할 게 뭐 있어? 어차피 가짜 결혼인데. 안 그러니?"

주은은 이제 대놓고 반말을 했다. 소흔의 안색은 확 바뀌었다.

"얼레? 도강원 대표를 좋아했던 모양이네? 저런, 어쩌나, 상처받았니?"

주은의 조롱은 그녀의 말대로, '어린 아가씨'라 제 감정을 숨기지 못해 얼굴에 고스란히 내놓고 있는 소흔을 정면으로 겨누었다. 소흔의 얼굴은 이미 붉게 변한 눈시울 위로 눈물을 하나 가득 담고 있었다. 그것을 참아내려 아랫입술을 지그시 깨물었지만 끝내 눈물 한줄기가 뺨을 타고 흐르는 것을 막지 못했다. 부끄럽고 분했다. 이런 여자 때문에, 이런 여자의 말 한마디 때문에 강원을 의심하고 그로 인해 지옥의 시간을 견디어야 했다니, 소흔은 자리에서 천천히 일어났다. 그리고 그렇게 천천히 일어선 것이 무색하게도 느닷없이 주은을 향해 손을 휘둘렀다. '짝' 하는 소리가 커피전문점 안에 있던 모든 이들의 눈길을 끌어당겼다. 소흔이 주은의 뺨을 후려친 것이다. 얼마나 힘을 주고 때렸는지 주은의 고개가 옆으로 휙 돌아, 그 바람에 몸까지 균형을 잃고 잠깐 휘청거렸다. 주은은 더욱이, 소흔이 일어나는 것을 여유만만하게 지켜보다 당한 것이라, 맞고 나서도 약간의 시간이 지난 후에야 자신이 맞았다는 사실을 깨달았을 정도였다. 소흔은 이미 등을 돌려 커피전문점을 나가고 있었다.

주은이 앉은 자리에서 몇 테이블 건너에서는, 한 남자가 혼자 앉아 약간 삐딱한 자세로 주은을 주시하고 있었다. 주은은 사람들의 눈길 속에서 몹시 당황해하면서도 서둘러 그곳을 빠져나갔는데 약간의 시간차를 두고, 주은을 주시하던 남자 역시 유연하게 자리를 벗어났다.

주은은, 소흔을 만난 지 3일 후 강원의 호출을 받았다. 저녁 7시에 낙원빌딩 그의 집무실로 오라는 것이다. 주은이 비서실을 통과했을 때가 정확히 7시였다. 강원은 셔츠 차림으로 집무용 책상 앞에 앉아, 의자 등받이에 몸을 깊숙이 묻은 모습으로 주은을 맞았다.

"피곤해요?"

강원 가까이 온 주은이 물었다. 아닌 게 아니라 강원의 그런 모습은 업무에 몰두하다 그 피로감에 잠시 쉬고 있는 모양에 가까웠다.

"그래."

의자를 주은 쪽으로 돌리며 강원은 대답했다.

"불쌍해라. 우리 도 대표님. 내일부터 설 연휴라고 오늘 더 무리하는 건가요? 당신 정말 일 중독인 거 알아요?"

주은은 먼저 외투를 벗어 핸드백과 함께 책상 위에 놓고는 강원 앞으로 바짝 붙었다. 외투를 벗은 그녀는 블라우스에 카디건과 플레어스커트 차림이다.

"자아, 내가 피로를 풀어줄게요."

그녀는 강원 앞으로 손을 뻗어 그의 목 옆을 주물렀다.

"나요, 안에 아무것도 안 입었어요. 위아래 다요. 언제든 당신이 손을 넣을 수 있도록."

주은은 그것을 증명하려 단추 하나에 의지한 카디건 앞을 풀고 그 안으로 가슴께의 블라우스 단추도 풀었다. 블라우스 앞은 바로 벌어지며 그녀의 풍만한 젖가슴을 드러냈다. 강원은 별다른 말없이 손을 뻗어 젖가슴 하나를 지그시 움켜잡았다. 동시에 주은이 허리를 흔들며 그의 손에 제 가슴을 더욱 밀착시킨다. 그러면서 손은 아래로 내려 스커트를 잡아 올렸다. 스커트 안으로는 가터벨트에 스타킹을 고정했는데 그녀의 말대로 아무것도 입지 않아 음모를 그대로 노출시키고 있었다. 아예 작정하고 나온 듯했다. 그런데 그 순간 강원의 눈길은 그 음모가 아닌, 책상 위에 놓여 있는 제 핸드폰을 힐끔거렸다.

"엎드려."

책상을 고갯짓으로 가리키며 그가 말했다. 그러자 주은은 거의 신나하는 표정으로 스커트를 위로 올려 잡고 책상 위에 엎드렸다. 이번에는 풍만한 엉덩이가 강원을 향했다. 가터벨트가 지나간 엉덩이는 아예 맨살보다 더욱 도발적이었다. 그런데도 강원의 눈길은 핸드폰만을 의식했다. 그렇게 눈은 핸드폰에 둔 채로, 주은의 엉덩이로 천천히 향하던 그의 손은, 핸드폰이

밝은 빛을 내는 순간 바로 방향을 틀어 그것을 집어 들었다.

주은은 엎드린 상태로 강원이 통화하는 소리를 유심히 듣는 얼굴이더니 자신의 엉덩이를 그가 철썩, 때리는 소리를 신호로 몸을 일으켰다. 그는 이미 통화를 끝낸 후였으며 역시나 자리에서 일어나고 있었다.

"잠깐만 기다려. 회의실에 급한 일이 있어 다녀올 테니."

행거에서 재킷을 집어 들며 강원이 말했다.

"오래 걸려요?"

"30분 정도. 길면 한 시간."

"알았어요. 다녀오세요. 참, 소파에 좀 누워 있을 테니 비서들한테 들어오지 말라고 좀 해주세요."

"그러지."

강원은 재킷을 입고 집무실을 나갔다. 그가 나간 문으로 주은도 움직였다. 그녀는 그 닫힌 문에 귀를 대고 주의를 기울이는 얼굴로 있다가 곧 다시 집무용 책상 앞으로 가, 조금 전까지 강원이 앉았던 의자에 앉았다. 처음 얼마 동안 주은은 눈으로만 책상 전체를 훑었다. 이어 책상의 가장 큰 서랍을 연다. 손으로 빠르게 서랍 안을 살핀 그녀는 그 다음으로 작은 서랍들을 차례로 열었다. 그러는 중에 수시로 문을 향해 던지는 그녀의 눈길은 서랍 안을 뒤지는 손길보다 더 바빴다. 일어나 의자 뒤에 있는 서가들을 살피면서는 더욱 과감해져, 뒤를 돌아 문을 살피는 횟수도 점차 줄어들었다. 서가는 문이 달린 곳도 있어 그것을 열어 뒤지며 그녀는 'CD 케이스 크기를 참조해서 찾으라' 했던 정 회장의 말을 상기한다. 아마도 서류봉투 같은 것에 담겨 있을 것이라고도 해, 두툼하지 않을 그것을 염두에 두며 살폈다.

주은은 다시 문을 돌아본다. 여전히 굳게 닫혀 있었다. 시간은 아직 여유가 있다, 하며 그녀는 다리를 굽히고 앉아 서가의 아래쪽에 있는 조그만 고리를 잡아 당겼다. 서랍이었다. 파일철이 먼저 보여 그것들을 하나하나 위로 젖히며 내려가니 표면이 코팅된 노란색 서류봉투가 눈에 띄었다. 주은은 그것을 빼서 꺼내 들었다. 밀봉된 것으로 안이 홀쭉한 것이, 손으로 만져보니 정말 CD 케이스 크기의 딱딱한 무엇이 만져졌다. 느낌이 좋았다. 설사 정 회장이 찾는 것이 아니라 해도 다음 기회는 또 있을 것이다, 하며 주은은 봉투를 반으로 접으며 일어섰다. 얼른 가방 안에 넣어야지, 했는데 그녀는 몸을 돌리자마자 저도 모르게 짤막한 비명을 지르며 손에서 봉투를 놓치고 말았다.

강원은 문을, 3보 정도의 거리로 등지고 서 있었다. 다리를 약간 벌리고, 두 손은 바지 주머니에 넣은 채로 고개를 살짝 옆으로 기울인 모습이, 그 특유의 나른한 눈빛에 더해 —얼굴이 하얗게 질려 방금 봉투를 놓친 빈손을 파르르 떨고 있는 주은을 향해— '너 거기서 뭐 하니?' 하는 것 같았다. 강원 뒤로 문은 다시 열렸다. 들어온 사람은 한 상무였다. 그를 본 순간 주은은 더 버티지를 못하고 주저앉았다. 강원은 소파로 천천히 움직이고 한 상무가 주은 앞으로 다가왔다. '콱' 하고 그는 다짜고짜 주은의 머리채를 움켜잡았다.

"악⋯⋯."

"조용히 해."

위협적으로 말한 한 상무는 주은의 머리채를 잡아끌고 강원을 향했다. 주은은 엉덩이로 바닥을 쓸며 질질 끌려가면서, 아파 죽을 것 같은 얼굴로도 소리를 내지 못했다. 그 사이 강원은 소파에 앉아 품 안에서 담배 한 개비를 꺼내고 있었는데, 불을 채 붙이기도 전에 그의 발아래에 주은이 끌려와 있었다. 그녀는 겁에 질려선지 입을 열지 못하고 먼저 두 손을 기도하듯 모아 비는 시늉을 해보였다. 강원은 제 입에서 나온 뿌연 담배 연기 사이로 그런 그녀를 내려다본다.

그로서는 이해할 수 없는 일이었다. 비록 여자들에게 정을 주어본 적은 없지만 그 여자들을 정리할 때 섭섭하게 해서 보낸 적도 없어, 주은이라고 다를 것 없었다. 그런데 그녀에게는 그것이 모자랐을까, 그래서 정 회장에게 붙어 강원의 집무실까지 뒤지는, 이런 막장 짓까지 하고 있는 것일까. 그녀가 무엇을 찾고 있는지 물론 알고, 결코 찾을 수 없으리라는 것은 더 잘 알아 그것은 오히려 그에게 별거 아니었다. 다만 주은이 입 한 번 놀린 결과로 소흔과 돌이킬 수 없게 돼 버린 것만은 치명타여서 그야말로 깨끗하게 당한 꼴이었다. 과거에, 적어도 성인이 된 후로 어디서 이 정도의 데미지를 입은 적이 있었나, 새삼 되돌아봐야 할 정도로 그는 어처구니가 없었다.

"생각 같아서는……."

담배연기를 깊은 한숨처럼 뱉으며 강원은 혼잣말처럼 중얼거렸다.

"죽여 버리고 싶구나……."

주은은 사색이 돼 와락, 그의 다리부터 잡았다.

"살려주세요……."

주은은 울먹였다.

"정 회장이 협박을 해서……."

주은은 변명했다. 전혀 거짓은 아닐 것이다. 털어 먼지 안 나는 사람이 없다고, 주은을 이용하기 위해 정 회장도 나름 뒷조사를 했을 테니 말이다. 그러나 그것보다는 정 회장이 제시한 대가가 훨씬 달콤했으리라는 것도 부인할 수 없을 것이다. 강원이 그녀를 다시 받아주리라는 보장이 없는 한, 그 '대가'는 결코 가벼이 넘길 수만은 없는 보험이 될 수 있기 때문이다. 또 그것을 강원이 모를 리 없었다.

"요망한 것."

강원은 툭, 던지듯 했다.

"두 번 다시 내 눈에 띄지 마라. 스크린이든, 사진이든, 룸살롱이든, 모두 포함해서."

"아, 안 돼요……. 제발……."

주은은 강원의 다리를 잡고 살려 달라 할 때보다 더 절박하게 매달렸다. 그녀는 원래 고급 룸살롱 출신으로, 연예인을 희망해 여기까지 온 것인데 강원의 말은 그것을 모두 깔끔하게 엎어버린 것이었다. 스크린이든, 사진이든, 눈에 띄지 마라 했으니 연예인은 물 건너 간 것이고, 룸살롱에서도 보이지 마라 한 것은 —고급 룸살롱을 지칭한 것으로— 도로 접대부 생활을 하려거든 그 '아래'에서 하라는 뜻이다. 그러니 이제 주은이 생활전선으로 돌아가되 접대부 일을 계속하려면 고급 룸살롱보다 한 단계 아래에서 해야 하거나 아니면 일반 직업을 가져야 하는데 보통의 여자들과 달리 화류계의 화려한 생활에 길들여진 여자들은 일반 직업에 만족하기가 결코 쉽지 않을 뿐더러 심지어는 고급 룸살롱에서 '돈과 힘 좀 가진 남자들'을 상대하다 그 아래로 떨어지는 것조차도 견딜 수 없는 일이 되고 만다. 상류계층이 이용하는 '보도방'의 생리를 아는 사람이라면 그 '보도방'과 연결된 여자들이 얼마나 럭셔리하게 사는지도 잘 알 것이다.

주은이 강원의 다리를 잡고 울고불고 하는 사이 한 상무는 주은의 외투와 핸드백을 가져와 다시 그녀의 머리채를 잡아 질질 끌고 나갔다. 비서실에는 아무도 없었다. 미리 퇴근시킨 것이 틀림없었다. 한 상무는 주은을 비서실의 아무 데나 팽개쳐 놓고 그 위로 옷과 핸드백을 던졌다.

"이제부터 네 발로 걸어 나가."

눈물범벅으로 겁에 질린 주은을 내려다보며 그는 말했다.

"그 정도면 너, 운 좋은 거야. 남자였으면 뼈 맞추기도 힘들었을 거거든. 평생 감사하며 살아."

주은은 벌벌 떨며 일어나 문으로 갔다.

"대표님은 다신 널 안 보시겠지만 난 너를 늘 지켜보고 있을 거다. 명심해라."

그 말에 주은은 다시 울음을 터뜨렸지만 한 상무가 한 걸음 다가오자 도망치듯 그곳을 뛰쳐나갔다.

강원은 제 집무실 소파에 그대로 앉아 있었다. 여전히 담배를 피우고 있었는데, 세 개째로 줄담배였지만 그것들은 그의 입에서보다는 손가락 사이에서 제 수명을 다하기 일쑤였다. 담배에 불을 붙인 채로 딴 생각에 빠져들고는 했기 때문이다. 소흔이 갑자기 돌변했을 때 좀 더 의심해 볼 것을, 하며 그는 이제 와 자책하고 있었다. 그러나 '엄마가 강원을 싫어한다'는 핑계를 대며 '집에 보내 달라' 한 소흔을 그가 그대로 믿어버린 것도 당시 그의 심리 상태로 보아 전혀 이상할 것은 없었다. 이미 그 전에 소흔은 '강원이 오빠와 동업한 일이 빨리 끝나 집에 가고 싶다'는 뜻을 은연중 내비쳤고, 그것이 강원으로 하여금 그녀와의 혼인신고를 서두르게 한 여파로 이어졌으니 말이다. 마음으로 교감하는 일이 먼저였던 소흔에 비해, 눈에 보이는 분명한 것을 원한 강원이니 그런 그에게 소흔의 돌연한 변화는, 그래서 더욱 받아들이기 힘들었다. 때문에 그 좌절감은 곧장 분노로 이어졌고, 그 분노에는 어쩌면, 겁탈이라도 해서 '내 여자' 만들면 결국 체념하고 따르리라 하는, 대부분의 남자들이 하는 착각도 포함돼 있을 것이다.

'아아악' 하는 비명에 강원은 눈을 떴다. 소흔의 비명 소리였다. 꿈인 듯 환청인 듯 그 소리에 놀라 눈을 뜬 것이, 소흔을 '낙원'에서 떠나보낸 후 벌써 두 번째다. 이어지는 서늘한 가슴 통증, 그것은 강원을 다시 잠 못 들게 했다. 어둠에 싸인 침실에서 그는 통증과 싸우다 결국 몸을 일으켰다. 그리고 침실을 나와 한달음에 홀을 가로질러 2층의 계단을 밟았다.

텅 빈 소흔의 침실은 무덤처럼 고요했다. 아직 그녀의 옷과 소지품들이 꽤 남아 있었는데, 그녀가 떠난 곳에서 그것들은 죽은 자를 추억하는 부장품(副葬品)처럼 애처로웠다. 소흔이 쓰던 화장대 앞을 지나던 강원은 그 위에 홀로 놓여 있는 브러시를 집어 들었다. 사용하던 화장품들을 챙기면서 브러시는 잊은 것일까, 아니면 필요 없다 여겼을까. 브러시는 제 주인의 머리카락을 깊숙한 곳에 간직한 채 강원의 손에 짧지 않은 시간 동안 잡혀 있다, 머리카락을 가져가려는 그에 대항하듯 그것을 쉽게 내놓으려 하지 않았다. 그럼에도 강원은 기어코 빼앗아 브러시는 곧 버려지고, 그의 손에는 소흔의 머리카락만 남게 되었다. 머리카락의 개수를 센다면 서른 몇 개나 되려나, 갈색 빛을 띤 그것을, 그럼에도 그는 소중히 받쳐 들고 침대 위에 털썩, 주저앉았다.

소흔이 살랑살랑 고개를 흔들 때마다 그녀의 뺨 옆에서 함께 흔들려, 춤을 추는 여자의 실크 치맛자락처럼, 때로는 바람결에 일렁이는 규수의 너울처럼, 혹은 작은 새의 날갯짓에 팔랑이는 깃털처럼, 그것은 허공에 부드러운 파동을 그리며 살포시 떨어진 후에조차 애틋한 여운을 간직하고는 했다. 그것을, 이제는 다시 볼 수 없는 것인가, 그녀가 그린 소묘도, 생크림 케이크를 먹을 때의 그 행복해하는 모습도, '입 터진' 수다도, 모두 이제는 추억 속에서만 그리워해야 하는가.

그럴 수는 없다. 그것을 다시 찾기 위해 무엇을 해야 하는지 가르쳐 다오, 무릎을 꿇으라면 꿇고, 평생을 너의 노예로 살라 하면 그도 그리 할 테니, 돌아와라, 돌아와서 말해다오, 이별이야 말로 '가짜'였다고.

강원의 손바닥에 올려 있는 소흔의 갈색 머리카락은 시간을 두고 천천히 젖어갔다. 그것이 완전히 젖어 흡사 비 맞은 여자의 머리 꼴이 되었을 때는 창밖으로부터 여명이 밀려들고 있었다.

※

'낙원'의 현관을 소흔은 조심스럽게 들어섰다. 강원이 열어준 문을 통해서다. 가벼운 후드 재킷 안에 꽃무늬 원피스를 입은 그녀는 아직은 추운 3월 초순임에도 봄이 왔음을 보여주듯 밝고 활기찬 차림이었지만 얼굴만은, 발그레 상기된 뺨에도 불구하고 어색함과 긴장으로 굳어 있었다.

"짐을 가지러……."

고개를 숙여 인사를 하고 난 뒤 소흔이 먼저 입을 열었지만 끝을 맺지는 못했다. '낙원'을 떠날 때 가져가지 않은 남은 짐을 가지러 온 것인데 사전에 연락을 해두었던 것이라 강원도 잘 알 것이기에 구구절절 설명할 필요가 없어서기도 했지만, 부러 그의 업무 시간 중에 약속 시간을 정해 내심 한 상무가 대신 맞아주기를 바랐다가 어그러진 탓도 있었다. 즉 심장이 떨리니 말소리도 자연히 떨려 나왔던 것이다. 강원의 얼굴을 보기 전에도 긴장은 했지만 이렇게 떨리지는 않았는데, 하며 소흔은 그것을 들킬까 봐 손마저 슬쩍 재킷 주머니에 넣으며, 강원이 비켜준 사이로 해서 홀(Hall)로 들어섰다.

그러나 그녀가 아무리 떤다 한들 강원만 할까, 물론 겉으로야 소흔처럼 떠는 기색을 조금도 내비치고 있지 않았지만 그 속은 바람에 이는 사시나무라 해도 과언이 아니었다. 바로 전날, 소흔의 오빠로부터 연락을 받고 얼마나 애가 타게 기다렸는지, 그렇잖아도 짐을 찾으러 올 테니 한 번은 보겠구나 싶어 이제나 저제나 하고 있기는 했었다. 그런 기다림 때문이었는지 강원의 안색은 까칠하고, 해쓱한 빛마저 엿보였다. 두 사람이 헤어진 날로부터 보자면 소흔은 더 건강해졌고 강원은 그 반대였다.

"오랜만이다."

강원은 그렇게 인사했다. 그녀가 '낙원'을 떠난 지 3주 넘게 흘렀으니 '오랜만'이기는 할 것이다. 그 사이 강원과 사헌 간의 동업은 차질 없이 마무리되었고, 소흔은 새 학년, 새 학기의 개강을 맞아 캠퍼스 생활을 막 시작한 때였다.

"네에……. 좀 있다 오빠가 보내준 차가 올 거예요. 전 짐 쌀게요."

짐을 실어갈 차는 조금 후에 온다는 의미였다. 소흔은 그 말을 한 후 빠른 걸음으로 2층으로 올랐다. 2층 침실에 들어서서는 또한 서둘러서 짐을 꾸렸다. 석 달이 못 되는, 짧다면 짧고 길다면 긴 날들을 '내 방'으로 살았던 침실에 인사도 없이 그리 서두는 소흔의 모습은 빨리 할 일을 해치우고 낙원을 떠나려 한다기보다는 '인사'를 하면 추억도 떠오를까 봐, 추억이 떠오르면 눈물도 날까 봐, 그것이 무서웠던 까닭이다. 이곳을 나와 지난 시간, 그렇잖아도 충분히 울고, 충분히 괴로워했다. 그 눈물과 괴로움의 정체가 그리움이든, 원망이든, 그도 아니면 애증이든, 그런 것은 중요하지 않았다. 아직도 끝나지 않은 그것은 혼자 겪는 것이기에, 남에게, 특히 강원에게 들키면 안 되는 것이라 여겼기에 그녀는 무덤덤해지려 애쓸 뿐이었다. 그렇게 시간을 보낸 후 드레스 룸에서 나와 보니 강원이 들어와 있었다.

"커피…… 마셔."

머그잔을 손에 든 강원은 그것을 티 테이블 위에 올려놓는다.

"벌써 다 했네? 도와주려고 했는데……."

한편에 놓아둔 커다란 가방 세 개와 박스 한 개를 보며 강원은 말을 이었다. 아래층에서 내내 기웃대다 위에 올라갈 핑계를 고민하던 중 '맞다, 커피' 하고는 손수 커피를 내려 가져온 것이었다. 무작정 도와주려고 하면 소흔이 거절할 것이 빤해서였다.

"괜찮아요."

소흔은 무심결에 고개를 흔들었다. 그 모습에 강원은 가슴이 두근거렸다. 그녀의 고갯짓은 여전하구나.

"그, 그래도 타 왔는데."

말까지 더듬은 그는 소흔의 어깨를 잡아 조심스럽게 티 테이블로 이끌었다. 소흔은 거부하지 않고 티 테이블 앞에 앉는다. 그녀는 현관을 들어설 때도 그랬지만 내내 강원의 눈길을 피한 반면 강원은 그녀에게서 눈을 떼지 않아, 그녀가 머그잔을 들어 입에 대는 것도, 마치 생전 처음 보는 희귀한 무엇인가를 구경하듯 보고 있었다. 앉지도 않고 소흔 옆에 서서였다. 그런데 그것을 소흔도 의식하고 있었던 모양이다.

"이 시간에 왜…… 집에 있어요?"

머그잔을 테이블에 놓으며 소흔은 물었다.

"회사 망했어."

그가 대답했다. 그것을 농담이라고 한 것일까, 그러나 소흔은 웃지도 않았다.

"불편해요."

결국 소흔은 솔직하게 말했다.

"내려가서 일 보세요."

"싫어."

그러자 소흔은 그제야 고개를 천천히 들어, 지금까지 줄곧 피해오기만 했던 그의 눈을 마주했다.

"어차피 너 가면 못 보잖아. 불편해도 참아."

"많이 참았어요. 더 참을 이유 없어요. 이제."

"나도 참았다. 전화하고 싶은 거 참고, 문자 보내고 싶은 거 참고, 무엇보다 보고 싶은 거 참았어."

그는 저도 모르게 손 하나를 소흔의 얼굴에 댔다. 그는 정말 그녀와 헤어져 있던 시간 동안 그녀에게 단 한 번의 연락도 하지 않았다. 그러면서도 그녀의 연락은 애가 타게 기다리며 핸드폰을 손에 놓지 않기도 했다. 먼저 연락을 할 권리는 그녀의 몫이라 여겼기 때문이다. 그런데 어쩜 그리 독하게도 소흔은 연락한 번을 안 하는지, 하며 내심 투덜대는 찰나, 소흔이 제 얼굴에 닿은 그의 손을 탁 쳐서 내린다.

"난 당신을 참았어요. 이제 안 참을 거야."

"참지 마. 넌 참지 마. 소흔아."

그렇게 말한 것과 동시에 그의 두 무릎이 바닥에 닿았다. 그러면서 그의 손은 더듬더듬 그녀의 손을 찾는다.

"참지 말고 나한테 다 풀어."

소흔은 대답 대신 그의 손에 잡힌 제 손을 뿌리쳤다. 그가 다시 잡는다. 그녀는 다시 뿌리치며 그 손으로 그의 얼굴을 친다. 퍽, 손바닥도 아닌 주먹으로 쳤다.

"그래. 그렇게……."

강원은 고개를 끄덕였다. 그러자 소흔은 다른 손으로 다시 그의 얼굴을 때렸다. 팍! 퍽! 찰싹! 어떻게 때려도 피하지 않고 오히려 더 들이대는 강원에, 소흔은 일어서려 했지만 그가 그녀의 허벅지를 눌러 잡았다.

"놔요……."

소흔의 날카로운 소리에 대한 그의 답은 그녀의 무릎 위로 제 얼굴을 묻는 것이었다.

"소흔아……."

강원이 그녀의 이름을 불렀을 때 그것은 자신의 모든 것을─지난 일에 대한 후회, 그것에서 비롯된 괴로움, 시간이 가져다주는 어색함, 무엇부터 해야 할지 알 수 없는 혼란을 포함해─특히 눈곱 만큼이라도 남았을 자존심이 있다면 그것마저도 모두 버린 사람이 보일 수 있는 절박함을 담고서였다.

"방법을 가르쳐 다오. 내가 어떻게 하면 되는지, 뭘 하면 되는지, 다 할게."

생명줄이라도 되는 양 소흔의 무릎에 매달린 강원을 그녀는 내려다보고만 있었다.

"그럼……."

소흔이 입을 열었을 때는 제법 긴 시간이 지난 뒤였다.

"그걸로 강원 씨 원망했던 마음은 접을게요. 우리 충분히 괴로워했던 거 같으니까……."

그러나 그것으로 사랑이 돌아오지는 않는다고, 소흔은 생각했다.

"그냥…… 운이 좀 없었다고 생각해요, 우리……."

"그건 방법이 아니야."

소흔의 무릎에 얼굴을 묻은 그대로 그가 말했다. 그런 그의 머리 위로 소흔의 손이 다가와 그의 목 뒷덜미를 부드럽게 쓰다듬고는 이윽고 얼굴을 들게 했다. 그의 얼굴을 양손에 잡고서였다. 소흔은 강원의 눈을 가까이서, 가만히 마주했다. 얇은 눈꺼풀이 눈의 반을 덮은 듯해 눈매가 유난히 길면서도 그 안으로 늘 나른한 빛을 띠던 그의 눈동자, 소흔이 거기서 간절한 슬픔을 발견하기란 그리 어렵지 않았다. 그리고 그것만으로도 충분하다고 그녀는 생각했다.

"미워하진 않을게요. 그치만 강원 씨가 내게 해줄 수 있는 것은 이미 한 번 그랬듯, 날 보내주는 거예요."

강원은 고개부터 저었다.

"넌 내가 할 수 없는 유일한 것을 원하는구나."

"이미 저만치 갔어요. 우리의 사랑."

"잡으면 돼."

"그냥 둬요. 편안히 떠날 수 있게. 그럼 추억이라도 남아요."

"난 추억 싫다. 네가 이렇게 살아 있는데 왜 추억이 돼야
해?"

"그럼 죽어드려요?"

"날 벌주는 거지? 소흔아. 그런 거면 받을게. 더 괴로워하라
고 하면 그렇게 하마. 끝이라고만 하지 말아다오."

소흔은 더 이상 말하지 않았다. 이 사람은 오늘을 기다렸구
나, 싶었다. 헤어져 있던 시간 동안, 그것을 소흔은 정리의 시
간으로 삼고, 원망을, 미움을, 무엇보다 사랑을 정리하려고 노
력했다. 가지런히, 차곡차곡, 하나하나, 정리하다가 정말 기억
하고 싶지 않은 가장 아픈 순간을 끄집어낼 때면 울기도 많이
울었다. 가슴이 미어지면서도 화가 나 정리를 포기하기도 했었
다. 그러나 머지않아 마음을 독하게 먹고 다시 시작해, 거울을
정면으로 응시하듯 잔인한 기억일수록 반추했다. 그것을 이겨
내야 상처도 아물 테니까. 그 노력의 시간들이 아까워서라도,
소흔은 처음으로 돌아가기는 싫었다.

"강원 씨도 알겠지만 난 평범한 아이예요."

소흔은 다시 입을 열었다.

"평범하고 소박하게 사는 게 나한텐 맞아요. 그런데 당신은,
너무 특별해……."

말은 '특별하다' 했으나 '무섭다'는 뜻임을 그도 알 것이다. 그

래선지 소흔은 미소를 지어보이려 했으나 잘 되지 않는지, 그런 그녀의 얼굴은 오히려 슬퍼 보였다.

"잊지 않을게요. 아니……, 잊지 못할 거야……. 어떻게 잊겠어요……?"

소흔이 태어나서 처음 가져본 너무나도 큰 설렘과 그보다 더 큰 고통을 함께 준 강원을, 그녀가 정말 어찌 잊겠는가.

시간이 흐른 후 계단에 먼저 모습을 보인 사람은 강원이었다. 그는 소흔의 짐을 양손에 들고 내려왔다. 그 뒤를 천천히 소흔이 따랐다. 나머지 짐을 가지러 강원이 다시 2층으로 올라간 사이 소흔은 홀에서 주방을 바라보다가 깜짝 놀랐다. 주방의 구조를 당연히 잘 아는 그녀는 자신이 서 있는 위치에서 식탁이 보인다는 것도 잘 알아, 그것이 보이지 않음에 놀란 것이었다. 소흔은 주방 가까이 다가갔다. 식탁이 사라진 주방은 휑했다. 그것을 누가 치웠겠는가.

"새 거라도 사다 놓지……."

소흔은 중얼거렸다.

낙원빌딩 밖에는 파란색 밴이 한 대 도착해 있었다. 사헌이 보낸 것이다. 밴을 몰고 온 기사는 강원이 미리 내어놓은 소흔의 짐을 밴에 실었다.

"갈게요."

짐을 다 실은 기사가 운전석으로 오르자 소흔이 강원을 보며 말했다.

"아참, 고백할 게 있는데⋯⋯."

갑자기 생각난 듯 그녀는 그렇게 말을 이었다.

"강원 씨 서재랑 침실⋯⋯, 뒤진 적 있어요. 몰래⋯⋯. 미안해요."

강원은 놀라지도 않고 별다른 말도 없이 그녀의 머리를 쓰다듬기만 했다.

"왜냐고⋯⋯ 안 물어요?"

그는 묻는 대신 그녀를 품으로 확 끌었다. 제 격정에 못 이긴 그가 어찌나 격하게 품었는지 소흔의 입에서 '헉' 소리가 튀어나왔다.

"네가 내 낙원이다. 소흔아."

강원의 그 말은 신음처럼 뜨거운 숨결에 실렸다. 그것이 '정확히' 무슨 의미인지, 소흔은 꽤 많은 시간이 흐른 후에야 이해를 하게 된다.

11
진격의 그녀

파란색 밴이 출발하자 소흔은 얼른 돌아보았다. 강원은 그
자리에 그대로 서 있었다. 손을 바지 주머니에 넣은 채 버티고
선 모습으로, 소흔의 시야에서 더 이상 안 보이게 될 때까지 꼼
짝도 않고 있었다. 그의 모습이 사라지자 소흔은 그제야 눈물
을 왈칵 쏟았다. 혹시 기사에게 들킬까 봐, 소리도 없이 눈물
만 줄줄 흘리던 그녀는 그나마 오래도 울지 못하고 핸드폰 벨소
리를 들어야 했다. 눈물을 정리하느라 바로 받지 못하는 사이
벨소리는 꺼졌다 약간의 시간을 두고 다시 울렸다. 액정에는
'아영'이라 떠 있다.

[소흔아, 소흔아…… 야아, 가만있어 봐…….]

소흔을 급히 불러 놓고, 아마도 제 옆 사람에게 말하는 것 같은 아영의 목소리 사이로 정은의 목소리도 끼어들어, 소흔은 두 친구가 함께 있구나, 했다.

[니네 올케 말이야, 그거 살인이야?]

"뭐?"

소흔은 깜짝 놀랐다.

[우리도 미호한테 방금 전해 듣고 깜짝 놀랐거든. 기사부터 확인하고 전화하는 건데……. 왜 암 말 안 했어? 넌 이미 알고 있었을 거 아냐? 세상에, 완전 처죽일 놈들…….]

그날 밤, 소흔은 집에서 엄마, 아줌마와 함께 8시 뉴스에 눈을 한데 모았다. TV화면은 정 회장이 경찰 조사를 받으러 가는 모습을 담고는 '이카루스 엔터테인먼트의 차량 사고와 관련해 밴에 고의적으로 손을 댄 증거가 확보됨에 따라 청부살인혐의로 조사를 받게 되었다'는 것과 '경찰 조사와 함께 구속영장이 신청될 것'이라는 내용을 전했다.

"아이고, 사고라 해도 끔찍했는데 저게 일부러 조작한 거라니, 세상에나, 작은 사모님도 그렇지만 나이 어린 가수 애들도 억울하고 불쌍해서 이를 어째요……."

아줌마가 안타까워하는 사이 소흔 엄마는 지후를 안은 모습으로 눈물을 훔치고 있었다.

"그래도 범인이 잡혔으니 얼마나 다행이에요. 사모님."

"그럼, 그럼. 꼼짝없이 원한 품고 편히 북망산도 못 넘을 뻔

했는데 이제야 툭툭 털고 가겠네. 조만간 절에라도 다녀와야겠
어."

"근데 어떻게 갑자기 밝혀진 걸까요?"

"뉴스에 나왔잖아, 제보가 있었다고."

"그니까요, 지금까지 뭐 하다 지금 제보하느냐고요……."

"해준 거 고맙지, 뭘 따져?"

엄마와 아줌마가 토닥대는 사이로 소흔은 슬며시 일어섰다.
그녀는 오빠를 기다리고 있었다. 사헌은 그로부터 두 시간 후
에 들어왔는데 딸과 마찬가지로 사헌을 기다리고 있던 엄마와
먼저 이야기를 나눈 후에야 소흔의 차지가 될 수 있었다.

"제보자는 당연히 도 대표지."

사헌이 말했다. 당연하다는 투면서도 살짝 의아한 눈빛을 소
흔에게 던졌다. 동생과 함께 서재로 들어온 후였다.

"그렇다고 도 대표가 전면에 나선 것은 아니고……."

사헌은, 강원이 어떤 방법으로 경찰에 제보를 했는지 장황하
게 설명했지만 소흔은 별로 주의 깊게 듣고 있지 않았다. 그것
은 그녀에게 전혀 중요하지 않았고 관심사도 아니었으니까.

"강원 씨랑 통화해 봤어?"

사헌의 설명이 끝날 쯤 소흔은 얼른 물었다.

"아니. 오늘 한 상무 만나서 전해 들은 내용이야. 도 대표야
워낙 바쁘니. 일단 고맙다는 말, 꼭 전해 달라 하기는 했는데
언제 시간되면 직접 만나서 사례를 해야겠지. 또 너한테도 고

맙고. 정말 고맙다. 소흔아. 밖에서 전화로 하려다 들어와서 하는 게 좋을 것 같아서……."

"응? 뭘……?"

"네가 도 대표한테 부탁했다며? 경찰에 제보해 달라고?"

소흔은 '엥?' 하는 얼굴이 된다.

"한 상무 말로는 네가 도 대표에게 간절히 부탁했다고 하던데, 그게 좀 이상하기는 하다만서도……. 대체 어떻게 간절히 부탁했기에 도 대표가 그런 거니? 차라리 협박했다면 이해가 간다만. 허, 이 일을 그나마 내가 겪어 믿어지지, 다른 사람 일이라고 전해 들었다면 택도 없는 소리라 했을 텐데."

그럴 만했다. 전에 소흔이 '강원에게 부탁해 보자' 했을 때 '씨알도 안 먹히는 소리'라 일축했던 사헌이었으니 말이다. 그런 사헌의 판단이 사실은 정확했으리라. 돈을 피처럼 흡수해 '혈귀'로까지 불린다는 도강원이 눈앞에 거대한 이권을 포기하고 정 회장을 경찰로 넘긴다는 것은, 강원을 잘 아는 사람들이라면 누구나 믿으려 하지 않을 것이기 때문이다.

"그, 그, 그, 그, 그거야 누, 누, 누, 눈물로 호소했지……."

소흔은 머릿속이 흔들려 정신이 하나도 없었다.

"눈물?"

사헌은 고개를 갸웃하고는 이내 수상하다는 눈빛을 동생에게 던지니 소흔은 얼른 일어나 '커피 한 잔 더 때려야겠다'고, 그 말도 더듬거리며 한 끝에 서둘러 서재를 나와, 곧장 2층의 제 방으로 뛰어 올랐다. 오늘 낮에 만났을 때 그는 왜 아무 말 안 했지, 하며 소흔은 핸드폰을 집어 들고 침대 위로 털썩 쓰러져, 그에게 고맙다는 문자라도 남길까 했지만 한 시간, 두 시간이 지나도록 고민만 깊어질 뿐 결론을 내지 못했다. 결국 '그만두자' 했을 때는 그 단순한 고민으로 새벽까지 잠들지 못한 후였다. '고맙다'는 문자 자체보다는 그것을 보내고 난 후의 상황이 어떻게 변할지, 그것을 알 수 없어서였다. 아무래도 '화해 무드'가 조성되지 않겠는가, 그러다 보면 또 강원에게 홀랑 넘어가 버릴지도 모르지 않겠는가. 소흔은 그가 싫어서라기보다는 그와 함께하는 것에 자신이 없어 부러 그를 밀쳐내고 있었다. 도강원은 자신이 감당할 수 있는 남자가 아니라 여겼다. 나이 차도 너무 나잖아, 그녀는 그 핑계도 대본다.

마음으로만 고마워하자, 결국 그렇게 정리하고 잠을 청한 소흔은 기분만은 무척 편했다. 낮에 강원을 만났을 때 '미워하지 않을게요' 했지만 제 마음속 깊은 곳에 남아 있을지 모를, 의식도 못한 앙금까지 모두 사르르 녹는 기분이었다. 아니, 더 미웠어도 아마 다 녹았을 거야, 했지만 곧 다시 그를 미워할 일이 생기리라고, 그녀는 짐작도 못 했을 것이다.

⊠

"뭐?"

소흔은 부르짖었다. 사흘 뒤 사헌의 집무실인데 소흔은 학교에서 오빠의 전화를 받고 곧장 이곳으로 온 것이었다. 사헌이 '전화로는 곤란하니 와서 얘기하자' 했을 때부터 예감이 좋지 않더니 소흔은 망치로 머리를 한 대 얻어맞은 것처럼 충격을 받았다.

"오늘 참고인 조사차 경찰서에 다녀왔거든."

사헌은 동생의 안색을 걱정스럽게 바라보며 침착하게 말했다.

"거기서 무슨 일로 가족 신원조회를 했다가……, 알게 된 거야. 네가 결혼했다는 걸 말이야."

"누구랑?"

소흔의 바보 같은 질문은 아마도 그녀의 현재 상태를 보여주는 것 이상의 의미는 없으리라. 그래선지 사헌은 딱하다는 듯이 혀를 찼다.

"그, 그게 왜…… 어떻게 그게…….."

"너 오기 전에 도 대표랑 통화했는데 도 대표 말이 그때 네가 혼인신고에 동의해서 바로 했다고, 그러고 나서 잊어버리고 있었대. 신고 날짜를 보니 그 즈음이 맞긴 맞더라."

"말도 안 돼. 난 동의한 적 없어!"

소흔은 다시 부르짖었다.

"그래? 두 사람 말이 왜 다른 거야?"

"오빠 지금 그걸 말이라고, 다른 걸 왜 따져? 무조건 동생 말

을 믿어야지, 그런 천하 대악당의 말과 다르다고 지금 내 말을
의심하는 거야?"

사헌은 '벙 찐다'.

"어떻게 21세기에 이런 사기극이 벌어질 수가 있어? 어떻게
나도 모르는 내 혼인신고가 돼 있을 수 있냐구? 친구들이 알기
라도 하면 쪽팔려서 어떻게 학교를 다녀? 상상만 해도 끔찍해.
정말 말도 안 되는 일이야. 고소할 거야. 아니다, 일단……."

소흔은 핸드폰을 들어 급히 통화를 시도했다. 당연히 강원에
게 거는 것이었다. 그 사이로 사헌이 '혼인무효하면 된다'고 설
명했지만 흥분한 소흔의 귀에는 들어오지 않았다.

"아앗, 전화 안 받아."

소흔은 화를 내며 다시 걸었다. 또 걸었다. 자꾸 걸었다. 보
다 못한 사헌은 자기 집무용 책상으로 슬그머니 움직였다.

"오빠 핸드폰 줘봐."

제 핸드폰을 내팽개치고 벌떡 일어난 소흔이 사헌 앞으로 와
손을 내밀었다. 사헌은 바로 핸드폰을 내줬지만 그걸 받고서
소흔은 약 10분 정도의 시간차를 두고 강원에게 전화를 걸었
다. 그것을 보며 사헌은 '꽤 용의주도하군' 하며 혼잣말을 한
다.

[네. 납니다. 임 사장.]

핸드폰에 강원의 목소리가 들려오자 소흔은 회심의 미소를
지었다.

"나, 임 사장님 동생이에요. 역시나 내 전화를 일부러 피한 거군요?"

[여보세요? 여보세요?]

"나라구요. 나, 임소흔."

[여보세요? 여보세요? 장난 전화가……?]

"여보세요? 여보세요? 도강원!"

이미 끊긴 핸드폰에 대고 소흔은 소리를 질렀다. 물론 그녀는 그런 후에 재차 통화를 시도했지만 전화는 그새 먹통이 돼 있었다.

"가만 안 있을 거야, 정말."

소흔은 길길이 뛰다 곧장 자기 가방을 휙 낚아채고는 오빠한테 인사 한 마디 없이, '쾅' 하는 문소리와 함께 그곳에서 사라졌다. 그 사이 정신이 쏙 빠져 있던 사헌은, 동생이 나간 후에야 비로소 고개를 갸웃했다. 그것도 여러 번 갸웃했다.

이카루스를 나온 소흔은 택시를 잡아타고 그 길로 낙원빌딩을 향했다. 그런데 택시가 채 3분도 가기 전에 엄마의 전화를 받았다.

[너 어디야? 빨리 들어와.]

"왜?"

[와서 지후 봐. 엄마 급히 외갓집 가야 해. 네 외삼촌 암 재발해 입원했댄다. 어서.]

"아줌마는?"

소흔은 저도 모르게 볼멘소리를 냈다.

[아줌마가 놀아? 더구나 지금 없어. 아들 집에 가서 밤에나 온대. 이런 일이 있을 줄 알았음 안 보냈지.]

소흔은 할 수 없이 택시를 돌려 집으로 와야 했다. 엄마는 외출 준비를 다 하고 지후와 함께 있다가 소흔이 들어오자 바로 집을 나갔다. 기사 노릇을 하는 관리인이 있었으나 엄마는 집을 지키라 하며 택시로 움직였다.

소흔은 지후를 보면서도 5분마다 한 번씩 강원에게 전화를 하고 10분마다 한 번씩 '더 열 받게 하지 말고 전화 받으라'는 문자를 보냈지만 강원으로부터는 '꿩 구워 먹은 소식'이었다. 그렇게 한 시간 반이 지나던 중 소흔의 핸드폰에 문자 하나가 도착한다.

〈난 분명 네 허락받고 했다.〉

강원의 문자였다. 지극히 그 사람다운 이 거두절미의 문자는 '난 네 허락받고 혼인신고를 했다'는 것이 틀림없으리라. 소흔은 그에게 문자 폭탄을 보내면서도 혼인신고에 관한 한 한마디도 하지 않았는데 이런 변명을 하는 것을 보면 그녀가 왜 전화를 하고 문자 폭탄을 보내는지 그도 안다는 뜻이며, 의도적으로 피하고 있다는 뜻도 되었다. 그렇게 논리적으로 아귀를 맞추고 나니 '거꾸로 타는 보일러'처럼 소흔의 피는 절로 역류했다.

"아저씨. 저 나갔다 와요."

정원을 손질 중이던 관리인은, 소흔이 빠르게 정원을 가로질러 가는 것을 멍한 얼굴로 바라보았다. 그도 그럴 것이 이제 20대 초반의 소흔이 조카를 포대기에 둘러업고 달려가고 있으니 말이다. 포대기는 소흔 엄마가 손자를 돌볼 때 집에서만 사용하던 것이었다.

소흔은 지후를 업고 낙원빌딩에 들어섰다. 1층 로비에서 경비가 그런 소흔을 보고 너무 놀라 인사도 못 하는 사이 그녀는 승강기를 타고 4층에서 내려, 역시나 복도를 지나는 남녀 직원들의 어리둥절한 눈길과 어설프면서도 깍듯한 인사를 받으며 대표 비서실로 들어섰다.

"오, 오셨습니까? 사모님."

비서실에는 실장직을 맡고 있는 남자의 모습은 보이지 않고 여비서만 있었는데 그녀 또한 약간 당황한 얼굴로 인사를 했다.

"대표님 안에 계세요?"

소흔은 급한 티를 내지 않으려 하는 것에만 신경쓸 뿐인 얼굴로 물었다. 그녀는 오직 강원을 '잡으려는' 생각밖에 못 하고 있어, 주변의 눈길이 어떤지에 대해서는 의식조차 못했다.

"대표님은 외부 일정 중이세요."

"아, 그럼……."

소흔은 그래도 자신의 눈으로 확인하고 싶어 대표실 문을 열어 본다. 머릿속으로는 적당히 지어낼 말을 궁리하면서였다.

"안에다 놓고 갈까……?"

대표실 안이 비어 있는 것을 확인한 소흔은 혼잣말처럼, 그러나 여비서가 들으라는 듯 중얼거렸다.

"대표님이 뭘 좀 가져오라 한 게 있어서 갖고 왔는데요……."

이어 소흔이 그렇게 분명하게 말을 한 것은 여비서를 향해 몸을 돌리고 나서였다.

"내가 좀 늦었거든요. 대표님 지금 어디 계시죠?"

여비서는 아무 의심 없이 일정표를 확인하고는 '대표님은 석찬 일정 중에 있다'며 그 장소까지 친절하게 알려주었다.

소흔은 낙원빌딩 앞에서 택시를 잡아타고 30분 후에 내렸다. 러시아워라 시간이 다소 지체되기는 했어도 실은 '낙원'에서 그리 멀지 않은 곳으로, 어느 빌딩의 2층에 위치한 고급 일식집이 바로 소흔이 찾는 장소였다.

"식사하러 오셨습니까? 예약이 있으신가요?"

유니폼을 입은 남자 직원이 다가와 물었다. 눈은, 소흔이 아닌 그녀의 등에 업혀 까만 눈망울을 또랑또랑하게 빛내고 있는 지후에게 두고서였다.

"아, 저어……, 그러니까 회식 중인 어떤 회사를 찾는데요, 낙원이에요."

"잠시만요."

얼떨결에 '낙원'이라 했는데 정말 그렇게 예약이 돼 있는지,

직원은 확인 후 '4번방'이라며 그 앞에까지 안내해 주었다. 그런데 4번방 앞에는 한 남자가 파란색 플라스틱 의자에 앉아 담배를 피우고 있었다. 덩치로만 보자면 소도 잡아먹을 남자는, 소흔과 직원이 다가서는데도 삐딱한 눈길로 쳐다만 볼 뿐 전혀 움직이려 하지 않았다.

"여기 손님이 이 방을 찾으셔서요."

직원은 그렇게만 말하고 서둘러 몸을 돌렸다. 남자의 눈길은 소흔을 향해 있었다. 그의 눈초리는, 4번방을 찾을 사람도 없거니와 애 업은 여자가 찾을 일은 더더욱 없다는, 그러니 '너 누구냐?' 하는 것이었다.

"실내는 금연인데요……."

어떤 말을 어떻게 꺼내야 할지 몰라 당황한 소흔의 입에서는 공공질서에 관한 것부터 튀어나왔다. 남자는 어처구니없는지 대꾸도 하지 않는다.

"여기 도강원 대표 있죠?"

소흔의 입에서 강원의 이름이 나오자 남자는 비로소 정색을 하며 담배를 끄고 일어섰다.

"누구십니까?"

"난…… 그러니까 호적, 아니다. 법적으로 그 사람 부인, 아니, 아내예요."

"네?"

남자는 황당해하는 얼굴로 소흔과 지후의 얼굴을 번갈아 보앉다.

"아……, 그럼 일단 안에 여쭤보겠습니다."

"안 돼요. 그러다 강원 씨 도망가면 그쪽이 책임질 거예요?"

"네에?"

"그냥 문 열어요."

"그건 곤란한데요……."

"그럼 비켜요. 내가 열고 들어갈 테니."

"이러시면 정말 곤란합니다. 사, 사모님……."

남자는 몸으로 문을 막으며, 소흔이 정말 사모님인지 아닌지 저도 헷갈리는 어리어리한 눈빛을 띠었다.

"비켜요. 안 비키면 그쪽이 나한테 강제로 키스했다고 강원 씨한테 이를 거예요."

그렇게 해서 소흔은 4번방의 문을 통과해 안으로 들어섰다. 방 안으로 들어선 소흔은, 그러나 그 안에서 소흔의 침입을 받은 사람들보다 더 놀라, 잠시 동안은 혼이 쏙 빠진 사람처럼 얼어버렸다. 무리도 아닌 것이 안에는 검은색 슈트를, 무슨 궐기대회 단체복처럼 입은 건장한 사내들 10여 명이 '각 잡고' 앉아 있었으니 말이다. 그것도 좌식용 직사각형의 대형 테이블 양쪽으로 각각 다섯 명씩 마주보고 앉았으며, 상석에 앉은 딱 한 남자만이 다른 컬러의 슈트를 입고 있었는데 바로 강원이었다. 물론 각 잡고 앉은 검은 슈트의 사내들에 압도된 소흔의 눈에 '강원 따위'는 보이지도 않았지만.

'검은 슈트들'의 눈길은 하나 같이, 포대기에 애를 들쳐 업고 쳐들어온 소흔에게 꽂혀 있었다.

"사모님……."

검은 슈트들 중 한 남자가 급히 일어섰다. 한 상무였다. 소흔은 너무 반가워 눈물이 핑 돌 지경이었다.

"어쩐 일이십니까?"

"네? 아, 저기 강원 씨를……."

'잠시만요' 하더니 한 상무는 검은 슈트들을 향한다.

"인사들 하지. 대표님의 사모님이셔."

한 상무의 말에 사내들은 모두 스윽 일어섰다. 그렇잖아도 남다른 덩치의 검은 슈트들이 일어서기까지 하니 방 안은 금세 공포 분위기를 물씬 자아냈다. 소흔은 저도 모르게 한 상무 뒤로 숨었다.

"처음 뵙겠습니다."

검은 슈트들은 인사까지 각 잡으며 쩌렁쩌렁한 목소리를 냈다. 순간, 허리를 숙인 사내들 너머로 강원의 모습이, 한 상무 뒤에 반쯤 몸을 숨기고 있던 소흔의 눈에 잡혔다. 그것도 '뚜두두두두' 하는 눈길로 잡혔다.

"악당!"

소흔은 저도 모르게 소리치며 손가락으로 찌를 듯 강원을 가리켰다. 이어서 사내들의 눈길 역시 소흔의 손가락 끝을 따라 강원을 향한다. 강원은, 소흔이 들이닥쳤을 때 너무 놀라서 일단 옆으로 몸을 숙였다가 슬그머니 몸을 추스르기는 했는데 곧바로 핸드폰을 꺼내 사뭇 열심히 액정을 터치하며 딴청을 부리던 중에 딱 들킨 것이었다.

강원은 핸드폰으로부터 천천히 고개를 들었다. 평소의, 그 나른한 무게감을 갖는 얼굴을 하고서다.

"이리로 모셔."

강원이 '근엄하게' 한마디 하자 한 상무는 즉시 소흔을 강원의 옆으로 '모셨다'. 소흔은 생각 같아서는 바로 따다다 퍼붓고 싶었지만 회식도 업무의 연장이려니 싶어 ―속내는 '살벌한' 사내들의 기세에 눌려서― 볼썽사나운 모습을 보여서는 안 된다는 생각에 아무 말 없이 강원 옆으로 가 앉았다.

"정말 이렇게 찌질하게 굴 거예요?"

그래도 작은 소리로나마 소흔이 으르렁대자 강원은 짐짓 못 들을 척한다.

"지후나 좀 안아요."

포대기를 풀며 소흔은 말을 이었다.

"응……?"

놀란 강원이 지후의 얼굴만 멀뚱히 바라보다 '얼른요' 하는 소흔의 재촉을 받고서야 포대에서 풀린 아이를 얼른 안아들었다.

"어휴, 이제 살겠다. 허리가 끊어지는 줄 알았네."

소흔이 제 허리를 툭툭 치는 사이 강원에게 안긴 지후는 칭얼대기 시작하다 급기야 울음을 터뜨렸다.

"고모……, 무서워……."

지후는 소흔을 향해 손을 뻗었다. 강원의 얼굴이 무서웠던 모양이다.

"괜찮아. 괜찮아. 무서운 아저씨 아니야."

"무서워……."

지후가 더욱 크게 울자 소흔은 다시 조카를 데려가며 '애도 못 본다'고 강원을 째렸다. 그런데 지후는 고모의 품에서도 좀 처럼 울음을 그치지 않았다.

"아이는 그렇게 어르는 게 아닙니다."

검은 슈트들 중 한 사내가 보다 못했는지 그렇게 말하고는 이어 지후를 달라 했다. 지후를 데려간 사내는 일어나 '둥가, 둥가' 입으로 소리까지 내며 아이를 얼렀다.

"대표님. 하시던 말씀 계속 하시죠."

강원 옆에 앉은 사내가 강원을 보며 회식의 분위기를 이어가려 그렇게 말했다.

"이거 먹어도 되죠? 배고픈데."

소흔이 끼어들며 강원에게 물었다. 테이블 위에 차려진 최고급 회를 가리키는 것이다.

"응. 먹어. 많이 먹어."

강원 옆의 사내는 다시 강원에게 '대표님' 하다가 강원의, '내 마눌님 식사하시는데 조용햇' 하는 식의 눈 부라림을 받고서야 입을 다물었다. 그때 '으앙' 하는 지후의 커다란 울음소리가 4번 방을 가득 울렸다.

"오줌을 싼 것 같은데요."

지후를 어르던 사내가 말했다. 밖에서 대기하고 있던 남자는 '기저귀 사오라'는 한 상무의 명령으로 기저귀를 사서 가져왔다. 잠시 후, 지후를 어르던 사내가 아닌, '일회용 기저귀는 내가 잘 안다'는 다른 사내가 나서서 지후의 기저귀를 갈아주는 동안 '물티슈로 깨끗이 닦고 충분히 말린 뒤 기저귀를 갈아야 한다'에서 '마른 수건으로 닦아주는 것이 좋다'는 등 다른 사내들의 간섭에, '고추가 사내답게 생겼다'는 감탄이 섞이고, 그 와중에 소흔은 테이블 위에 차려진 최고급 회가 아닌, '스키다시'로만 식사를 하며 '도망가지 마요'라고 한 번씩 강원을 협박하는 사분오열의 정신 사나운 분위기 속에서 '낙원파'의 회식은 진행되었다.

얼마의 시간이 흐른 후 강원과 소흔은 나란히 지하주차장으로 들어섰다. 지후를 안은 쪽은 강원이었는데 녀석은 잠들어 있었다. 주차장에는 이미 검은 슈트들이 각자의 차량 옆에서 대기하듯 서 있었다. 한 상무는 강원의 차 뒷문을 열었다.

"깨지 않게 조심해요."

먼저 차에 오른 소흔이 지후를 받을 준비를 하며 말했다. 강원은 아이의 목 뒤를 손으로 잘 받쳐서 천천히 소흔에게 건넸다. 그런 중에 그의 눈은 세상모르고 잠들어 있는 아이의 얼굴에 잠깐 머물렀는데 그 짧은 순간, 뭐라 말로 표현할 수 없는 오묘한 감정이 갑자기 그를 사로잡았다. 보호가 필요한 연약한 아이, 이토록 작은 아이가, 그러나 어릴 적 보호받은 적이 없어, 보호할 생각도 못 하고 달려온 그에게, 이제는 멈출 때가 됐다, 그러니 뒤를 돌아보라, 계시하는 것 같았다. 어쩌면 소흔을 발견하고, 그녀를 지켜야 한다고 본능처럼 느꼈을 때를 더욱 선명히 해주고 있는 것인지도 몰랐다. 그러고 보니 사진으로 소흔을 처음 보았을 때, 그리고 파라다이스의 승강기 안에서 또한 실물을 처음 보았을 때에 이미 그녀를 강원 자신의 운명이라 부지불식간에 느꼈던 것이라고, 그는 이제 와 제 마음대로 결론지어 본다.

"내가 운전해."

소흔이 탄 뒷좌석의 문을 닫으며 강원은 한 상무에게 말했다. 한 상무는 '네' 하며 인사하고 물러났다. 강원의 차는, 그의 자가 운전으로 주차장을 빠져나갔다. 그 사이로 검은 슈트들이 강원의 차를 향해 각 잡은 인사로 장관을 연출한 것은 물론이다. 소흔은 이제 그 모습이 웃겨 죽을 지경이었다.

"네가 분명 혼인신고에 동의를 했어. 기다려 봐."

강원이 말하며 제 핸드폰에서 무엇인가를 찾았다. 그의 차는 얼마 가지도 못하고 섰는데 '혼인신고 건'으로 인한 말다툼이 시작되면서 그가 차를 세웠기 때문이다.

"자, 봐."

강원은 소흔의 눈앞에 핸드폰을 들이밀었다. 그것은 문자였다. 소흔도 당연히 기억하고 있는 그것은 '싫을 리 있어요? 당연히 좋죠' 하는 내용으로, 강원이 '법적인 진짜 부부가 되는 것이 싫냐' 물었을 때 답장으로 보냈던 것이기도 했다.

"그거야……."

소흔은 큰소리를 내다 얼른 말을 멈췄다. 자신의 품에서 잠들어 있는 지후를 의식해서였다.

"당시 오빠가 혼인신고하라 그래서 그런 거구요……."

소흔은 지후의 엉덩이를 토닥토닥 하며 목소리를 낮췄다.

"그렇다고 겨우 그 문자 하나로 혼인신고를 후딱 해버리는 법이 어딨어요? 최소한 우리 오빠한테 확인 정도는 해봐야죠. 근데 그것도 알고 보니 강원 씨가 해야 한다고 박박 우겼다면서요? 어이 쩔어, 정말. 이번에 오빠가 우연히 발견해서 다행이지, 그렇지 않았음 난 유부녀가 된 줄도 모르고 칠레레팔레레 살았을 거 아냐? 이거 울 엄마 알면 난리 나요. 좋게 말할 때 당장 무효 만들어 놔요. 아마 오빠한테서 연락 갈 거예요. 알았죠?"

"알았어."

'입 터진' 소흔의 야단을 듣는 둥 마는 둥, 강원은 시큰둥하게 대답했다.

그런 후 일주일 뒤였다.

"혼인무효 됐어?"

소흔이 오빠에게 물었다. 퇴근해서 들어온 사헌의 뒤를 따라 막 서재에 들어서면서였다.

"아니."

사헌이 대답하며 동생을 돌아본다.

"도 대표 지금 일본에 있어."

"뭐가 그렇게 오래 걸려?"

"일본에 있는 사람한테 뭘 어쩌라고?"

"일본 가기 전에 했어야지."

"도 대표도 바쁘잖아."

"그걸 강원 씨가 직접 해? 변호사가 하는 거잖아."

"그래도 도 대표와 연락 한 번은 해야 하는데 아예 통화가 안 된다니까."

동생만큼이나 사헌도 답답해하는 얼굴이었다. 이쯤 되면 강원이 부러 피하고 있다고 의심을 안 하려야 안 할 수가 없을 뿐더러 사헌 입장에서는 그 의심조차도 혼란스러웠다.

"소흔아. 솔직하게 대답해 봐."

오빠의 신중한 어조에 소흔은 약간 당황해 '뭐, 뭘?' 하며 더듬었다.

"도 대표랑 같이 살면서…… 무슨 일 있었니?"

"이, 이, 있긴 뭐가 있어? 있으면 뭐, 뭐, 뭐, 뭐?"

"그래……. 있을 턱이 없는데……."

사헌은 제 턱을 만지작댔다.

"정 회장 건도 그렇고……. 참 납득 안 되는 거 많네."

사헌은 선입견을 갖고 있었다. 다름 아니고 강원이 소흔을 '여자로 볼 리 없다'는 것이다. 그러니 둘 사이에 무슨 일이 있을 리도, 있을 수도 없어, 사헌을 더욱 의아스럽게 만들었다. 그러나 강원과 소흔 사이에 '무슨 일'이 있었는지 밝혀지기까지, 그리 오래 걸리지는 않았다.

✕

"어우, 비린내……."

식탁에 오른 굴비를 보며 소흔은 얼굴을 찌푸렸다. 휴일 점심 때로 엄마와 사헌, 아줌마 모두 식사를 하고 있을 때였다.

"비려? 똑같은데?"

굴비를 먹어본 엄마가 말을 받았다.

"그러게요. 방금 구워서 비린내 하나도 안 나는데."

아줌마의 말이 뒤따랐다.

"너 요즘 식욕 떨어져서 그런가 보다. 그래도 나물에다 살살 먹어봐. 아무리 팔팔할 때라도 너무 안 먹으면 힘 떨어져."

그러나 소흔은 수저를 놓았다. 밥그릇을 4분의 1도 채 비우지 못한 채였다.

"아줌마. 오이 있어요?"

"응. 있어. 야채실에."

소흔은 냉장고 야채실에서 오이 세 개를 집어 들고 주방을 나갔다.

"소흔이 가졌을 때 오이가 그렇게 땡기더니 쟤가 오이를 좋아해."

소흔이 나간 후 엄마는 그렇게 말했다.

와삭, 소흔은 오이를 한 입 베어 먹었다. 자기 방으로 돌아와 침대에 엎드려 노트북을 보며 시간을 보내던 중이었다. 친구들이 영화 보자 했는데 나가기 귀찮아 그만두었다. 봄이라서 그런가, 몸이 나른하고 자꾸 졸렸다. 그래선지 만사가 귀찮았다. 오죽했으면 강원이 일본에서 돌아왔다는 소식을 들은 지도 10여 일이 지났는데 여태껏 그에게 '빨리 혼인신고 취소하라' 다그치는 연락 한 번을 안 하고 있는 그녀였다.

"이상하네……."

소흔은 혼잣말로 중얼거렸다.

"생리 터질 때가 한참 지난 것 같은데……?"

며칠 뒤 소흔은 거리에 서 있었다. 학교 다녀오는 길에 지하철역에서 내려서 조금 걸은 후로, 그녀의 눈은 약국을 향해 있었다.

"임신…… 테스트하는 거 하나 주세요."

소흔의 가슴은 암울함으로 가득 찼다. 일단 '설마' 하는 마음이 더 컸지만 '혹시' 할 때면 가슴이 무너져 내렸다. 의혹이 시작된 것은 이틀 전이고, 불안에 엄습 당한 것은 하루 전부터 였다. 인터넷 검색을 통해 '임신 전 증상'을 깡그리 뒤져본 후이 기도 했는데, 이제는 좀 더 확실한 방법으로 확인을 해보지 않 을 수도 없어 임신 테스트 시약을 산 것이다. 산부인과부터 가 자니 좀 그렇지 않은가. 최근 속이 메스껍고, 몸에 열이 있는 것 같으면서도 으슬으슬 추운 데다 잦은 소변으로 화장실을 자 주 들락거리게 되는 등, 몸이 전과는 분명 다른 증상을 보이고 있었기 때문이다.

소흔은 임신테스트 시약을 사 들고 집에 와서 사용설명서를 꼼꼼하게 읽어본 후 다음날 아침을 기다렸다. 자고 일어나 아침 에 보는 첫 소변으로 테 스트를 하는 것이 가장 정확하다고 설 명서에 나와 있었기 때문이다. 소흔은 밤새 자다 깨다를 수십 번 반복했다. 비몽사몽간에 임신 테스트는 수백 번을 반복했 고, '임신이다, 아니다'에 울고 웃는 '삽질'은 수천 번을 반복했 다. 밤이 이렇게 길 줄이야.

이튿날 아침 소흔은 평소보다 일찍 깨어났다. 밤새 잠을 잔 것인지, 임신 테스트를 한 것인지 모를 피로감에 때꾼해진 눈 가를 비비며 일어난 그녀는 약을 가운 주머니에 숨기고 방을 나와 욕실로 뛰어들었다. 이어 문을 꼭 잠그고, 그것을 재차 확인까지 한 후에야 안심하고 소변을 받아 테스트를 해보았다. 결과는 두 줄, 비록 한 줄이 다소 희미하기는 했으나 분명 두 줄 다 색이 변해 있었다. 임신이다, 소흔은 내심 비명을 지르며 욕실 바닥에 주저앉았다. 이럴 수가, 어떻게 이런 일이 있을 수 있다는 말인가, 비로소 마음 정리도 돼 가는 중에 이것이 무슨 날벼락인지, 그녀는 정신이 아득해져 어떻게 침실로 돌아온 줄도 모르게 돌아와, 자신이 침대에 누워 있는 것도 뒤늦게 깨달았을 정도였다. 그런데 정신이 들자마자 그녀는 침대 위에서 스프링 튀듯 튀어 올랐다. 으악, 속으로 비명을 지르며 다시 방을 나가 욕실 문을 냅다 박찼다.

"으악!"

욕실에서 소흔은 비명을 질렀다.

"너……."

엄마는 저승사자처럼 서 있었다. 방금 전 소흔이 사용했던 임신 테스트 시약을 들고서 말이다. '정신줄' 놓은 소흔이 욕실에 두고 나온 것을 그 후에 들어온 엄마가 발견한 것이었다.

"이게 뭐야……?"

'저승사자'가 그것을 몰라 물을 리는 없었다. 소흔은 눈물만 글썽였다.

"뭐냐고 묻잖아."

엄마가 소리치자 소흔은 다시 욕실을 나와 제 방으로 후다닥 뛰어들었지만 방문을 걸어 잠글 틈도 없이 엄마도 재빨랐다. 딸이 안에서 문을 닫자마자 밖에서 확 밀어젖힌 엄마는 침입자처럼 들어왔다.

"이노무 기집애……, 너……."

딸의 옷자락을 꽉, 잡은 엄마는 그대로 딸을 침대에 주저앉혔다.

"바른대로 말해. 어떤 놈이야?"

하다가 엄마는 금세 기가 막힌 얼굴이 된다.

"내가 그걸 왜 묻지……? 어떤 놈인지 몰라서 물어? 너 똑바로 대답해. 도강원인지, 도강도인지, 그 천하의 대악당 놈이, 혹시…… 가, 가, 가, 강제로 그러디?"

"그으게……."

"똑바로 대답 못 해?"

엄마는 악을 쓰며 딸의 어깨를 주먹으로 때렸다.

"그럼 서로 눈 맞아 그랬단 말이야? 네가? 내 딸이 그랬다구? 그래 놓고 뻔뻔스럽게 집으로 기어 들어와? 그놈이 가래? 재미만 보고 너 싫대?"

"그게 아니라……."

"그럼 당한 거야?"

"그렇다고 하기엔……."

"사랑하니?"

"그보다는……."

"역시 힘으로?"

"그것도 좀……."

"이 기집애가 정말……."

그날 오후 소흔 엄마는 이카루스 레스토랑의 사장실에서 사헌과 마주앉았다.

"빨리 시간 잡으라니까 뭐 해?"

소흔 엄마는 화가 난 얼굴로 재촉했다.

"왜 그러시는지, 무슨 일로 그러시는지를 먼저 말씀해 주셔
야죠. 갑자기 오셔서 다짜고짜 도 대표를 만나러 가자니, 도 대
표가 워낙 바빠 시간 내기도 쉽지 않은 사람이에요."

"대통령보다 더 바쁘다고 해도 난 당장 그놈을 만나야겠으니
잔말 말고 시키는 대로 해. 내가 만나잔다고 전하고, 만약 시간
없다 어쩌구 그러면 그 회사 어딘지 내가 찾아내서 그 앞에서
분신자살할 거라 그래."

"네?"

"얼른."

사헌은 어쩔 수 없이 강원에게 전화를 해서 '어머니가 오늘
좀 보자고 하신다'는 뜻을 전했다. 별로 기대하지 않고 전화를
한 것인데 의외로 강원은 흔쾌히 '사무실로 오라' 하며 시간을
알려주었다. 그렇게 해서 사헌은 저녁 5시에 '서슬 퍼런 어머니
를 모시고' '낙원'으로 들어섰다.

사헌과 소흔 엄마가 집무실로 들어섰을 때 강원은 이미 집무
용 책상에서 일어나 책상 앞으로 나와 있었다. 이어 깍듯하게
인사를 하려는 찰나, 갑자기 소흔 엄마가 마치 돌진하듯 강원
앞으로 몸을 날렸다. 눈 깜짝할 순간이었다. 엄마는 강원에게
달려들어 콱, 그의 옷자락부터 움켜잡았다.

"이 나쁜 놈……."

그렇게 부르짖은 엄마는 주먹으로 강원을 패기 시작했다.

"이 죽일 놈, 오늘 너 죽고 나 죽어 보자."

경악한 사헌이 소흔 엄마를 뜯어말린다.

"어머니, 어머니. 왜 이러세요? 네? 그만하세요."

강원은 정신없이 소흔 엄마에게 얻어맞다가 사헌의 도움으로 간신히 빠져나왔다. 재킷 단추가 다 떨어져 나가고 넥타이로 목이 졸려 그는 그것부터 먼저 느슨하게 당기며 콜록, 기침까지 했다.

"너 일루 안 와?"

소흔 엄마가 다시 달려들자 강원은 얼른 소파 뒤로 피하고 그 사이 사헌은 재빨리 엄마를 다시 잡았다.

"어머니. 진정하세요……."

"애비, 이거 놔. 내 오늘 저놈이랑 동반자살할 거니까……."

"글쎄, 진정하시고 말로 하세요. 말로. 대체 왜 그러시는데요?"

"이게 말로 해서 될 일이 아니야. 저런 천하의 악당 놈이 말로 해서 들어먹을 것 같아? 지후 애비, 네 잘못도 있어. 소흔일 저 악당 놈한테 보내놓으니 이런 사달이 나는 거 아냐?"

이어 엄마는 강원을 향해 사나운 눈길을 던졌다.

"너, 내 딸 소흔이한테 무슨 짓 했어? 이놈아."

그러자 강원은 물론이고 사헌도 놀란다.

"무슨 짓을 할 놈은 너밖에 없잖아. 너. 이제 어쩔 거야? 어쩔 거냐구⋯⋯."

"그게 무슨 말씀이세요? 어머니. 도 대표가 소흔이한테 무슨 짓을 해요?"

"무슨 짓을 했으니까 애가 생겼지, 아무 짓도 안 했는데 괜히 생겨?"

"네? 애요?"

사헌은 깜짝 놀란다. 더 놀란 사람은 물론 강원이었다.

12

낙원을 잃다

'퍽' 하는 소리가 강원의 집무실 안을 울렸다. 조금 전 소흔 엄마가 강원을 때리던 소리와는 차원이 다른, 실로 남자들의 주먹다짐에서나 들을 수 있을 법한 '사운드'로, 주먹을 날린 사람은 사헌이고 맞은 사람은 강원이었다. 강원은 뒤로 휘청하며 균형을 잃는 듯했으나 넘어지지는 않는다.

"지후 애비야……."

소흔 엄마가 놀란 얼굴로 사헌을 향해 손짓했다.

"애 아빠한테 그럼 안 되지……."

"네?"

"일단 말로 해. 말로. 저놈이 발뺌하면 그때 더 때려도 늦지 않아."

소흔 엄마는 모두 소파에 앉으라는 손짓을 하고는 먼저 척하니 상석에 앉았다. 사헌은 약간 당황해서 소흔 엄마와 강원을 번갈아보더니 역시 소파로 가 앉는다. 그 사이 강원은, 보통 한 대 맞은 사람이 그렇듯 입술 끝에 손가락을 살짝 대보다, 이어 '별거 아니군' 하는 얼굴로 재킷을 바로 하고는, 사헌의 맞은편에 마지막으로 앉았다. 잠시 침묵이 흐른다.

"혹시……."

먼저 침묵을 깬 사람은 사헌이었다. 소흔 엄마를 향해서다.

"어머니께서 뭘 잘못 아신 거 아녜요?"

"나도 그랬음 좋겠어."

엄마는 퉁명스럽게 대꾸했다.

"소흔이, 그게 저도 뭐가 켕기는 게 있으니까 임신 테스트 약인가, 그거 사다 해본 거 아냐? 그것만으로도 얘기 끝난 거지, 뭐."

그 말을 하면서는 강원을 노려보는 엄마다. 사헌의 눈길도 강원을 향했다.

"네. 제 아이기 맞습니다."

강원은 신중한 얼굴로 입을 열었다.

"결혼식도 했고, 혼인신고도 돼 있으니 뭐가 문제죠?"

소흔은 다시 가출했다. 전에 '낙원'에서 가출할 때처럼 보스턴백을 들고 나왔지만 역시나 그때처럼 딱히 어떤 목적을 갖고 있는 것도 아니었다. 일단은 '쪽팔리고' 계속해서 엄마의 잔소리를 들어야 할 일도 꿈만 같고, '애 가진 변명'이야 빤한 것인데도 끊임없이 이어지는 '어떻게 된 거냐?'는 ─오빠도 묻겠지? 어떻게 된 거냐고─ 차라리 고문이었다. 진짜 어떻게 된 건지, 소흔은 스스로에게, 아니 하느님께 묻고 싶었다. 무슨 임신이 이렇게 단박에 되느냐고, 세상의 모든 미혼모들도 아마 이렇게 빨리 임신이 되지는 않았을 거야, 하다가 소흔은 짧게 한숨을 쉬었다.

"근데 내가 미혼인가……?"

소흔의 가출은, 그녀의 엄마가 '이 악당 놈을 잡아 당장 요절을 내겠다' 하고 나간 직후에 이루어졌다. 엄마가 그렇게 나갔으니 강원이 소흔의 임신 사실을 아는 것도 시간문제였다. 그리고 그것이 정말 화가 났다. 스스로의 선택이 아닌, 원치도 않은 뱃속의 아이로 인해 제 운명의 한 부분을 결정 당한다는 사실이 화가 나고 또 너무 억울했다. 그렇게 거리에 서 있던 소흔은 눈길을 한 곳에 고정했다. 그녀의 눈길이 닿은 곳에는 '보람 산부인과'라는 간판이 붙어 있었다. 그러다 휙 눈을 돌려 외면한다. 상상을 하니 너무 무서웠다. 이 세상에 나오면 조카인 지후처럼 귀여운 녀석일지 모르는데, 아직 인간의 형상을 하고 있지는 않겠지만 분명 하나의 생명인 것을 두고 그런 몹쓸 생각을 하다니, 소흔은 자책하며 몸을 돌려, 이제는 완연한 봄날의 황혼 속을 걸었다.

소흔은 언젠가 그랬던 것처럼 찜질방에 있었다. 가출한 임신부가 달리 갈 곳도 없잖은가. 너무 뜨거운 곳에 있으면 '아이'에게 해로울까 봐, 적당히 더운 곳에서 대부분의 시간을 보내며 당일인 토요일과 일요일을 버티었는데 찜질방 내에 많은 책들이 구비돼 있어 그렇게 무료하지만은 않았다. 특히 만화책을 보다 보니 시간은 정말 잘 갔다. 식사는 찜질방에 있는 층에 즐비한 식당에서 비빔국수나 잔치국수, 혹은 산채나물비빔밥 중에서 골라 먹었다. 여전히 속이 울렁거려 담백한 음식만, 그것도 소량만을 먹을 수 있었다. 그리고 찜질방이 있는 건물 밖으로는 단 한 발자국도 나가지 않았다. 전에 한 번 무심히 나갔다가 ─물론 같은 찜질방은 아니다─ 잡힌 기억도 있어 그냥 숨어 있는 것이 낫지 싶었다.

소흔이 찜질방을 나온 때는 월요일 오전이었다. 혹시 저번처럼 따라 붙는 남자들이 없나 잔뜩 긴장을 했지만 다행히 수상한 남자들의 모습도, 강원도 보이시 않았다. 그녀는 학교로 갈 참이었다. 강의도 들어야 하지만 계속 찜질방에만 있을 수도 없으니 그 외에서 시간을 보내기에는 역시 학교만 한 곳도 없었다. 가방은 개인 화구 사물함에 넣어두어도 되고 도서관에 자리를 잡는 방법도 있었다. 그러나 학교야 말로 잡히기 딱 좋은 장소라는 것을 소흔은 미처 몰랐다. 숨어 있으려고 한다면 평소에 잘 가는 곳, 익숙한 곳부터 발길을 끊어야 한다는 것이 상식이건만 이제 스물둘이 된 그녀에게는 '그렇게 넓은 학교에서 어떻게 날 찾아?'가 상식이었다. 전에 찜질방에서 잡힌 것은 아마도 그 전에 미행을 당했을 거야, 라고 생각했다.

지하철을 타고 가며 소흔은 핸드폰을 확인했다. 부러 받지 않은 통화기록에는 역시나 엄마와 오빠의 번호가 가장 많았는데 그것도 시간이 지나면서는 뜸해졌다. 문자도 마찬가지였다. 엄마의 문자는 주로 '괜찮다, 돌아와라'였고 오빠의 것은 '어디 있니?'가 주를 이루었다. 강원의 번호가 없는 것을 보면 그는 아직 모르나, 엄마가 그에게는 말하지 않은 것인가 하며 고개를 갸웃했지만 만약 그렇다면 다행이다 싶었다.

"잤어?"

아영이 놀란 얼굴로 물었다. 정은은 시무룩하게 고개를 끄덕였다. 교내 휴게실에서 소흔은 그녀의 단짝친구들과 함께 앉아 있었는데 월요일에 있는 세 개의 강의 중 두 개를 마친 후로, 정은이 방학 중에 사귄 '남친'과 헤어졌다는 고백을 하던 차였다.

"나쁜 새끼다. 자고 나서 헤어지는 게 어딨어?"

아영은 툭하니 던지듯 말을 이었다.

"자고 막 헤어진 게 아니라 잔 건 잔 거구, 원래 성격이 잘 안 맞았다니까."

정은은 어이없다는 투로 친구의 말을 받았다.

"성격 안 맞는데 왜 자냐?"

"그때야 그걸 잘 몰랐지. 너 무슨 말을 그렇게 해? 그럼 모든 부부들이 자기 전에 성격부터 세팅하냐?"

"성격 안 맞아 이혼도 많이 하잖아. 이혼이 뭐야? 더 이상 같이 못 자겠단 거니까……."

두 친구들이 시답지 않은 소리들로 토닥대는 사이, 커피를 마시는 두 친구들과 달리 유자차를 홀짝이던 소흔은 누군가 제 눈길을 끄는 느낌에 무심코 고개를 돌리다 하마터면 비명을 지를 뻔했다. 이유는 강원의 돌연한 등장이었다. 그는 휴게실의 출입구에서 가까운 판매대 앞쪽에, 흡사 그곳이 원래 그의 자리인 양 ―KFC 할아버지처럼― 아주 오래전부터 그래 왔다는 듯 소흔을 향해 서 있었다. 더구나 평소에 입는 중후한 컬러의 슈트가 아닌, 학생들 사이에 섞여 있어도 그리 튀지 않을 정도의 캐주얼 차림을 하고서였다. 청바지에 흰색의 브이 네크라인의 티, 그 위에 검은색 재킷을 걸친 옷차림은, 그럼에도 강원의 그 독특한 인상 때문인지 묘하게 튀기는 튀어서, 그 주변에 있거나 지나는 학생들의 눈길을 끌고 있기는 했다.

"콜록……."

유자차가 목에 걸린 듯 소흔은 기침 소리를 냈다.

"나……, 잠깐…… 먼저 일어날게."

소흔은 이어 조그만 크로스백을 움켜잡고 일어섰다.

"뭐? 왜? 바로 강의인데?"

아영이 의아해 물었다.

"으응……. 강의실에서 봐."

소흔은 서두는 걸음으로 강원을 모른 척 휙, 지나 입구를 빠져나갔다. 강원은 조용히 소흔의 뒤를 따랐다. 소흔이 나갈 때까지 친구에게 눈을 두고 있던 아영과 정은의 눈에 그런 강원의 모습도 당연히 띄었다.

"어, 저 남자……."

정은이 먼저 손가락으로 가리키며 입을 열었다.

"사촌 아저씨?"

"맞다."

소흔은 캠퍼스의 잔디 위를 걷고 있었다. 화가 난 얼굴을 하고 성큼성큼, 잔디를 밟아 죽일 듯 콱, 콱 힘을 주며 걷다가 갑자기 확, 몸을 돌렸다. 그러자 일정한 거리를 두고 뒤따르던 강원도 잠시 걸음을 멈추더니 이내 소흔의 사나운 눈길을 온몸으로 받으며 천천히 다가섰다.

"가자."

강원이 먼저 입을 열었다.

"어떻게 알고 왔어요?"

"어머니와 오빠가 걱정하고 있어."

강원은 소흔의 질문에 대한 대답 대신 그렇게 말했다.

"그거야 내 사정이고, 강원 씨가 상관할 거 없잖아요."

소흔은 시종 '떽떽'거렸다.

"나 이런 거 정말 싫어. 처음부터 가짜여서 저주 받았나 봐. 내 맘대로 되는 거 하나 없이 꼭 진흙탕에 빠지듯, 이왕 이렇게 된 거 할 수 없지, 이런 꼴이잖아. 난 싫거든요, 그런 거."

소흔은 눈시울을 붉혔지만 눈물을 흘리거나 울먹이지는 않았다. 오히려 눈빛을 또랑또랑 빛내며 말투 또한 분명했다.

"그리고 이미 끝났어요. 생각도 못한 거라, 나 커피도 막 마셨구, 감긴 줄 알고 감기약도 먹은 것 같아요. 그래서 병원 갔어요. 무슨 말인지 알죠?"

무슨 말인지 아는지, 모르는지 강원은 그녀의 얼굴만 뚫어지게 보며 아무 반응도 보이지 않고 있었다.

"그런 건 사랑 속에서 계획하고 좋은 마음, 이쁜 마음 속에서 만들어지고 자라야지, 가장 미울 때, 끔찍할 때, 평생의 기억 속에서 딱 도려내 버리고 싶은, 그런 순간에 생긴 게, 그게 저주 받은 거지, 축복이에요? 그런 걸 나한테 만들어놓고 뻔뻔하게……."

결국 눈물 한 방울이 뚝 하고 소흔의 뺨 아래로 떨어졌다. 발작적으로 되살아난, 그를 향한 애증은 어찌 보면 당연했다. 그녀의 말대로 '기억에서 도려내고 싶은 가장 끔찍한 순간'에 잉태된 아이였기 때문이다. 기쁨이 돼야 할 잉태가 또한 그녀 자신에게 사슬이 될지도 모를 그것에, 분노가 더해진 것이기도 할 것이다.

순간 소흔의 코앞에서, 그녀가 올려다봐야 하는 강원의 얼굴이 그대로 아래로 내려가며 '쿵' 하는 소리를 냈다. 잔디가 강원의 무릎 아래 짓눌렸다. 그는 제 무게를 고스란히 실은 채로 소흔 앞에 무릎을 꿇었다. 비록 엉덩이를 세운 채이기는 해도, 한 여자 앞에 무릎을 대고 앉은 모습은 캠퍼스 여기저기에 흩어져 있던 많은 사람들의 눈길을 끌어 모으기에 충분했다. 그 눈길들을, 그러나 강원은 전혀 개의치 않는 것 같았다. 사실 그가 그녀 앞에 무릎을 꿇은 것은, 이번이 처음도 아니다. 소흔이 남은 짐을 가지러 갔던 3월 초에, '낙원'의 2층에서도 그는 그러했었다. 다른 점이 있다면 그때는 둘뿐이었지만 지금은 많은 눈길들 속에 있다는 것 정도다.

"나에게 가족을 줘. 소흔아."

강원이 말했다.

"너와 아이, 그리고 너와 피를 나눈 사람들, 모두를."

가족? 소흔은 코끝이 시큰해지고 동시에 울컥했다. 또한 곧장 그것을 부정이라도 하듯 고개를 살랑살랑 흔들었다. 사랑한다 해도, 용서를 구해도 미울 판에 '달라고' 하다니, 정말 구제불능의 남자야, 도강원이란 남자는.

"그것만 줄 순 없어요."

소흔이 말했다.

"사랑도 줄게요."

와락, 강원이 그녀의 허리를 끌어안았다. 소흔은 제 가슴에

와 있는 그의 머리를 품에 안는다. 그녀는 부러 더 팔에 힘을 꼭 주고 제 얼굴도 깊이 묻었다. 그제야 주변의 눈길이 의식돼 그것으로부터 숨으려는 것이다. 이제는 그 눈길들을 뚫고, 제 정신으로는 더욱 생생하게 느껴질 '쪽팔림'을 무릅쓰면서 어떻게 집으로 가야 할지, 그것을 걱정해야 했으니까.

소흔은, 강원이 운전하는 차에 실려 '낙원'을 향하고 있었다. 뒷좌석에 그녀의 가출용 보스턴백도 함께였다.

"집으로 안 가도 되겠어?"

강원이 물었다. 그는 소흔을 당연히 그녀의 엄마가 사는 집으로 데려가 주려고 했는데 그녀는 기어코 '낙원'으로 간다는 것이다.

"지금 창피하다니까요. 오빠 얼굴은 도저히 못 보겠어."

"난 한 대 맞았다."

"오빠한테? 진짜?"

"처가 식구가 적기 망정이지, 많았음 그거 돌아가며 다 얻어맞다 골로 가겠어."

"엄마한테도 맞았어요?"

소흔은 킥킥 웃었다.

"일단 전화나 드려."

그러나 소흔은 전화도 창피하다며 못 하겠다고 고집을 피워, 할 수 없이 강원이 그녀 대신 전화를 해서 소흔의 무사귀환을 알렸다.

강원의 전화를 받은 사람은 사헌이었는데 그는 사무실이 아닌 집에 있었다.

"합궁……, 그건 당분간은 안 된다고 해. 태아에 안 좋다고."

통화를 하는 사헌 옆에서, 지후를 안은 모습의 소흔 엄마가 손짓을 섞어가며 말했다.

"그, 그런 말을 어떻게 해요?"

사헌이 핸드폰의 송신 부분을 손으로 막고는 질색한 얼굴을 했다.

"이리 줘봐봐. 내가 말할 테니."

엄마는 사헌에게서 핸드폰을 건네받는다.

"도 서방~."

핸드폰을 받자마자 '장모답게' 변신한 소흔 엄마에, 사헌은 '벙 찌고' 만다.

"지금은 애기가 엄마 몸에 안전하게 붙지 않은 때거든. 그러니까 조심해야 해. 내 말 무슨 뜻인지 알지?"

하며 엄마는 '호호호' 웃었다. 이제는 엄마도, 딸과 강원 간에 혼인신고가 돼 있는 것뿐만 아니라 정 회장을 감옥으로 보낸 것도 강원이라는 것을 알고 있기는 했다. 그렇다고 강원에게 전적으로 흡족해한 것은 물론 아니었다.

"나이만 좀 적었어도……."

전화를 끊은 후 엄마는 아쉽다는 듯 한마디 했다.

해 저문 도심은 지상에 은하수를 펼치기 시작했다. 그 은하수에서 하나의 별로 자리하고 있을 '낙원'의 밤도 아름답게 깊어가는 중이다.

'낙원'의 2층, 소흔의 침실은 은은한 빛을 비추었다. 너무 어둡지도, 눈이 부시지도 않은 빛이었다. 그 속에서 소흔은 침대의 이불 위로 얼굴만 내놓고 있었는데 방금 목욕을 했는지 민낯에, 발그레한 뺨을 하고서였다. 침실 내 욕실로부터 강원이 뒤늦게 모습을 보인다. 위는 벗은 것으로 보아 그 역시 씻고 나온 모양이다. 그는 이불 위로, 소흔 곁에 제 몸을 반쯤 눕혔다.

"정말 다 느끼해? 생크림을 그렇게 좋아했으면서."

강원이 물었다.

"응. 생크림 보기도 싫어요. 오이가 젤 먹을 만하고 고추장 같은 거 괜찮구."

"신기하군."

"우리가 더 신기하지 않아요?"

"응?"

"가짜 결혼식부터 하고, 데이트하고, 싸우고, 혼인신고하고, 헤어지고, 애 생기고, 뭔가 뒤죽박죽이야."

"그렇군."

그는 피식 웃었다.

"그래도 다행이에요. 가짜로 시작했지만 진짜로 끝날 수 있어서. 그러고 보니 우리 애기, 우리를 진짜로 만들어주기 위해 생겼나 봐. 그러니까 축복이야. 축복 맞아요."

"그래. 맞아. 진짜 맞아. 우리 진짜 진짠 거지?"

"물론이죠. 사랑하니까."

"그게 빠지면 다 가짜구나?"

"당근."

강원은 이제야말로 몸과 마음이 다 '진짜' 제 아내가 된 소흔의 발가벗은 몸을 품에 안았다.

"요 작은 내장탕으로 어떻게 애기가 나오지?"

더듬더듬 아내의 아래로 손을 밀어 넣은 강원이 중얼거렸다. 그는 그 '내장탕'을 오롯이 손 안에 품은 채로 잠이 들었다.

소흔과 강원은 일 년 후 새 집으로 이사를 간다. 넓은 정원이 딸린 그림 같이 아름다운 단독주택이었다. '낙원'은 정리되었다. 비단 낙원빌딩만 정리된 것이 아닌, '낙원파'로 불리던 지하세력과의 이별이었다. 즉 지하경제와의 연결을 끊어낸 것이며, 그것으로 그의 자산, 절반이 잘려 나갔지만 그는 추호의 미련도 갖지 않았다. '낙원'은 한 상무 이하, 한때 그가 움직였던 세력들이 물려받아 그대로 승계 되었으니, 강원은 자신의 손으로 만든 것으로부터 홀로 나온 것이나 다름없었다. 그는 그렇게 '낙원'을 잃었다.

강원은 소흔을 만나기 전까지 제 모든 것을 쏟아 부었던 일에서 그 반을 거두어, 자신의 가족에 헌신했다. 그것은 어쩌면 작고 하찮은 일상으로의 귀환일 것이다. 먹고, 자고, 치우는 매일의 반복, 그래서 기억되지 못하고, 그래서 지겹고, 때로는 몹시 귀찮은 일이기도 할 것이다. 그러나 생명을 지탱하는 근원이 또한 바로 그것이라, 사랑하고, 잉태하고, 자라고, 또 죽어간다. 그 하찮으면서도 위대한 일상에 뿌리를 둔 창의적 영혼이야말로 사랑의 또 다른 이름이 아닐까.

"섭섭하지 않아요? 우리의 낙원, 저 멀리 보낸 거요."

어느 날, 소흔은 물었다.

"전혀. 새로운 낙원을 찾았기에 보낸 거니까."

"응?"

"너. 바로 너다. 소흔아. 네가 내 낙원이라고 했잖아."

외전

  침대를 비추는 은은한 조명 속에 두 벌거벗은 육체가 부드럽게 엉켜 있었다. 하나는 단단해 보이는 몸이고, 다른 하나는 희고 풋풋한 그것이었다. 단단한 몸이 풋풋한 몸을 리드해, 제품 안에서 마치 아이스크림처럼 녹여 버릴 양 진한 애무와 입맞춤을 퍼부었다. 강원과 소흔이었다.

  강원은 사뭇 노련하게 소흔의 목에서 어깨, 젖가슴에 이르기까지 붉은 꽃이 일어나듯 제 진한 입맞춤의 흔적을 남겨놓으며 손으로는 그녀의 허리에서 엉덩이로 내려가, 그곳을 야무지게 움켜잡고, 또 그 손을 그대로 허벅지로 내렸다가 다시 쓸어 올려 샅 깊숙한 곳을 지그시 쥐었다.

"으음……."

감은 눈에서 속눈썹이 파르르 떨리는 소흔의 얼굴은 베개 옆으로 기울어졌다. 그녀의 아래, 풍성한 검은 숲을 쓰다듬는 강원의 손길을 느낀 것과 동시였다. 손끝은 숲 전체를 감싸 한쪽 방향으로 부드럽게 빙빙 돌았다. 그러자 소흔이 이번에는 소리를 내지 않고 고개만 아까와는 반대편으로 슬며시 돌려 턱을 올렸다.

숲을 감싼 손끝은 점점 안으로 파고들었다. 동시에 강원은 소흔의 한쪽 무릎을 더욱 벌려, 그녀의 숲에서 노는 제 손에 더한 자유를 주었다. 그 자유는 숲을 헤치고 그 안에 숨은 붉은 꽃잎들이 제 모습을 모두 드러내도록 유인했다.

꽃은 드디어 부끄러움을 떨치고 한껏 저를 뽐내며 일어섰다. 이슬까지 잔뜩 먹은 그것은 또한 생기 넘쳤다. 그러자 강원은 그 꽃만을 손끝에 감싸, 이번에는 돌리는 대신 좌우로 빠르게, 마치 진동을 주듯 흔들어댔다.

"흐으……."

소흔은 참지 못하고 달뜬 신음 소리와 함께 허리를 비틀었다. 또 그것을 신호로 강원은 그녀의 숲에서 가장 예민한 그것, 한 떨기 꽃의 제일 윗부분에 자리한 보석과도 같은 그것을 맹렬히 희롱했다. 그에 따라 소흔의 신음은 고조되고 또 몹시 괴로운 양 허공에 뜬 무릎을 서로 맞붙이려 했다. 그 사이 강원은 흥건할 정도의 이슬을 머금은 그녀의 꽃 안으로 슬쩍 손끝을 밀어 넣어, 그것이 아무 거리낌 없이 들어가는 것을 확인 후, 몹시 급한 얼굴을 하고서는 저를 밀어 넣었다.

"아……."

아래가 묵직하니 꽉 차는 느낌에 소흔은 눈을 살포시, 조금 떴다.

"그, 그건 안 해요……?"

묻고 나서 입술 사이로 혀끝을 빼꼼히 내미는 그녀의 얼굴을 보며 강원은 입꼬리를 크게 올렸다.

"이미 충분해."

강원은 말과 함께 소흔의 무릎을 그녀의 어깨 쪽으로 더욱 밀쳤다. 제 허리는 위로 더 세우면서였다. 그러자 두 사람의 아래는 더욱 깊게 결합되었다.

"나, 나는……."

깊어진 강원을 느끼며 소흔은 헐떡댔다.

"그거 좋은데……."

그녀의 칭얼거림을 들으며 강원은 행위를 시작했다. 사실은 그가 급했던 모양이다. 시작서부터 매우 격렬했다. 소흔은 아래에서 전해지는 충격에, 입을 약간 벌리고 거친 숨결 같은 소리만을 토했다. 그때였다.

"아아앙~!"

어린아이의 울음소리가 두 사람의 침대를 '강타'했다. 그 소리에 두 사람은 얼어붙은 듯 가만히 있었다. 그러나 그것도 잠깐, 강원은 더욱 빠른 속도로 허리를 놀렸다. 호떡집에 불이 나, 호떡만 들고 도망가는 사람처럼 말이다. 그 사이 소흔의 고개는 어린아이의 울음소리가 나는 곳으로 돌아갔다.

"혜랑이 울어요……."

소흔이 걱정스러운 듯 말했다.

"애들은 원래 우는 거야."

강원은 저 할 일만을 숨 가쁘게 했다. 그것에 장단이라도 맞추듯 어린아이의 울음소리는 점점 높아갔다.

"아이 참, 비켜봐. 혜랑이 어디 아픈가 봐……."

"안 아파. 엄살이야."

"배고픈가 봐요."

"안 굶어 죽어."

"무슨 아빠가 이래? 비켜 봐요."

"지금 어떻게 비켜?"

소흔과 대화하랴, 행위하랴, 무지하게 바쁜 강원의 숨소리가 거칠어졌다.

"비키라니까……."

소흔은 몸부림치며 강원을 밀치려했다.

"잠깐, 잠깐……."

최후까지 포기하지 않은 강원의 처절한 행위의 뒤끝은 그만 허무하게도, 이미 제 품에서 빠져 달아난 소흔의 빈자리를 멍하니 바라다보는 것뿐이었다.

소흔은 부부 침대에서 두 걸음 정도의 위치에 있는 아이 요람에서 혜랑을 안아들었다. 두 사람의 사이에서 태어난 딸로 이제 백일이 됐을까 싶은 아이였다.

"혜랑아, 왜 또 깼어? 자기 전에 배불리 먹었잖아? 응? 좀 한 번에 쭈욱 자주면 안 되겠니?"

소흔은 발가벗은 몸 그대로 혜랑을 안고 얼렀다. 혜랑은 엄마 품을 용케 아는지 금세 울음을 그쳤다. 그렇게 잦아드는 딸의 울음소리를 들으며 오직 강원만이 '멘붕'인 얼굴을 하고 있다가 그마저도 곧 베개에 푹 파묻히는 것으로 '졌다' 했다. 어떻게 된 애가 밤낮이 바뀌고 시도 때도 없이 울어 젖히는지, 도무지 애 엄마와 '사랑'할 시간이 없는 신혼의 남편, 강원이었다.

딸인 혜랑이 단 한 번의 관계로 들어선 아이라, 소흔과 강원의 신혼은 이래저래 신혼 같지를 않았다. 임신 초기에는 합궁이 위험하다 해서 못 하고, 그 이후에는 가능했지만 소흔의 걱정과 호들갑이 하늘을 찌를 듯하는 바람에, 그 눈치를 보느라 하는 건지 마는 건지 싶었으며, 만삭 때는 또 만삭이라고 이래저래 밀월이 물 건너가더니, 해산 후에는 오로(惡露)로 인해 무려 두 달 가까이, 강원은 독수공방을 해야 했다. 그런 후에야 요즈음을 맞아 이제 본격적으로 밀월을 좀 즐겨볼까, 하니 이제는 딸이 도와주지를 않았다. 그렇다고 소흔이 협조적이냐 하면 절대 아니어서, 소흔은 무조건적으로 딸 편이었다. 딸이 먼저, 남편은 뒷전, 그것이 소흔의 인간 관리 서열이었다. 때문에 강원은 사랑하는 아내와 시원하게 한 번 '해본' 지가 언젠지, 그 까마득한 기억을 하릴없이 헤아리다 잠들기 일쑤였다.

이른 아침, 조경에 꽤 정성을 들인 흔적이 역력한 아름다운 정원에 둘러싸인 소흔의 집은, 그렇잖아도 흰색 집이 소복이 쌓인 눈에 더욱 멋진 그림을 만들어낸, 단 세 식구가 살기에는 풍요로울 정도의 규모였다. 전에 살던 낙원빌딩에서 이곳으로 이사 온 지 겨우 두 달째로, 강원이 그의 사랑하는 어린 아내를 위해 마련한 집이며 또한 진정한 의미에서의 신혼집이었다. '낙원'을 버리고 온 만큼 이곳에서 '알콩달콩' 깨가 쏟아질 것이라, 소흔은 몰라도 강원은 굳게 믿었다.

강원은 넥타이 매듭에 손을 댄 모습으로 주방으로 들어섰다. 아직 셔츠 차림이다.

"어서 식사해요."

싱크대 앞에 있는 소흔이 돌아보지도 않고 말했다. 식탁 위에는 간소한 아침 식사가 세팅돼 있었다. 강원은 소흔이 뭘 하나 목을 길게 빼고 쳐다본다. 그의 아내는 끓는 물에서 젖병을 꺼내고 있었다.

"소독기 안 쓰고 왜?"

강원은 묻고 나서 식탁 앞에 앉았다.

"혜랑이 어제 설사한 게 젖병 소독이 제대로 안 돼 그런 것 같아서요. 설사는 금방 멎긴 했는데 아무래도 맘에 걸려. 엄마가 그러는데 손이 좀 많이 가서 그렇지, 끓는 물에 소독하는 게 제일 확실하고 깨끗하대요. 원래 전통방식이 좋은 것 같아. 좀 번거로울 뿐인데, 딴 것도 아니고 우리 혜랑이를 위한 건데 뭐 번거로운 게 문젠가. 더구나 지금은 전업주부니까 괜찮아요. 가을에 복학하면 그럴 시간도 없으니까."

입 터진 소흔이 재잘대는 동안 강원은 수저를 들었지만 어째 입맛이 하나도 없는 얼굴이다. 소흔은 작년 3학년 1학기까지만 학교를 다니고 휴학을 했다. 당시 임신 중이었지만 6월까지는 배부른 티가 나지 않아 무사히 학기를 마칠 수 있었다. 차라리 그때가 행복했다, 불현듯 강원은 생각했다. 임신 초기의 아내를 '오구오구' 해가며, 없는 시간을 일부러 내서라도 차로 등하교시켜 주면서 얼마나 깨알 같은 재미가 팡팡 터졌던가. 지금은 그 '깨알'이 다 어디로 간 건지 그도 알 수 없었다.

"어서 먹어요."

소흔이 손에 든 젖병을 흔들며 다가왔다.

"반찬 입에 안 맞아요? 새로 온 아줌마 음식 솜씨가 난 더 좋은 것 같은데. 훨 담백하게 양념을 하셔서 엄마랑 비슷하더라구요. 강원 씨 깻잎 좋아하니까 오늘 깻잎 김치 좀 하자 그럴까?"

"깻잎보다는……."

강원이 말을 받는 찰나에 소흔은 '그럼 식사하고 있어요' 하며 날름 몸을 돌렸다. 혜랑이 젖병 물리러 가는 것이다. 말을 하다 잘린 강원은 떨떠름한 얼굴로 빈 젓가락을 입에 물었다.

"배불리 먹더니 이제 잘 자요."

강원과 함께 차고로 가는 길에 소흔이 말했다. 그 말을 들은 강원의 얼굴은 '이제 잘 자면 뭐 해?' 하는 양 시큰둥했다. 자려면 어젯밤에 잘 일이지!

"웬만하면……."

차 앞에 이르렀을 때 강원은 말했다.

"낮에 재우지 마. 낮에 너무 잘 자니까 밤에 안 자잖아."

"원래 갓난애일 때는 하루 종일 자는 게 일인 건데요, 뭐. 엄마가 그러는데 애는 잘 자야 건강하대요. 근데 자는 애를 어떻게 못 자게 해요? 혜랑이 백일도 안 된 앤데……. 맞다, 백일이 일주일도 안 남았는데 슬슬 잔치 준비도 해야겠어. 그냥 호텔 뷔페 같은 데 알아보면 되겠죠?"

강원은 대답 대신, 그것도 차 문을 열려다 말고 아내를 덥석 끌어안았다.

"여보."

강원은 진지하게 불렀다.

"어……, 뭐야……? 그렇게 부르지 마요. 징그럽게……."

"나한테 관심 좀 가져줘. 나."

"당연하죠. 남편인데."

소흔은 생긋 웃었다. 강원의 장난이라 여겨 그녀의 미소에도 장난기 가득했으며 눈까지 일 초에 세 번을 깜박깜박 해보였다.

"난 진지하거든."

강원은 약간 화가 난 얼굴을 했지만 소흔은 그의 얼굴을 두 손으로 토도독, 두들겼다. 제 딸한테 하듯, 그저 '까꿍'만 안 했을 뿐이다. 정말 화가 난 강원은 제 얼굴에 있는 아내의 두 손을 잡아 확 내리더니 갑자기 박치기하듯 입을 맞추었다.

"읍……."

소흔이 놀라 그를 밀치려 했으나 그는 재빨리 차 문을 열어, 다짜고짜 그녀를 밀어 넣었다.

"왜, 왜 이래요?"

조수석 쪽으로 머리를 둔 채 벌렁 자빠지며 소흔은 소리쳤 다.

"가만있어 봐."

강원은 운전석에 앉자마자 소흔의 발목을 재빨리 잡아, 신 발부터 벗겨 아래로 던졌다.

"어후, 서늘해. 춥단 말이야……."

소흔이 몸을 떨며 짜증 섞인 소리를 냈다. 지붕과 벽이 있는 있기는 해도 난방을 할 리 없는 차고인 데다, 잠깐 배웅한다고 나와 도톰한 니트 카디건만을 걸친 채 차가운 차의 시트에 눕게 까지 됐으니 춥기는 할 것이다. 강원은 부지런히 제 재킷을 벗 어, 그것으로 그녀의 얼굴까지 푹 덮어버렸다.

"아잇, 정말……."

소흔은 손으로 재킷을 확, 젖혔다. 그러거나 말거나 강원은 아내의 다리 하나를 잡고, 그녀의 엉덩이 밑으로 손을 넣어 실내용 원피스 안에 입은 레깅스를 움켜잡아 단번에 샥, 내렸다.

"뭐 하는 거예요? 출근 안 해요?"

소흔은 강원에게 잡히지 않은 발로 그의 가슴을 몇 번 차고는 또 곧장 그 발로 제 아래를 가렸다. 그래봤자 강원이 그녀의 레깅스를 무릎까지만 벗긴 채 위로 쑥 올리니, 두 다리는 같이, 사이좋게 위로 올랐다.

"아이 참, 이게 뭐야? 차에서 뭐예요? 누가 자기 집 차고에서 카섹스를 해요?"

소흔이 엉덩이를 들썩이며 반항했지만 그 상태에서 버둥대봤자 속수무책이었다. 레깅스는 팬티와 함께 벗겨져 그녀의 아래는 아주 휑했다. 그것을 보며 강원은 비로소 입가에 회심의 미소를 띠었다.

"춥다니까……."

소흔의 칭얼거림에 강원은 그녀의 엉덩이를 비비듯 어루만져주었다.

"어젯밤에 못 해준 거 해주려고."

애무와 함께 강원은 말했다.

"됐거든요. 누가 이렇게 덜덜 떨면서 하고 싶겠어요?"

소흔의 날카로운 항의를 귓등으로 들으며 강원은 엉덩이를 애무하던 손을 가운데로 옮겨, 검은 숲을 슬며시 만져본다. 그것은, 그녀의 두 다리가 위로 올라간 데다, 레깅스를 완전히 벗

지 않아 두 무릎 사이도 벌어지지 않은 탓에 위 아래로 긴 모양
을 하고 있으며, 붉은 꽃을 숨긴 중앙의 은밀한 틈은 흡사 그
숲을 따라서 난 강줄기처럼 보였다. 강원은 그 강줄기의 양 옆
에 손을 대 바깥쪽으로 살살 벌렸다. 붉은 꽃이 드러나도록.

"음……."

시작도 안 했건만 소흔은 묘한 소리와 함께 손끝을 모아 제
입을 꾹 눌렀다.

강원은 제 손으로 벌린 곳에 혀를 깊숙이 밀어 넣어 붉은 꽃
전체를 한 번 크게 휘감았다. 그것만으로도 소흔의 엉덩이는
움찔했는데 본격적인 희롱이 진행되자 아주 요동을 쳤다.

"아아……."

두 사람의 신혼은 비록 '관계'는 많이 못 했을지라도 강원이
소흔을 애무하는 일만은 '쓸데없이' 많아, 그녀의 몸과 마음은
제법 민감하게 계발돼 있었다. 그것은 강원에게도 상당히 고무
적이라, 아내의 신음 소리에 더욱 자극받을 뿐더러 그 자신의
감각 역시도 예민해질 수밖에 없었다. 혀의 감촉만으로도 제
타액과 아내의 꽃이 내보낸 이슬을 구분할 줄 알았으니까. 그
러니 이 정도면 '경지'에 이른 것 아닌가, 하는 자부심도 당연히
있었다.

"우웃……."

소흔은 신음과 함께 허리를 비틀며 많은 양의 이슬을 쏟아냈
다. 강원은 넥타이를 쭉 잡아당겨 뒤로 휙, 보낸 후 허리 벨트

를 풀었다. 그리고 상체를 위로 올려, 매우 불편한 자세를 감수하면서 아내와의 하나 됨을 막 이루려는 순간, '띠롱롱롱롱롱' 하는 소리가 두 사람을 '강타'했다.

"아줌마 왔나 보다."

소흔이 눈을 동그랗게 뜨고 부르짖었다. 강원이 제 분신을 막 밀어 넣기 일보 직전이었다.

잠시 후 차에서 내린 소흔이 레깅스를 추어올리며 '잘 다녀와요' 하고는 차고를 벗어났다. 강원은 운전석에 앉아, '왜 나왔나' 싶은 제 것을 도로 바지 안으로 꾸역꾸역 구겨 넣으며 얼굴도 구겼다.

[나, 혜랑이랑 엄마 집에 와 있어요. 강원 씨도 여기로 퇴근해요. 내일이 주말이라 아줌마도 월요일에나 다시 오시니까 엄마 집에 있음 편하잖아. 석찬 일정 취소하고 오면 안 돼요? 엄마가 도 서방도 함께 저녁 먹음 좋겠다고 하세요.]

말끝에 '후훗' 하는 아내의 웃음소리를 들으며 강원은 '알았다'고 전화를 끊었다. 처갓집에 가는 것을 그는 싫어하지 않았다. 아내를 얻으면서 생긴 그의 유일한 가족이었기 때문이다. 그는 집무 책상 위에 있는 유선 전화기를 들어 일정을 조정하라고 지시했다.

강원의 집무실은 예전의 그 낙원 빌딩이 아닌, 전혀 새로운 곳이었다. 한 번 결정하면 바로 밀어붙이는 사업가답게 그는 빠른 속도로 '낙원'을 정리해, 일 년여가 지난 지금은, 그의 사업체 중에서 지하세계와 연결돼 있는 모든 것이 정리가 된 후였다. 새로운 낙원인 소흔이 있었기 때문인데 요즘에는 그녀가 정말 낙원인지 지옥인지 통 분간이 안 됐다.

강원은 일정을 일찍 마무리 짓고 회사를 나와, 자가용으로 한 빌딩을 빠져나왔다. 그가 주인인 빌딩이며, 전체 18층에서 그의 회사는 10층에 위치해 있다. 회사 명칭도 '도스산업개발'로 바뀌었다.

"혜랑아. 아빠 왔다."

친정에서 소흔은 딸을 안고 강원을 맞았다.

"어서 오게, 도 서방."

소흔 뒤로 강원의 장모도 반갑게 맞아주었다. 장모는 이어 지후에게 '고모부에게 인사 안 하고 뭐 하냐' 하니 지후는 고개를 꾸벅했다. 그 모습을 보며 강원은 빙긋 웃었다. 딸이야 당연히 눈에 넣어도 아프지 않을 만큼이지만 조카 역시 예쁘기는 한가지였다.

잠시 후 가족 모두 식탁에 모여 앉았다. 혜랑만은 제 엄마가 식사할 동안 가사 도우미 아주머니가 대신 봐주느라 거실에 있었다.

"도 서방 온다고 지후 애비한테 전화를 넣긴 했는데……."

식사 중에 소흔 엄마가 강원을 보며 말했다.

"선약이 잡힌 미팅이 있다고, 그게 중요한 거라 취소할 수가 없다네. 그래도 미팅 끝나자마자 바로 온다고는 했어."

"미팅이 아닌 거 아냐?"

엄마의 말을 소흔이 받았다. 의심스러운 눈초리와 함께였다.

"왠지 느낌적 느낌으로 말이야……, 오빠 연애 중인 것 같거
든."

"어이구, 그럼 경사 났지."

"뭐가 경사야? 언니 그렇게 된 지 얼마나 됐다구……."

"지후를 생각해야지, 이것아. 이왕 새엄마가 생길 거면 철들
기 전에 빨리 생겨서 새엄마랑 얼른 정드는 게 좋아. 물론 새엄
마 될 여자가 좋은 여자여야 하지만. 만약 네 오빠가 새 여자
생겨서 데리고 오면 딴 거 다 필요 없고, 지후를 얼마나 잘 키
울 수 있는지, 그걸 봐야 해."

"에게, 여자한테는 별로다. 두 사람의 사랑이 먼저지, 좋은
엄마 테스트부터 받으면 완전 김새는 거지."

"네 오빠 문제야, 이것아."

"암튼 그건 그거구……, 근데 언니 생각하면 오빠 3년은 독
수공방해야 해. 원래 삼년상도 하잖아."

"부모 죽었냐?"

"강원 씨 나 죽으면 삼 년도 안 기다리고 날름 재혼할 거예
요?"

"응……?"

두 모녀의 대화를 듣기만 하며 묵묵히 식사만 하던 강원은

왜 공격이 저를 향하는지 의아해하는 얼굴로 눈만 껌벅거렸다.

"그런 재수 없는 소릴……."

강원 대신 엄마가 비럭 소리를 질렀다.

"어디서 죽는다 소리야? 애 엄마가 저렇게 철이 없어서……."

소흔은 입을 뾰족이 내밀며 고개를 숙였다.

"아 참, 도 서방. 괜찮으면 오늘 여기서 자고 가지?"

"네. 혜랑이 엄마가 좋다면 전 상관없습니다."

"소흔이야 싫을 게 뭐 있어? 혜랑이도 내가 데리고 잘 거고. 아직도 밤에 잘 깨서 운다며?"

"자고 가겠습니다. 장모님."

소흔이 미처 대답할 새도 없이 강원이 큰소리로 대답했다. 깜짝 놀란 장모는 젓가락에 집은 나물을 놓치고 만다. 그때 도우미 아주머니가 혜랑을 안고 들어왔다.

"애가 계속 칭얼대는데요."

아주머니는 말했다.

"어디 아픈 거 아닌가 모르겠어요."

"졸려서 그럴 거야."

소흔 엄마는 아직 식사를 다 하지 않았음에도 수저를 놓고 일어섰다.

"어디 보자, 내 강아지. 할머니가 안아주면 금방 잘 거야."

소흔 엄마는 혜랑을 건네받아서는 '열이 좀 있는 것도 같고' 하며 주방을 나갔다.

사헌은 밤 10시에 들어왔다.

"저 왔습니다. 형님."

거실에서 다 함께 있는 중에 강원이 사헌 앞으로 가 먼저 인사하며 그와 악수를 했다.

"일이 있어 좀 늦었어요. 들어가서 한잔합시다."

사헌은 강원과 함께 서재로 가는 길에 소흔과도 짧게 인사를 주고받았다.

"네 오빠는……."

두 남자가 서재로 들어가, 그 문이 닫히는 것을 보며 엄마는 입을 열었다. 잠든 혜랑을 품에 안고 있는 모습이다.

"도 서방한테 영 말을 못 놓는다. 내가 그렇게 놓으라 해도."

"나이도 같고……, 비지니스 쪽에서 이미 알았던 사이라 그러겠지, 뭐."

"그래도 가족은 가족 나름으로 서열이 있는 것이지. 동생 남편이면 당연히 아랫사람인데, 하여간 네 오빠는 숫기도 없어. 도 서방 봐라. 가족으로 결정되자 대번에 형님, 하는 거."

"생일이 오빠가 석 달 빠르다고, 강원 씬 아무렇지도 않대."

동갑에 석 달 차로, 소흔을 사이에 두고 형님, 매제가 된 사헌과 강원은 서재에서 위스키 잔을 기울이며 이런저런 얘기를 나누었다. 주로 사업 얘기였는데 길어지다 보니 자정을 넘겨, 강원은 서재를 나오자마자 득달같이 2층에 뛰어올라, 또 곧장 소흔의 방으로 간 것이 아니라 욕실부터 들러 부지런히 샤워를 했다.

방 안은 연한 불빛 아래 있었다. 소흔이 결혼 전 사용하던 방으로, 방 안의 모든 것이 그 당시와 거의 동일했다.

소흔은 침대 위에서, 이불에 푹 덮인 모습으로 있었다. 강원이 문을 열고 들어오는 기척에도 꼼짝 안 하는 것을 보면 잠들어 있는 것도 분명했다. 그는 옷을 모두 벗고, 소흔 곁으로 스르르, 뱀처럼 들어왔다.

"으응……?"

그제야 기척을 느낀 소흔이 눈을 떴다.

"어휴, 술 냄새……."

"딱 두 잔 마셨다."

"암튼 냄새 나요. 저리 가……."

"양치질도 했는데?"

"응? 뭐야……? 홀랑 다 벗었잖아……."

"소흔아……."

강원은 아내의 몸을 더듬었다.

"아침에 못 했던 거 마저 하자."

"아이, 몰라. 졸리단 말예요……."

"그럼 그냥 자. 내가 다 할 테니."

강원은 이불 안에서 손을 부지런히 움직여 소흔의 옷을 벗기기 시작했다.

"우리 집에서 이러는 거 별론데……."

소흔은 정말 졸린지 잦아든 목소리로 중얼거렸다.

"장모님이 혜랑이 봐주시지 않으면 기회도 없어. 아예 며칠 맡겨두는 게 어때?"

"어차피 나 복학하면 어쩔 수 없이 엄마가 봐줘야 한다구, 지금은 네가 봐, 하는데 눈치 보여 안 돼요. 지후 보는 것도 힘들다 하시잖아요."

그 사이 소흔의 옷을 모두 벗겨낸 강원은 그녀의 젖가슴부터 덥석 물었다.

"어휴, 귀찮아, 정말. 이럴 때 실컷 자야 하는데. 육아가 얼마나 힘들 줄 알아요? 근데 자긴 맨날 그 생각……. 남잔 다 그러나?"

강원은 대꾸하지 않았지만 '그러는 너도 좋아하면서?' 라는 반문은 목구멍까지 올라왔었다.

"키스는 하지 마요. 술 냄새 싫어."

강원도 그녀의 젖꼭지를 물던 입으로 위로 올라가기보다는 아래로 내려가기를 바라, 별로 지체하지도 않고 그녀의 아랫배를 지나고 있었다. 꿈틀, 꿈틀, 이불 안에서 소흔의 다리 사이로 들어간 그는 그곳에서 대단히 열심히 '작업'을 했다.

소흔은 처음에 사뭇 '귀찮다' 하는 얼굴이더니 얼마 지나지 않아 어깨를 살짝 움츠렸고, '으음' 하는, 살짝 달뜬 신음 소리를 흘리기까지도 얼마 걸리지 않았다. 시간이 흐름 속에 소흔의 신음은 시나브로 고조돼 갔다.

"흡……."

다소 격한 소리가 소흔의 입에서 터져 나왔다. 곧이어 이불 밖으로 강원의 얼굴이 불쑥 튀어나와 소흔의 얼굴 위에 머물렀다. 그 순간에 소흔은 제 아랫도리가 꽉 차는 것을 느꼈다.

"소흔아."

강원은 아내의 이름을 나직이 불렀다.

"으응……?"

"그냥 불러봤어."

소흔은 쿡, 웃었다. 그녀의 웃음을 신호로 강원이 제 허리 아래를 움직이기 시작했다. 그 규칙적인 행위에 소흔의 몸은, 마치 세상에서 가장 안락하면서도 짜릿한 리듬을 타듯 기분 좋게 흔들렸다. 그 '리듬'을 충분히 만끽한 소흔은, 또 마치 그것에 대한 보답이듯 다리를 들어 그의 허리를 감아 지그시 조였다. 그러자 강원은 더욱 신이 난 사람 모양 행위에 박차를 가했다.

그때였다. 밖에서부터 무슨 소리가 들렸다. 그것이 계단을 올라오는 소리라는 것을 소흔은 금세 알아챘다. 그렇게 알아챈 것과 문을 쾅쾅 두드리는 소리까지는 정말 눈 깜짝할 새였다.

"소흔아. 일어나. 혜랑이가……."

말과 함께 문은 벌컥 열렸다. 동시에 강원과 소흔도 파팟, 번개처럼 떨어졌다. 물론 이불 안에서다.

"혜랑이가 많이 아픈 것 같구나……."

소흔 엄마는, 이불 밖으로 맹한 얼굴만 내밀고 있는 딸 부부를 향해 급히 외쳤다.

한밤중에 난리도 그런 난리가 없었다. 집안을 울리는 쿵쾅 소리, 소흔의 외마디 비명 소리, 그 비명을 진정시키려는 소흔 엄마의 숨넘어가는 소리, 무슨 일이냐며 자다 나와서, 그 난리에 또 하나의 난리를 더하듯 함께 목청을 높여 갑론을박하는 사헌까지. 그 틈을 비집고 제 목소리를 내려는, 정작 아픈 아이의 아빠인 강원은 존재감조차 없었다. 물론 그는 알고 있었다. 결혼을 하고 가족이 생긴 것과 동시에 이 가족이라는 '조직'의 보스는 저가 아니라는 사실을 말이다. 강원의 할 일은 몸으로 때우는 일이었다. 때문에 얼마 지나지 않아 그는 소흔과 혜랑, 장모를 태운 차를 몰고 처갓집을 빠져나왔다.

강원의 차는 곧장 종합병원 응급실을 향했다. 혜랑의 열이 무척 높았는데 어지간하면 소흔 엄마가 어찌해 보았을 테지만 아이가 울지도 않고 축 처져 있는 것이 아무래도 딸 내외에게 알려야겠다 싶어 2층으로 올라왔던 것이고, '난상토론' 끝에 병원으로 가자, 결정이 됐던 것이다.

차 안에서 소흔은 아픈 딸을 보며 눈물을 글썽거렸다. 그런 혜랑 엄마를 향해 '엄마의 엄마'는 또 '괜찮다. 아이는 그러면서 크는 것'이라고 안심시키며, 안쓰러운 얼굴을 해보였다.

강원의 차가 응급실에 도착해, 혜랑은 곧장 당직 의사에게 맡겨졌다. 혜랑을 진료한 의사의 소견은 다행히도 소흔 엄마의 말대로 '큰일'은 아니었다. 어린아이들에게 흔히 있을 수 있는 고열이라 했다. 다만 현재 상태가 다소 좋지 않으니 입원을 권유해 혜랑은 바로 일인 입원실로 옮겨졌다. 그렇게 한숨 돌린 후에야 강원은 장모를 다시 집으로 모셔다 드린 후 병원으로 돌아왔다.

강원이 입원실로 들어왔을 때 소흔은 혜랑이 누운 침대 곁에서, 기도하듯 모아 깍지 낀 손을 입가에 댄 모습으로 있었다. 강원은 다가와 아내의 어깨를 토닥였다.

"자고 일어나면 괜찮아질 거야."

소흔은, 그러나 고개를 흔들었다.

"어제 설사했을 때 병원에 데려갔어야 했는데……. 내가 멍청했어요……."

"아냐. 네 잘못 아니야."

그래도 소흔은 고개를 흔들었다. 조금 더 나이를 먹고 아이를 가졌어야 했는데, 그래야 엄마 자격도 있는 것인데, 너무 어린 나이에 아이를 갖게 돼, 그런 철없는 엄마의 아이로 태어난 혜랑에게 소흔은 너무 미안했다. 임신 중에 나름 육아 책도 열심히 보고, 엄마가 귀찮을 정도로 이것저것 많이 물어도 봤지만 이제 와 그 모든 것이 다 부질없게 느껴질 정도였다. 그저 자신은 자격이 안 된다는, 엄마 자격이 없다는 자책감만 들었다. 그런 중에 소흔은 갑자기 강원을 팍, 때렸다.

"이게 다 자기 때문이야."

소흔은 강원을 원망했다.

"혜랑이를 조금만 더 늦게 주지……."

"네 생각만 해?"

강원도 짐짓 볼멘소리를 했다.

"나, 지금 나이도 아빠 되기에 늦었다. 혜랑이가 커서 아빠를 할아버지로 알면 곤란하잖아."

강원의 엄살에 소흔은 픽, 웃었지만 눈가에는 물기가 어른거렸다. 그는 소흔을 일으켜 소파로 데려갔다.

"누워. 혜랑인 내가 보고 있을 테니."

"안 돼. 엄마가 옆에 있어야지……."

"아빠가 있어도 돼."

"강원 씨 하루 종일 일해서 피곤하잖아요."

"세상에서 육아가 제일 피곤하다며? 그러니까 네가 더 피곤하지."

"그거야……."

"까불지 말고 누워."

강원은 소흔을 눕게 하고 입원실에 비치된 담요를 꺼내 그녀 위로 덮어주었다. 그리고 테이블에 살짝 걸터앉아, 아내의 가슴 위에 손을 올려놓고 토닥토닥 해주었다.

"눈 감아. 그렇게 말똥말똥 뜨고 있으면 잠이 와?"

강원은, 소흔이 눈을 뜬 채로 그를 보고만 있자 나무라듯 했다. 소흔은 착하게도 바로 눈을 감았다.

"소흔아."

정작 소흔이 눈을 감자 도리어 그녀의 이름을 부르는 강원이었다. 그런데도 그는, 소흔이 눈을 다시 뜨니 '그냥 감고 있어라' 했다.

"너한테 혜랑일 좀 늦게 줄걸……, 하고 후회한 건 사실 나다."

강원은 독백처럼 말했다.

"물론 혜랑이……, 세상에서 제일 예쁜 우리 딸 맞는데……, 난 너도 예쁘다. 소흔아."

그 말끝에 그의 입에서는 소리 없는 한숨이 새어 나왔다.

"그러니 너도 네 남편 좀 예뻐해 봐. 응?"

소흔은 그의 말에 입술을 실룩해 보였다. 웃음을 머금은 입모양새였다. 그러나 그 잠시 후, 그녀의 감긴 눈 아래로 투명한 눈물이 방울방울 떨어져 내렸다. 그 방울이 그녀의 대답이었을까. 그것으로 강원은 충분했는지 더는 말이 없었다. 그저 아내가 잠에 들 동안 토닥토닥만 해줄 뿐이었다.

혜랑의 백일잔치는 호텔의 뷔페 연회실에서 열렸다. 소흔네일가 친인척이 초대되고, 강원의 회사와 사헌의 회사 사람들도 참석했지만 소흔의 친구들 모습만은 보이지 않았다. 이유는, 소흔이 자신의 결혼은 물론 혜랑의 존재도 친구들에게 알리지 않은 때문이었다. 제 어린 나이와 학생 신분이 마음에 걸려, 졸

업한 후에야 그 모든 것을 알리고 섭섭해할 친구들에게 사과도 할 요량이었다.

백일잔치는 화기애애한 분위기 속에서 순조롭게 진행되었다. 그러던 중에, 초대되지 않은 이가 한 명 슬며시 나타나 소흔을 깜짝 놀라게 했다.

"한 상무님······!"

소흔은 거의 부르짖었다. 그녀는 한복 치마의 앞을 잡고서 부지런한 걸음으로 한 상무에게 다가왔다. 한 상무는 마침 강원에게 인사를 하고 있던 참이었다.

"저기서 보고 긴가민가했는데······."

소흔은 한 상무를 향해 무척 반가운 얼굴을 했다.

"오랜만에 뵙습니다. 사모님."

"네에. 정말 반가워요. 이리 와서 식사하고 가세요. 우리 혜랑이도 보시구요."

"아닙니다. 혜랑인 멀리서 봤구요. 이렇게 불쑥 찾아뵙는 게 아닌데······."

한 상무가 말끝을 흐리는 사이, 소흔은 강원에게 눈길을 돌렸다.

"강원 씨가 초대한 거 아니에요?"

강원은 대답하지 않았다. 그러고 보니 강원의 얼굴에는 소흔처럼 반가워하는 기색이 전혀 없고, 그런 강원 앞에서 한 상무는 눈도 제대로 못 마주친 채 어쩔 줄을 몰라 하고 있었다. 강원은 '낙원'을 정리하며 그 세계와도 결별했기에 당연히 한 상무를 초대했을 리 없는 것이었다. 한 상무 이하 '낙원'의 조직에 지하세계의 모든 사업체를 넘기고 그 세계로부터 결별할 당시, 강원은 오히려 '다시는 날 찾지 마라'는, 당부 이상의 명령까지 했던 터였다. 그럼에도 그것을 어기고 이렇게 찾아온 한 상무가, 강원은 썩 달갑지 않을 뿐더러 심지어는 야단이라도 치고 싶은 듯 그 특유의 나른한 눈빛 위로 미간을 살짝 찌푸려 보이기까지 했다.

"초대 안 했음 어때요? 우리 혜랑이 보러 오는 사람들은 다 환영이에요."

소흔은 부러 더 밝게 말하고는 한 상무와 눈을 맞췄다.

"와주셔서 감사합니다. 한 상무님. 잊지 않을게요."

"별말씀을요. 전 이제 그만 가보겠습니다."

"벌써요?"

"다른 일이 있어서요……."

한 상무는 지체 없이 입구 쪽으로 몸을 돌렸다. 소흔도 얼른 강원의 팔짱을 끼고 입구를 향했다. '배웅하지 뭐 하냐' 하는 뜻이었다. 강원은 소흔에게 끌려서, 한 상무의 뒤를 따라 연회실 밖으로 나왔다. 나온 후에야 초대받지 않은 불청객이 한 상무, 한 사람만은 아님도 알게 되었다. 불청객들은 검은 수트를 쫙 빼입은, 소도 잡아먹을 덩치의 모습으로, 그럼에도 죄지은 사람들처럼 한쪽에 몰려 서성거리던 중에 강원을 발견하고는 먼저 화들짝 놀랐다가 이내 서둘러 차착, '각 잡은' 인사를 해보였다. 그들 중 몇몇은 소흔의 눈에도 낯익어, 그녀는 손을 살살 흔들어 아는 척을 했다. 그러자 그들 중 둘이 마찬가지로 슬며시 손을 들어 살랑살랑 흔드니, 그들 중 다른 이가 그 손을 탁, 치고, 맞은 이는 '뻘쭘해'하는 등, 저들끼리도 뭔가 손발이 안 맞는 모습을 보여주어 소흔을 웃게 만들었다.

"가봐."

강원은 한 상무에게 말과 함께 고갯짓을 했다. 그 고갯짓은 '쟤들 빨리 치워'였다.

"건강하십시오."

한 상무는 이제 정말 마지막인 것처럼 정중히 인사를 하고 몸을 돌렸다. 불청객들은 한 상무가 가까이 오기를 기다렸다가 모두 함께 등을 보였다.

"들어가자."

강원이 소흔의 어깨를 감싸, 마찬가지로 몸을 돌렸다. 그렇게 돌아선 소흔은 다시 고개만 돌려보았다. 한 상무와 불청객들의 멀어져가는 뒷모습이 보였다. 그들 중 한두 사람이 돌아보는 것도 보였다. 소흔은 왠지 코끝이 찡했다. 그러나 그 감정을 말로 하는 대신, 그녀는 제 남편의 엉덩이를 슬쩍 한 번 두들겼다.

몇 년 후, 소흔의 아름다운 흰색 주택은 계절의 여왕 5월의

하늘 아래 여전한 모습이었다. 다만 털이 긴 견공 한 마리가 정원을 뛰어다니는 것에서, 가족이 늘었음을 알 수 있었다.

"아빠……."

혜랑은 일층 홀을 아장아장 가로질렀다. 또랑또랑한 눈을 빛내며 함박웃음을 입에 걸고서였다. 해가 진 후로, 막 퇴근한 모습의 강원이 얼른 딸을 안아들었다. 그는 딸의 볼에 뽀뽀부터 진하게 한다.

"우리 공주님. 잘 지냈어?"

혜랑은 고개를 끄덕끄덕한 후 아빠의 얼굴을 그 고사리 같은 손으로 잡고, 이번에는 저가 뽀뽀를 할 양 입술을 뽀족이 내밀어 아빠의 입술에 댔다. 혜랑은 만 세 살 4개월로, 세는 나이로 하면 다섯 살이 된 셈이다.

"차마 눈뜨고 못 보겠네."

부녀의 애정행각에 눈꼴이 시다는 듯 소흔은 톡 쏘아붙였다. 에이프런 차림에, 주방에서 요리를 하다 나와 손에 국자까지 들고 있었지만 그럼에도 여전한 갈색 단발머리에 크고 아름다운 눈빛도 변함이 없는 그녀는, 거기에 20대 중반에 접어든 나이의 성숙함까지 더해 도리어 전에 비해 더욱 매력적인 모습이었다.

"엄마가 또 질투한다. 혜랑아."

"엄마. 질투, 질투……."

혜랑은 질투가 무슨 의미인지도 모르면서 손가락으로 엄마를 가리키며 재잘대다가, 아빠에게 눈을 돌리면서는 금세 까르르 웃었다. 아빠가, 딸의 눈에는 매우 우스워 보이는 표정을 지어 보였던 것이다. 그런 부녀의 모습을 여전한 눈초리로 보던 소흔은 '어서 씻고 식탁으로 오라'고 다시 톡 쏘듯 하고는 가버렸다.

잠시 후, 식탁에 세 식구가 모여 앉았다. 딸의 식사를 돕는 것은 강원의 몫이었다. 그는 반찬을 집어 딸의 숟가락 위에 놔주며, 어린 딸의 식사 속도에 맞추어 그도 천천히 수저를 놀렸다. 혜랑은 밥을 먹는 건지 수다를 떠는 건지 알 수 없게, 입안에 밥을 잔뜩 물고도 끊임없이 재잘댔다. 주로 그날에 있었던 일을 두서없이 떠드는 아이의 수다는, 부모가 아닌 다른 이들의 귀에는 요령부득으로 들릴 내용이 대부분이었다.

"엄마가 뜨거운 물, 여기, 여기다 막 부었어."

혜랑은 그 고사리 같은 손으로 자기 어깨를 툭툭 쳤다. 엄마가 딸을 목욕시키는 중에 딸은 아마도 물이 뜨겁다 여긴 모양이었다.

"고약한 엄마네. 아빠가 엄마 혼내줄게."

"나, 그거 입기 싫어."

혜랑은 또 느닷없이 엄마를 향해 툭, 내뱉었다. 그러자 강원이 장단을 맞춰 '입기 싫다잖아' 한다.

"딸은 고자질쟁이에, 그 아빠는 꼭 바보 같애."

"엄마 화났다. 혜랑아. 쉬잇, 조용히 밥 먹어."

"엄마 화났다, 엄마 화났어. 엄, 마, 화, 났, 다……."

"시끄러워. 어서 밥이나 먹어."

"밥 먹는 애한테 왜 그래? 봐, 금방 안 먹잖아."

"어디서 뿌루퉁이야? 빨랑 안 먹어?"

"허…… 참, 이제 울잖아."

"어휴, 저 여우. 아빠가 옆에 있으니까 저러는 거라구. 아빠 없을 땐 엄마한테 눈 똑바로 뜨고 얼마나 말대꾸를 꼬박꼬박 잘하는 줄 알아요? 나중에 변호사 될 거야, 아마."

"변호사 되면 좋지, 뭐."

"아빠가 너무 오냐, 오냐 하니까 쟤가 엄마 말 안 듣잖아요."

"왜 나한테 그래?"

소흔과 강원이 토닥대자 혜랑은 숟가락을 입에 문 채 엄마, 아빠가 왜 싸우나 하는 얼굴로, 엄마를 닮아 갈색 빛을 띤 커다란 눈망울을 깜박거렸다.

밤 9시 무렵, 강원은 혜랑의 방에 있었다. 동화책을 읽어주며 딸을 재우는 일도, 퇴근이 늦지 않는 한 그의 일이었다. 그런데 11시가 넘도록 그는 딸의 방에서 나올 생각을 안 했다. 부부 침실에서 막 샤워하고 나온 소흔은 '또냐?' 하는 표정으로 혜랑의 방으로 건너갔다.

강원은 딸의 침대에서 딸과 함께 잠들어 있었다. 그것도 일 년 만에 오작교에서 만난 견우와 직녀처럼, 곧 다가올 이별을 두려워하듯 꼭 붙어 있는 모습이었다.

"참 애절하다. 애절해."

소흔은, 그러나 어제 오늘 일이 아니기에, 또 평소처럼 강원을 깨워 데리고 나왔다.

"좀 피곤한 것 같아서 일찍 퇴근했더니 나도 모르게 잠이 들었네."

강원은 하품을 했다. 그 꼴을 째리는 소흔의 눈초리에도 아랑곳없이, 그는 부부 침실로 들어오자마자 또 곧장 침대로 뛰어들어 척, 등을 보이고 누웠다.

소흔은 침착한 모습으로 불을 끄고 가운을 벗었다. 방금 샤워를 해 알몸이었다. 그녀는 침대에 올라 강원 뒤에서 슬며시 팔을 둘렀다. 강원은 눈 하나만 살짝 떴다.

"이젠 혜랑이만 이뻐요?"

"응……?"

강원은 다른 쪽 눈도 마저 떴다.

"혜랑이만 이뻐하지 말고……, 나도 좀 이뻐해 주지?"

"당연히 당신도 이쁘……, 억……."

말과 함께 소흔 쪽으로 몸을 돌리던 강원은 격한 신음을 토했다. 소흔이 몸을 던져 강원을 올라탄 것이다.

"복수할 거야."

소흔은 서늘한 눈빛을 아래로 보냈다. 강원은 저를, 말 타듯 타고 앉은 아내의 모습을 멍하니 올려다봤다.

"그러니까 이번엔 아들을 줘요. 알았죠?"

육아가 너무 힘들다고, 혜랑 하나로 끝내겠다고 한 것은 사실 소흔이었다.

"알았어!"

강원은 아내의 허리를 팔로 휘감아, 도로 침대 위로 사뭇 터프하게 내동댕이쳤다. 거기에 소흔의 과장된 '꺄악'이 울려 퍼졌다. 그 소리는 잠들어 있던 혜랑을 깨웠다. 혜랑은 엄마와 아빠가 또 싸우나, 했다.

밤은 깊어갔다.

〈끝〉

내 나비는 날아가 버렸다

손신희 장편소설
Chungeoram romance novel

뛰어난 전공을 세우고도 번번이 내쳐지기만 하던 남자, 이산.
그에게 갑자기 타국으로 출정을 떠나라는 명령이 떨어진다.
명이 내려지자마자 나비 같던 혼약자는 그를 떠났고,
그는 외로움에 지쳐가던 낯선 땅에서 나비의 그림자를 만나는데……

"……몹시 닮았구나."
"제가 목련이옵니까, 아니면 나비이옵니까?"
"해를 받으면 목련이요, 달을 받으면 나비지."

대용품이라도 좋다던 마음은 그저 속없고 철없는 어린 계집의 착각!
마음에 품은 불은 시간이 갈수록 커지며 시시각각 목련을 집어삼킨다.
까맣게 탄 속이 겉으로 드러나기 직전, 그녀는 중대한 결심을 했다.